D1983799

cDv
DRESSLER

Sabine Ludwig

Die schrecklichsten Mütter der Welt

Cecilie Dressler Verlag · Hamburg

Sabine Ludwig im Cecilie Dressler Verlag

Der 7. Sonntag im August
Die Nacht, in der Mr Singh verschwand
Die schrecklichsten Mütter der Welt
Ein Haufen Ärger
Fee und Ferkel
Hilfe, ich hab meine Lehrerin geschrumpft
Mops und Molly Mendelssohn

FSC
Mix
Produktgruppe aus vorbildlich bewirtschafteten Wäldern und anderen kontrollierten Herkünften
Zert.-Nr. SGS-COC-1940
www.fsc.org
© 1996 Forest Stewardship Council

© Cecilie Dressler Verlag GmbH, Hamburg 2009
Alle Rechte vorbehalten
Einbandillustration: Isabel Kreitz
Satz: Dörlemann Satz, Lemförde
Druck und Bindung: GGP Media GmbH, Pößneck
Printed in Germany 2009/III
ISBN 978-3-7915-1237-2

www.sabine-ludwig-berlin.de
www.cecilie-dressler.de

1. KAPITEL

Bruno hob den Sack hoch. Himmel, war der schwer! Aber zum Trainieren immer noch viel zu leicht.

Die Boxhandschuhe lagen einladend auf dem Rasen neben dem Weg, der von der Terrasse in den Garten führte. Brunos Vater hatte ihn vorige Woche mit Sand aufschütten lassen. Gleich würde er die Handschuhe anziehen, aber erst musste dieser blöde Sack voll sein.

Mit einer Hand hielt Bruno den Sack auf, mit der anderen versuchte er eine Schaufel voll Sand hineinzubefördern. Das war alles andere als einfach. Gestern hatte es geregnet und der Sand war eigentlich viel zu nass. Mist, jetzt hatte er alles auf den Schuhen! Es gab so tolle Boxsäcke zu kaufen, gar nicht teuer. Aber Geld war ja nicht das Problem. Das Problem war seine Mutter. Immerhin hatte er die Boxhandschuhe, die sein Vater ihm zu Weihnachten geschenkt hatte, behalten dürfen.

»Nur zur Deko«, hatte Bruno gesagt. »An meiner Wand sehen die doch klasse aus.«

»Ich finde nicht, dass die sich da besonders gut machen«, hatte seine Mutter erwidert. Und Bruno musste ihr recht geben. Unter dem Poster, das Mozart als Kind in einem blauseidenen Anzug mit Rüschenhemd zeigte, machten sich die Boxhandschuhe alles andere als gut.

»Aber du benutzt sie doch nicht etwa?«, hatte seine Mutter noch ängstlich hinzugefügt und sein Vater hatte die Augen verdreht und gesagt: »Einen Boxsack hast du ja verboten, auf wen oder was sollte er also einschlagen?«

»Denk an seine Finger!«

Bruno dachte an seine Finger, die im Augenblick wie panierte Würstchen aussahen. Seine kostbaren Finger, denen ja nichts passieren durfte, weil es sonst vorbei war mit dem Klavierspiel, vorbei mit der Karriere als Pianist.

Endlich! Noch eine Schaufel und er konnte den Sack oben zubinden und an den dicken Ast der Eiche hängen.

»Bruno!«, hallte es durch den Garten.

Die Schaufel rutschte ab, eine Ladung nasser Sand landete in seinem Ärmel.

»Du musst zum Klavier! Beeil dich!«

Bruno schüttelte seinen Ärmel aus und sah auf die Uhr. Fünf nach vier. Er hatte überhaupt nicht ans Klavier gedacht. In letzter Zeit vergaß er es immer öfter. Dabei war dies ein eiserner Termin. Seit einem Jahr hatte er sich donnerstags um Viertel nach vier in der Leonorenstraße bei Frau Leberknecht einzufinden.

Schnell wischte er sich die Hände an der Hose ab. Und der Sack? Wo sollte er den verstecken? Er wuchtete ihn hinter die Buchsbaumhecke, da sah seine Mutter bestimmt nicht nach.

Bruno stürzte durch die offene Terrassentür ins Haus, griff die Noten, die auf dem Klavier lagen, und stopfte sie in seine Um-

hängetasche. Er hatte nur noch sieben Minuten. Wenn er sich sehr beeilte, konnte er es gerade noch schaffen. Frau Leberknecht hasste Unpünktlichkeit.
»Hast du saubere Hände?« Brunos Mutter streckte den Kopf aus der Küche.
»Na klar!«, log er. Zum Händewaschen war keine Zeit mehr.
Bruno warf sich die Tasche über die Schulter, sprang aufs Rad und sauste los. Zu spät fiel ihm ein, dass er seine Boxhandschuhe im Garten vergessen hatte, hoffentlich regnete es nicht. Er sah hoch zum Himmel und hätte beinahe einen alten Mann übersehen, der vor ihm über den Fahrradweg zu seinem Auto schlurfte.
»Kannst du nicht aufpassen, Bengel?«, schrie er Bruno hinterher.
»Passen Sie doch selber auf!«, rief Bruno. Er hatte schlechte Laune, sehr schlechte Laune.
Als er bei Frau Leberknecht klingelte, war es genau achtzehn Minuten nach vier. Er wischte sich noch einmal die Hände an der Hose ab. Oberflächlich betrachtet sahen sie sauber aus. Und Frau Leberknecht gab ihm sowieso nie die Hand. Nur seiner Mutter, wenn sie ihn zum Unterricht begleitete, was sie früher oft gemacht hatte, bis die Klavierlehrerin gemeint hatte, das würde Bruno nur beim Üben stören.
Frau Leberknecht öffnete, sagte: »Guten Tag, Bruno«, und ging ihm voraus in das Zimmer mit dem Flügel. Als Brunos Mutter ihn das erste Mal gesehen hatte, war sie vor Ehrfurcht fast erstarrt. Der Flügel war riesig und sein schwarz lackiertes Holz glänzte immer wie frisch poliert. Er schien Bruno zuzu-

rufen: »Du bist nicht gut genug für mich, du wirst nie gut genug für mich sein!«

Bruno hatte Angst, vor nichts so sehr Angst wie vor diesem Ungetüm.

Frau Leberknecht klappte den Deckel auf. Bruno zog die Noten aus seiner Tasche und stellte sie auf die Ablage.

»Wir beginnen mit dem Chopin«, sagte Frau Leberknecht. »Mit dem hattest du letztes Mal einige Probleme, nicht wahr?«

Mit dem Chopin hatte er immer noch Probleme. Vier Vorzeichen und dann die Sprünge mit der linken Hand.

»Fang an.«

Die Finger der rechten Hand, die eigentlich geläufig über die Tasten hätten gleiten sollen, schienen sich zu verknoten, die linke Hand hing hilflos in der Luft. Vom tiefen As zum hohen C, wie sollte man das schaffen?

»Welche Tonart haben wir hier?«, fragte Frau Leberknecht scheinbar unbeteiligt, dabei sah Bruno genau, wie es in ihr kochte. Sie nahm jeden Fehler, den man machte, persönlich. Und auch der Flügel gab ein unwilliges Knacken von sich, als Bruno das Pedal trat.

»F-moll«, flüsterte Bruno.

»Dann spiel das bitte auch«, sagte Frau Leberknecht.

Bruno begann zu schwitzen, seine Finger wurden feucht. Was war das? Wieso wurden die weißen Tasten plötzlich braun? Er brauchte eine Weile, um zu begreifen, dass es sein eigener Schweiß war, vermischt mit dem Sand aus dem Boxsack. Hastig versuchte er den Dreck mit den Fingern von den Tasten zu wischen, was zu unschönen Dissonanzen führte.

»Geh dir bitte die Hände waschen«, sagte Frau Leberknecht, als sein Zeigefinger beim zweigestrichenen C abrutschte.
Mit hochrotem Kopf stand Bruno auf, ging zur Tür und blieb unschlüssig stehen. Er wusste nicht, wo die Toilette war. Von Frau Leberknechts Wohnung kannte er nur diesen Raum und den Flur.
»Rechts neben dem Eingang«, hörte er noch.
Im Spiegel sah er sein gerötetes Gesicht. Ein kleines braunes Rinnsal floss von seiner Stirn an der Nase vorbei Richtung Mund. Er leckte es ab. Es schmeckte nach Salz und Sand.

»Guck mal, Sofa, was ich gebacken hab!« Niklas stapfte in Sofias Zimmer. Mit beiden Händen trug er einen halb eingestürzten Sandkuchen.
»Nicht!«, rief Sofia. Aber es war zu spät. Niklas ließ den Haufen auf ihren Schreibtisch fallen. Sie schaffte es gerade noch, den Laptop zuzuklappen, bevor sich ein Sandregen über ihn ergoss.
»Bist du irre?«, schrie sie.
Niklas sah sie mit weit aufgerissenen Augen an. Seine Unterlippe begann zu zittern, seine Nasenflügel vibrierten und schon löste sich aus dem rechten Auge eine kugelrunde Träne. Sofia hatte dieses Schauspiel schon tausendmal gesehen und musste doch immer wieder über die Perfektion staunen, mit der der kleine Kerl es regelmäßig aufführte. Jetzt noch einmal tief Luft geholt, dann würde er sich umdrehen, aus dem Zimmer laufen und dann …
Sofia seufzte, als ihre Mutter kurze Zeit später vor ihr stand.
»Also wirklich, Sofia! Musst du Niklas immer so anbrüllen?«

Sofia zeigte auf den Haufen auf ihrem Schreibtisch.
»Du meine Güte, das bisschen Sand, das kann man doch wegfegen.«
»Weißt du, was passiert wäre, wenn der in meinem Computer gelandet wäre?« Sofia konnte nicht verhindern, dass ihre Stimme immer schriller wurde. »Der wäre hin gewesen und dann hättest du mir einen neuen kaufen müssen!«
»Wäre vielleicht gar nicht schlecht, wenn die Kiste endlich kaputt wäre, dann würdest du vielleicht auch mal was anderes tun, als ständig davorzuhocken.«
»Ach ja? Was denn?«
»Dir die Haare kämmen zum Beispiel. Du siehst wieder aus! Wie ein Staubwedel.«
Sofias Mutter trug einen akkuraten Kurzhaarschnitt. Jedes Härchen lag genau da, wo es hingehörte.
»Außerdem könntest du zur Abwechslung mit deinem kleinen Bruder spielen, anstatt ihn ständig anzumeckern.«
»Dann soll er erst mal lernen, wie ich heiße.« Sofia drehte sich weg. Sie wollte nicht, dass ihre Mutter sah, wie ihr die Tränen kamen.
»Meine Güte, bist du empfindlich. Alle finden das niedlich, nur du machst jedes Mal einen Aufstand.«
Kopfschüttelnd ging die Mutter aus dem Zimmer und kam mit einem Handfeger zurück.
»Ich mach das schon«, sagte Sofia schnell. Niklas hatte den Sand genau auf den Mathetest gekippt, und ihre Mutter musste nicht gleich sehen, dass der alles andere als gut ausgefallen war. Sie würde ihn am besten von Georg unterschreiben lassen. Das durfte der zwar nicht, weil er nicht erziehungsbe-

rechtigt war, sondern nur der Mann ihrer Mutter, aber das wusste der Mathelehrer ja nicht.
Sofia öffnete das Fenster, um den Sand in den Hof zu kippen. Unten hockte Niklas quietschvergnügt in der Buddelkiste und füllte ein Sandförmchen nach dem anderen. Sie ließ den Sand genau auf seinen Kopf fallen und schloss schnell das Fenster, um sein Gebrüll nicht hören zu müssen.
Dann klappte sie den Laptop auf und pustete ein paar Sandkörner von den Tasten. Sie loggte sich bei *Allfriends* ein. Es funktionierte. Sie atmete auf. Da war sogar ein neuer Eintrag. Eine Leonie fragte, ob sie die Chiara wäre, mit der sie in die fünfte Klasse gegangen sei. Auf ihrem Bild könne sie das nicht erkennen.
Natürlich nicht, niemand konnte Sofia darauf erkennen. Sie hatte ihre langen Haare vors Gesicht gekämmt und sich dann mit dem Handy fotografiert. Und natürlich hieß sie auch nicht Chiara und war auch nie in die fünfte Klasse des Lilienthal-Gymnasiums gegangen. Aufs Lilienthal-Gymnasium gingen nur besonders gute Schüler. Sofia war keine gute Schülerin. Sie war auch nicht fünfzehn, sondern dreizehn. Aber jedes Mal, wenn sie sich im Chat als die hübsche, sportliche Chiara ausgab, deren Hobbys Tennis und Saxofonspielen waren, vergaß sie die echte Sofia. Dieses pummelige Mädchen mit den Pickeln auf der Stirn und den abgekauten Nägeln, das noch nie in seinem Leben einen Tennisschläger, geschweige denn ein Saxofon in der Hand gehalten hatte. Chiara hatte natürlich auch keine Geschwister, schon gar keinen Halbbruder mit blonden Locken und himmelblauen Augen, den alle Welt für ein Engelchen hielt. Allen voran ihre Mutter.

Ein leises Mauzen war zu hören.
»Komm her, Loulou, komm!« Die Katze ließ sich vor Sofia auf den Rücken fallen und ausgiebig kraulen. Loulou war die Einzige in der ganzen Familie, die nicht auf Niklas reinfiel. Sie hatte ihn sogar schon mal gebissen, als er sie am Schwanz unter dem Küchenschrank hervorziehen wollte.
»Wir sind schon zwei arme Schweine, was?«, sagte Sofia. Loulou miaute und es klang wie: »Da hast du recht!«

»Emily, hast du meinen Autoschlüssel gesehen?«
Emily guckte von ihrem Englischbuch auf. Sie hatte nur noch zehn Minuten für zwei Seiten Vokabeln. Das schaffte sie niemals.
»Ist er nicht im Kästchen?«, fragte sie.
»Nein, sonst würde ich doch nicht fragen!« Aufgelöst, den einen Arm schon im Mantel, fegte Emilys Mutter durch die Küche. Zog die Besteckschublade auf, riss eine Zeitung vom Tisch. »Ich hab ihn doch hierhergelegt, hier auf den Tisch!«
Emily klappte das Buch zu. »Warum legst du den Autoschlüssel auch jedes Mal woanders hin, Mama?«
»Weil … weil das Telefon geklingelt hat, als ich gestern reinkam und …«
Emily stand auf und ging zu dem kleinen Schränkchen im Flur, auf dem das Telefon stand. Da lag der Autoschlüssel, unter dem Telefonverzeichnis.
Triumphierend schwenkte sie ihn in der Hand. »Hier ist er doch, Mama.«
»Danke, Emmilein! Was würde ich nur ohne dich anfangen?«

Das fragte Emily sich auch. Jeden Tag. Dabei schien sie das Schlüsselproblem bereits gelöst zu haben. Sie hatte ihrer Mutter einen elektronischen Schlüsselanhänger geschenkt. Man brauchte nur zu pfeifen und dann meldete er sich mit einem »Piep, piep«. So stand es jedenfalls in der Beschreibung. Dummerweise konnte ihre Mutter aber nicht pfeifen, dafür piepste das Ding ununterbrochen. Einmal war es losgegangen, als ihre Mutter bei einem Vorstellungsgespräch war. Sie hatte hektisch in ihrer Handtasche herumgewühlt, den Schlüssel nicht gefunden und schließlich hatte sich der Inhalt der Tasche auf den Boden ergossen. Und alle konnten Porky sehen. Das Sorgenschwein, das Emily ihr in der ersten Klasse genäht hatte. Es hatte nur ein Ohr und sah auch sonst nicht sehr appetitlich aus. Natürlich hatte sie den Job nicht bekommen. Wer stellte auch schon eine Buchhalterin ein, die nicht mal Herr über ihre Handtasche war?

»Soll ich dich schnell mitnehmen? Es regnet.«

Emily überlegte kurz. Sie hatte keine große Lust, im Regen mit dem Rad zu fahren, außerdem konnte sie im Auto noch ein wenig lernen, andererseits wusste man bei ihrer Mutter nie, ob man auch da ankam, wo man hinwollte.

»Die Schule liegt auf dem Weg, ich muss in die Pestalozzistraße.«

»Das ist doch die entgegengesetzte Richtung, Mama«, sagte Emily. Aber nun hatte sie sowieso keine Wahl mehr.

»Du musst hinten einsteigen«, sagte ihre Mutter, als sie vor dem kleinen gelben Fiat standen, dessen Blech sommersprossengleich mit Roststellen gesprenkelt war. »Die Beifahrertür klemmt.«

Emily schob auf der Rückbank einen Karton mit altem Hausrat beiseite, den ihre Mutter längst zum Trödel hatte bringen wollen. »Die klemmt doch schon seit Monaten. Willst du das nicht mal reparieren lassen?«
Sie hatte es kaum gesagt, da hätte sie sich auch schon auf die Zunge beißen können. Aber ihre Mutter lachte und sagte: »Mach ich, wenn ich den Job heute bekomme. Diesmal hab ich ein richtig gutes Gefühl.«
Das hatte sie jedes Mal. Und nie klappte es. Mal war sie zu alt, mal störte es den Chef, dass sie alleinerziehende Mutter war und keine Überstunden machen wollte. Und einmal hatte sie von sich aus »Nein danke« gesagt, weil sie fand, dass die Dame, mit der sie in einem Büro hätte sitzen sollen, ein penetrantes Parfüm getragen habe. »Diesen Gestank ertrage ich keine zwei Minuten!«
»Ach du je!« Emilys Mutter klopfte auf die Benzinanzeige. »Entweder hakt die schon wieder oder wir bekommen gleich ein Problem.«
Sie bekamen ein Problem. Der Wagen blieb nämlich mitten auf der Kreuzung stehen. Emily sprang aus dem Auto und lief zur Bushaltestelle. Immerhin kam gerade ein Bus. Sie hatte Glück. Als er anfuhr, sah sie ihre Mutter auf der Kreuzung stehen und zwischen wild hupenden Autofahrern verzweifelt einen leeren Benzinkanister schwenken.
Auch diesen Job würde sie nicht bekommen.

2. KAPITEL

Während Emilys Mutter auf einer belebten Kreuzung in Berlin stand und verzweifelt versuchte, einen mitleidigen Autofahrer zu finden, der etwas Benzin für sie übrig hatte, betrat ein paar hundert Kilometer weiter nördlich ein Mann eine Fabrikhalle.

Eilig schritt er an meterhohen Regalen vorbei, die mit Pappkartons vollgestopft waren. Vor jedem Karton stand ein Muster der Objekte, die darin enthalten waren: Puppen, Stofftiere, Baukräne, Feuerwehrautos.

Spielzeug also. Aber kein gewöhnliches Spielzeug. Die Spielsachen aus Wohlfarths Spielwarenfabrik waren technische Meisterwerke. Da gab es Puppen, die nicht nur sprechen, sondern auch weinen konnten und dabei echte Tränen vergossen. Hunde, die sich zum Gekraultwerden auf den Rücken warfen und richtige kleine Haufen machten, geruchlose natürlich, und Flugzeuge, die nicht nur fliegen konnten, sondern auch genau an dem Ort landeten, den man vorher programmiert hatte.

Walther Wohlfarth, der Begründer der Wohlfarth'schen Spielzeugwerke, hatte es mit seinen weinenden Puppen und lebens-

echten Hunden und Katzen zu einem Vermögen gebracht, aber dann war der Absatz rapide gesunken, denn die Kunden kauften lieber Spielzeug aus Fernost, das mindestens ebenso viel konnte und auch fast genauso aussah, dafür aber nur die Hälfte kostete.
Und Walther Wohlfarth persönlich war es auch, der da jetzt an den unverkäuflichen Resten seines einst blühenden Unternehmens vorbeihastete und keinen Blick für all die Bellos, Wuschels, Tinas und Ginas hatte, die ihm aus leblosen Glasaugen hinterherglotzten.
»Kruschke!«, schrie er. »Kruschke, wo stecken Sie schon wieder?«
»Hier, Chef!«, ertönte es dumpf hinter einem Regal. »Komme schon.«
Ein kleiner dicker Mann mit Halbglatze tauchte auf. Er sah ziemlich mitgenommen aus. Ein Hosenträger hing herab, das Hemd war schief geknöpft. Schweiß perlte von seiner Stirn. Sein linkes Auge zuckte, sein rechtes sah starr geradeaus. Er war beileibe kein schöner Mann.
»Sie ist mir entwischt, Chef«, stieß er jetzt hervor. »Prototyp 3131. Einfach abgehauen.«
»Kruschke!«, donnerte Wohlfahrth. »Sie sind ein Idiot!«
Kruschke zuckte zusammen. »Jawohl, Chef.«
Aber Kruschke war alles andere als ein Idiot. Das komplizierte technische Innenleben all der Spielsachen um ihn herum war ganz allein sein Werk. Keiner hätte in diesem rotgesichtigen kleinen Mann, der zudem noch grauenvoll schielte, einen der bedeutendsten Erfinder Deutschlands vermutet. Aber das war er. Ihm war es zu verdanken, dass Puppe Amanda, der

Sensationserfolg auf der Nürnberger Spielwarenmesse von 1993, nach dem Trinken ihres Fläschchens richtig aufstoßen konnte. Verkauft hatte sich Amanda dann allerdings nicht so gut, da die anfänglich niedlichen Bäuerchen sich innerhalb kurzer Zeit in laute Rülpser verwandelten, die die kleinen Puppenmuttis eher abstoßend fanden.

»Sie sind ein Idiot, Kruschke«, wiederholte Wohlfarth. »Ich hatte Ihnen doch gesagt, Sie sollen sie umprogrammieren. Wie konnte das passieren?«

»Gerade als ich den Dauerschlafmodus einstellen wollte, hat sie sich davongemacht.« Kruschke wagte ein Lächeln, als er nicht wenig stolz hinzufügte. »Sie ist ziemlich schlau.«

»Schlau, von wegen!«, zischte Wohlfarth. »Sie haben sie vermurkst. Schaffen Sie sie her und dann ab mit ihr in den Elektroschrott.«

»Ich soll sie ... umbringen?«, stammelte Kruschke.

»Wir brauchen Prototyp 3131 nicht mehr. Wir haken sie ab unter Fehlkonstruktion. Finden Sie sie, und zwar sofort!«

»Jawohl, Chef. Bin schon weg, Chef!« Kruschke lief los, stellte fest, dass er sich in der Richtung geirrt hat, kehrte um und rannte, so schnell er es mit seinen kurzen Beinen vermochte, aus der Halle.

»Wenn ich den Kerl nicht dringend bräuchte, würde ich ihn am liebsten auf den Mond schießen«, murmelte Wohlfarth und zupft sich einen Fussel vom Ärmel, bevor auch er die Fabrikhalle verließ.

Kruschke stand auf einer Düne. Der Wind wirbelte die wenigen Haare durcheinander, die ihm noch verblieben waren. »Sarah!«, rief er. »Sarah!«

Wenn sie nicht weiter als hundert Meter von ihm entfernt war, müsste sie ihn hören und auch auf ihn reagieren. Das hatte er so programmiert. Sarah war ein schöner Name, so hatte das Mädchen geheißen, das die ersten Jahre in der Grundschule vor ihm gesessen hatte. Dicke kastanienbraune Haare hatte es gehabt. Immer hatte er diese Haare anschauen müssen. Wenn die Sonne durch das Klassenfenster schien, hatten sie rotgolden geschimmert. Für seine Sarah hatte er versucht, Haare in der gleichen Farbe zu finden. Wohlfarth hatte zwar gemeint, ein Prototyp bräuchte kein Haar, das sei unnötige Geldverschwendung, aber Kruschke hatte darauf bestanden. »Nur so können wir sehen, ob sie auch überzeugend wirkt. Haare können sehr entscheidend sein.«

Bei den Nachfolgemodellen hatte Wohlfarth sich dann aber für blondes Haar entschieden. »Blond wirkt einfach sympathischer, vertrauenerweckender. Das haben wissenschaftliche Studien erwiesen.«

Wohlfarth hatte recht. Er hatte immer recht. Schließlich war er der Chef. Fragte sich nur, wie lange noch.

Kruschke lief die Düne hinunter zum Strand. »Sarah!«, rief er wieder. Aber der Strand war leer. Möwen krächzten. Es roch nach faulem Tang und Meer. Es gab nicht so viele Möglichkeiten, sich hier auf der Insel zu verstecken. Er musste sie finden, bevor ihre Akkus leer waren. Er musste ihr erklären, was er mit ihr vorhatte. Er wusste, sie würde es verstehen. Sie würde verstehen, dass sie zu Großem bestimmt war, dazu, die perfekteste Frau der Welt zu werden. Schön und klug war sie jetzt schon, aber etwas ganz Entscheidendes fehlte ihr. Und er, Kruschke, konnte ihr genau das geben. Keiner sonst, nur er!

Wo steckte sie nur?

Aus den Dünen trat eine Frau. Ihr langes braunes Haar flatterte im Wind. Obwohl es an diesem Aprilmorgen empfindlich kühl war, trug sie nur ein dünnes Sommerkleid. Schnell schritt sie über den Sand zum Ufer. Immer weiter, bis die Gischt ihre nackten Füße umspülte. Sie hob die Arme, als wollte sie den Horizont umarmen.

Kruschke machte schon den Mund auf, um ihren Namen zu rufen, schwieg dann aber. Womöglich erschreckte er sie und sie flüchtete wieder. Er konnte ihr nicht länger hinterherlaufen. Er war ja jetzt schon völlig außer Puste.

Schwerfällig stapfte er durch den tiefen Sand zu ihr hin.

»Sarah«, sagte er leise. »Sarah, bleib stehen. Nicht ins Wasser gehen, hörst du?«

Sarah drehte sich zu ihm um. »Wasser ist eine chemische Verbindung aus den Elementen Wasserstoff und Sauerstoff. Wasser kann man trinken, in Wasser kann man baden«, sagte sie lächelnd.

»Du hast recht«, sagte Kruschke. »Aber in diesem Wasser kannst du nicht baden, Sarah.«

»Badengehen macht Spaß«, sagte Sarah und ging weiter.

Eine Stunde später klopfte es an Wohlfarths Bürotür. Es befand sich auf einer Galerie in der ehemaligen Fertigungshalle, und durch ein großes Glasfenster konnte man hinunter auf die Fließbänder blicken, an denen vor vielen Jahren einmal die Arbeiterinnen gestanden und Puppen frisiert und eingekleidet hatten, bevor sie dann in bunte Kartons verpackt worden waren. Auf einem der Bänder lag noch ein rosa Strampelanzug, eine der letzten Babypuppen musste nackt ausgeliefert worden sein. Aber wen kümmerte das noch. Wohlfarth jedenfalls nicht. Er saß vor einem Computer und starrte auf den Bildschirm.

Es klopfte noch einmal.

»Kommen Sie schon rein, Kruschke.«

Vorsichtig öffnete Kruschke die Tür und schob sich durch den Spalt. »Entschuldigung, Chef … aber …«, stotterte er.

»Sagen Sie nicht, sie ist Ihnen entwischt!« Wohlfarths Gesicht verfärbte sich.

»Doch, leider. Ich hatte sie schon fast gehabt, aber dann hat sie sich ins Meer gestürzt. Sie hat gesagt, sie will baden, und dann lag sie auch schon im Wasser. Ich konnte schließlich nicht hinterher, Chef.«

Wohlfarth sah den kleinen dicken Mann abschätzig an. »Natürlich nicht. Können Sie überhaupt schwimmen?«

Kruschke schüttelte den Kopf.

»Ist Prototyp 3131 denn salzwassertauglich?«

»Nein, ihr Körper verträgt nur Süßwasser nicht über 38 und nicht unter 19 Grad.«

Wohlfarth tippte etwas in seinen Computer ein. »Die Nordsee hat zurzeit gerade mal 15 Grad. Was glauben Sie, wie lange hält sie durch?«

Kruschke schluckte. »Keinen Tag, befürchte ich.«

»Gut, dann können wir nur hoffen, dass sie nicht eines Tages hier angetrieben wird.«

»Warum?«, fragte Kruschke verwirrt.
»Weil niemand auf der Insel von ihrer Existenz erfahren darf, darum!« Wohlfarth erhob sich. »Und nun machen Sie sich gefälligst an die Arbeit, aber ich warne Sie: noch so ein Fehler und ...«
»Keine Sorge, Chef, das wird nicht wieder passieren«, sagte Kruschke schnell. »In Zukunft wird alles laufen wie am Schnürchen.«
»Das will ich Ihnen auch geraten haben. Vergessen Sie nie, was auf dem Spiel steht!«

3. KAPITEL

Als Bruno an diesem Mittag aus der Schule kam, erwartete ihn eine Überraschung.
»Ich muss mit dir reden«, sagte seine Mutter, noch bevor er Zeit gehabt hatte, sich die Jacke auszuziehen. »Ich habe vorhin mit Frau Leberknecht gesprochen.«
»Ja?«, fragte Bruno ängstlich. Hatte sie sich etwa beschwert, weil er die Tasten ihres kostbaren Flügels eingesaut hatte?
»Ich habe ihr gekündigt.«
Bruno musste sich setzen. »Toll – ich meine … warum?«
»Weil ich glaube, dass sie nicht gut genug für dich ist. Sie sieht einfach nicht, was für ein großes Talent sie vor sich hat.«
Bruno seufzte. Hatte er einen kurzen Moment lang geglaubt, seine Mutter hätte endlich eingesehen, dass aus ihm nie ein großer Pianist werden würde, so war diese Hoffnung wieder dahin. Es würde nur einen neuen Lehrer oder eine neue Lehrerin geben. Wie so oft in den letzten Jahren. Dass die Leberknecht sich überhaupt so lange gehalten hatte, grenzte an ein Wunder.
Seine Mutter ging auf und ab. Selbst ihrem Rücken war die Entrüstung anzusehen.

»Als ich sie gefragt habe, ob sie dich bei dem Klavierwettbewerb im Juni angemeldet hat, hat sie doch glatt gemeint, du seist nicht gut genug und es wäre für dich sicher nicht schön, unter den Letzten zu landen.«

Bruno seufzte noch einmal, lauter.

Seine Mutter strich ihm übers Haar. »Nicht traurig sein, Schatz. Diese Frau hat einfach keine Ahnung. Ich fand sie ja gleich unsympathisch, aber sie war mir empfohlen worden.«

Bruno musste daran denken, wie begeistert seine Mutter am Anfang von Frau Leberknecht gewesen war. »Das ist die Richtige für dich«, hatte sie gesagt. »Nicht so eine Lusche wie dieser Herr Karl mit seinem schlaffen Händedruck. Die wird dich zur Konzertreife bringen, da bin ich sicher!«

Auch Herrn Karl hatte sie anfangs in den höchsten Tönen gepriesen, um ihn dann dafür verantwortlich zu machen, dass Bruno immer noch nicht spielte wie Klang Klang, der berühmte chinesische Pianist, den seine Mutter so verehrte und von dem sie ihm zum Geburtstag ein Autogramm mit persönlicher Widmung geschenkt hatte. Er hatte Freude geheuchelt, dabei wäre ihm ein Autogramm von Muhammed Ali hundertmal lieber gewesen.

Die Mutter stellte Bruno einen Teller hin. »Es tut mir leid, ich bin heute nicht zum Kochen gekommen.« Sie öffnete den Kühlschrank und holte Käse und Wurst heraus. »Hab den ganzen Vormittag nur rumtelefoniert.«

Sie legte Bruno eine Scheibe Brot auf den Teller und strahlte ihn an. »Aber jetzt hab ich ihn. Den besten! Professor Griebel. Es war wirklich schwierig, weil er eigentlich überhaupt keine Termine frei hat, aber nachdem ich ihm erzählt habe, dass Klavierspielen deine große Leidenschaft ist, dass du es kaum erwarten kannst, endlich auf einer großen Bühne dein Können –«

»Mama!«, versuchte Bruno sie zu unterbrechen.

»Ist natürlich viel teurer als die Leberknecht, aber das ist es mir wert, das muss es mir wert sein, wenn ich damit deine Zukunft –«

»Mama!«, sagte Bruno noch einmal lauter. »Ich kann überhaupt nicht Klavier spielen!« Er schob den Teller weg, der Appetit war ihm vergangen. »Erinnerst du dich noch an das erste Vorspiel bei Frau Leberknecht? An das Mädchen, das vor mir dran war?«

»Die kleine Chinesin?«

»Sie kommt aus Korea. Wie die gespielt hat! Und dabei war sie erst sieben. *Die* ist begabt. Das hat Frau Leberknecht auch gesagt.«

Seine Mutter machte eine abfällige Handbewegung. »Mein Gott, diese Asiaten. Die erziehen ihre Kinder zu reinsten Automaten. Bestimmt übt die sechs Stunden am Tag.«

»Dein Klang Klang ist doch auch Asiate«, warf Bruno ein.

»Der ist ein Jahrhundertgenie, das ist ganz etwas anderes. Aber bei diesem Mädchen fehlte doch die Seele, Bruno. Auf die Seele kommt es an. Du warst einfach zu nervös an dem Tag und das Publikum nicht gewöhnt, deshalb hast du dich verspielt.«

»Ich verspiele mich doch auch zu Hause, wo kein Publikum ist. Ich bin einfach zu blöd dazu!«

Brunos Mutter nahm seine Hände und küsste sie. Eine Träne

fiel auf seinen Handrücken. »Sag das nicht. Ich weiß, dass das nicht stimmt. Ich muss es wissen, ich bin schließlich deine Mutter!«

Ich hab echt die schrecklichste Mutter der Welt, tippte Sofia in den Computer. Sie chattete gerade mit einem Jungen, der sich Dragonmonster nannte. Sein Foto zeigte einen blassen Knaben mit hochgegeltem Haar, der sich bemühte, besonders finster und bedrohlich auszusehen. Angeblich war er sechzehn. Dieser Milchbubi war höchstens vierzehn, das sah Sofia sofort. Aber sie war so wütend auf ihre Mutter, dass sie sich auch bei einer Schaufensterpuppe ausgeheult hätte. *Und den schrecklichsten Bruder, der außerdem noch nicht mal mein richtiger Bruder ist. Er sammelt tote Tiere und hat auch sonst ein Rad ab*. Vor lauter Ärger vergaß sie sogar, dass sie in ihrem Profil angegeben hatte, Einzelkind zu sein. Sie kratzte sich an der Stirn. Mist, da wuchs schon wieder ein Pickel. *Und mein Stiefvater ist sowieso das Aller–* Sofia brach ab. »Das Allerletzte« hatte sie schreiben wollen, aber das war unfair. Georg war eigentlich ganz nett. Er gab sich wenigstens Mühe, nahm Niklas nicht andauernd in Schutz. Aber wahrscheinlich tat er das auch nur, weil er die ständigen Streitereien satthatte.
Sofia löschte die letzten Worte und schrieb: *Und mein Stiefvater checkt rein gar nichts.*
Was macht der Alte denn?, schrieb Dragonmonster zurück.
Der ist Vertreter, antwortete Sofia.
Igitt, so'n Typ, der einem irgendwas an der Haustür andreht? Is ja abartig.
Du sagst es.

Auch das stimmte so nicht. Georg war zwar Vertreter, aber keiner, der von Tür zu Tür latschte. Er arbeitete für eine pharmazeutische Firma, die Mittel gegen Verstopfung und Haarausfall herstellte, und musste Ärzten die neuesten Medikamente vorführen. Er war ständig unterwegs. Sofia hatte nie verstanden, warum man für die Präsentation eines Abführmittels auf die Malediven fliegen musste oder nach Paris. Aber ab und zu brachte er ihr sogar was richtig Schönes mit. Sie hatte schon eine ganze Sammlung von T-Shirts von allen Orten der Welt. Das aus Stockholm mit den vielen bunten Elchen drauf mochte sie am liebsten.

Hey, bist du noch da?, schrieb Dragonmonster.

»Sofia! Kommst du? Das Essen ist fertig«, rief ihre Mutter von draußen.

»Was gibt's denn?«, rief Sofia zurück.

»Fischstäbchen mit Reis und Salat!«

Sofia steckte sich den Finger in den Hals. »Kotz, würg«, sagte sie. Aber sie sagte es leise.

Muss jetzt irgendwelchen Fraß in mich reinstopfen, bis später, tippte sie.

Ich mail dir was, das dich interessieren könnte, kam es zurück. *Was Witziges.*

Sofia schüttelte den Kopf und machte den Computer aus. Die Witze von Dragonmonster kannte sie bereits. Dabei handelte es sich immer um irgendwelche Fragebögen, wo man testen konnte, ob man ein grüner Alien war oder kugelschreibersüchtig oder überhaupt verrückt. Manchmal waren diese Tests ja ganz spaßig, meistens aber nur blöd.

Sie ging in die Küche und setzte sich an den Tisch. Die ganze

Wohnung stank schon wieder nach gebratenem Fisch. Wenn es nach Niklas gegangen wäre, würden sie sich von nichts anderem ernähren. Hätte er nicht eine Vorliebe für Pommes oder Pizza haben können?

Angewidert schob Sofia ihre Fischstäbchen an den Tellerrand und schrie auf.

»Was ist denn jetzt schon wieder?«, sagte ihre Mutter ungehalten.

»Das war Niklas!«, kreischte Sofia und zeigte auf eine dicke, halb zerdrückte Fliege, die unter einem der Fischstäbchen gelegen hatte. »Schon wieder! Denk an die tote Maus, die in meinem Bett lag!«

Die Mutter nahm den Teller und versenkte den Inhalt im Müll. »Dummes Zeug, die Fliege war sicher im Salat. Und die Maus hat Loulou dir ins Bett gelegt.«

»Und ich durfte sie noch nicht mal behalten«, sagte Niklas.

Die Mutter stellte Sofia einen neuen Teller hin. »Hör endlich auf, immer Niklas für alles verantwortlich zu machen.«

Der nickte bestätigend: »Ich hab gar nichts gemacht.«

»Aber das weiß ich doch, Engelchen. Noch ein paar Fischstäbchen? Die hier sind besonders knusprig.«

Niklas hatte bereits einen Berg Fischstäbchen auf seinen Teller gehäuft und kaute mit offenem Mund.

»Mach den Mund zu, das sieht total unappetitlich aus«, sagte Sofia und nahm sich einen Löffel Reis und zwei Salatblätter.

»Du siehst noch viel unappetitlicher aus«, sagte Niklas und grinste frech.

»Hast du das gehört, Mama!«, rief Sofia. »Hast du gehört, was er gesagt hat?«

Ihre Mutter strich Niklas über den Kopf. »Weißt du denn, was unappetitlich heißt, Nickilein?«
»Das heißt, dass man keinen Hunger hat«, sagte Niklas und sah seine Mutter treuherzig an. »Und Sofa hat keinen Hunger, stimmt's?«
»Da hast du's«, sagte die Mutter. »Er weiß gar nicht, was damit gemeint ist.«
Sofia war davon überzeugt, dass Niklas das sehr wohl wusste. Er war grässlich, aber schlau. Und so, wie er sie jetzt mit schief gelegtem Kopf ansah und dabei Fischbrei aus seinem Mund fallen ließ, wusste sie, dass sie recht hatte.

Emily schaute auf die Uhr. Wo blieb ihre Mutter bloß? Sie wollte nur kurz Milch und Butter kaufen. Dafür brauchte man doch keine Stunde. Aber vielleicht hatte sie sich irgendwo untergestellt. Es goss in Strömen und sie hatte wie immer keinen Schirm dabei. Und wenn ihr nun was passiert war?
Als das Telefon klingelte, zuckte Emily zusammen, und atmete erleichtert auf, als sie auf dem Display »Papa« las.
»Hallo, meine Maus, wie geht's dir?«, fragte ihr Vater.
»Gut«, sagte Emily und versuchte möglichst fröhlich zu klingen. »In Mathe hab ich eine Zwei geschrieben!«
»Du machst Witze! Wirklich?«
»Die zweitbeste Arbeit sogar.«
»War doch gut, dass wir geübt haben.«
»Und wie! Nächste Woche schreibe ich Englisch. Wir können am Wochenende dann ja lernen.«
»Schade, wir wollten eigentlich dieses Wochenende eine Radtour machen, ich hatte gehofft, du kommst mit.«

Wir wollten eine Radtour machen! Schon bei dem *wir* wurde Emily übel. Das fehlte noch, dass sie mit ihrem Vater und seiner Freundin auf dem Rad durch die Gegend fuhr. Das würde ja aussehen, als seien sie eine Familie.

»Ich hab wirklich keine Zeit«, sagte sie schnell. »Bio schreiben wir nämlich auch noch.«

»Schaffst du das denn allein?«

»Kein Problem, Mama ist ja auch noch da.«

»Wie geht's ihr denn?«, fragte ihr Vater. Das tat er jedes Mal und jedes Mal log Emily.

»Gut, prima.« Und ehe er fragen konnte, ob sie denn jetzt endlich Arbeit gefunden hätte, fügte Emily hinzu: »Es klingelt gerade. Bestimmt hat sie ihren Schlüssel vergessen.«

»Das ist doch wieder typisch«, sagte ihr Vater und lachte.

Emily legte den Hörer auf. Ihre Eltern hatten sich vor zwei Jahren getrennt. Emily hatte nie gefragt, warum. Sie wusste es auch so. Ihr Vater hatte sich in eine Frau verliebt, die so ganz anders war als ihre Mutter. Eine Frau, der nicht zwei Minuten vor Abflug einfiel, dass sie die Tickets zu Hause gelassen hatte oder dass das Bügeleisen noch an war. Einmal hatte ihre Mutter es geschafft, beim Fensterputzen so unglücklich zu stürzen, dass sie sich nicht nur das Bein brach, sondern obendrein noch den Putzeimer auf den Briefträger fallen ließ, der daraufhin ins Krankenhaus musste.

»Sei doch froh«, hatte Emilys Freundin Charlotte gesagt. »Mit deiner Mutter ist es nie langweilig. Meiner passieren nie so verrückte Sachen.«

Das Telefon klingelte schon wieder. Eine Handynummer, die Emily nicht kannte. »Hallo?«, sagte sie vorsichtig.

»Emmilein!«, ertönte aufgeregt die Stimme ihrer Mutter. »Liegt mein Portemonnaie auf dem Schränkchen in der Diele?«
»Nein, Mama, da liegt nichts.«
»Oh Gott, dann ist es mir doch gestohlen worden, was mach ich bloß?«
»Wo bist du denn?« Emily hörte Stimmen im Hintergrund. Ärgerliche Stimmen, wie ihr schien.
»Na hier, im Supermarkt. An der Kasse hab ich gemerkt, dass mein Portemonnaie weg ist. Und das Handy hab ich auch nicht dabeigehabt und –«
»Dann lässt du die Sachen eben da«, sagte Emily.
»Geht nicht, ich –«
Die Stimme ihrer Mutter brach ab, dafür schrie ihr jetzt ein Mann ins Ohr: »Ihre Mutter hat einen Apfel gegessen und nicht bezahlt. Das ist Diebstahl! Kommen Sie sofort her und bringen Sie Geld mit, auch fürs Telefonieren. Sonst hol ich die Polizei!«
Emily legte auf und stürzte in ihr Zimmer. In ihrer Spardose mussten noch vierzig Euro sein. Es waren nur zwanzig. Bestimmt hatte sich ihre Mutter wieder Geld geborgt und vergessen, es zurückzutun.
Sie riss die Jacke von der Garderobe und griff nach dem Schirm. Der Supermarkt war auf der anderen Seite der großen Kreuzung. Emily machte sich nicht die Mühe, den Schirm aufzuspannen, sondern rannte über die Straße.
Im Supermarkt bot sich ihr ein vertrautes Bild: ihre Mutter inmitten einer aufgeregten Menschenmenge.
»Nun lassen Sie doch endlich die arme Frau gehen!«, rief ein

Mann mit Pferdeschwanz gerade. »Sie können sie doch nicht wegen einem Apfel festhalten. Das ist ja lächerlich.«
»Das ist Diebstahl«, sagte ein anderer Mann in einem weißen Kittel. Wahrscheinlich der Filialleiter.
»Wenn schon, dann Mundraub«, mischte sich eine junge Frau ein und eine alte Dame schwenkte einen Fünfeuroschein. »Ich hab doch gesagt, dass ich den Apfel bezahle.«
Als Emilys Mutter ihre Tochter sah, strahlte sie: »Da ist sie ja, da ist ja mein rettender Engel.«
»Wurde ja auch Zeit«, knurrte der Mann im Kittel.
»Was kostet der Apfel denn?«, fragte Emily.
»Weiß ich doch nicht. Sie hat ihn ja aufgegessen.«
Emilys Mutter zog sich ein Klebeetikett vom Ärmel. »Ich hab ihn vorher natürlich ausgewogen. Ich wollte den Apfel ja nicht stehlen.«
»Normalerweise zahlt man erst und isst dann«, sagte der Filialleiter.
»Ich hatte gerade Appetit drauf«, erwiderte Emilys Mutter achselzuckend.
»Na, dann ist doch alles in Ordnung, nicht wahr?«, sagte die junge Frau, nahm ihre Einkaufstasche und verließ den Laden.
»Der Apfel kostet 63 Cent, zusammen mit den restlichen Einkäufen macht das genau 19,97 Euro«, sagte der Filialleiter. »Und das Handygespräch –«
»Jetzt reicht's aber!«, rief der Mann mit dem Pferdeschwanz. »Sie haben hier doch unter Garantie eine Flatrate und wollen sich auf Kosten dieser armen Frau bereichern!«
»Das beweisen sie mir erst mal!«, schrie der Filialleiter. Emily

legte schnell den Zwanzigeuroschein auf das Transportband, nahm die Tüte mit den Einkäufen und zog ihre Mutter aus dem Laden. Die schüttelte sich vor Lachen. »Hast du das Gesicht von dem Kerl gesehen?«

»Und was ist jetzt mit deinem Portemonnaie?«, fragte Emily und spannte den Schirm auf.

Das Gesicht ihrer Mutter verfinsterte sich. »Ich weiß genau, dass ich es eingesteckt hatte, hier in meine Manteltasche. Das muss mir jemand rausgenommen haben.«

Sie griff in beide Manteltaschen. »Weg!«

»Vielleicht in der Innentasche?«

Ihre Mutter griff sich an die Brust. »Da tu ich es doch nie –«, begann sie und stockte. »Das kann doch nicht wahr sein!« Sie zog das Portemonnaie heraus. »Das verstehe ich nicht, wie kommt das denn dahin?«

Emily verdrehte nur die Augen und nahm ihre Mutter am Arm. »Sei froh, dass es wieder da ist, Mama. Aber ich glaube, da können wir so schnell nicht wieder einkaufen gehen.«

4. KAPITEL

Der Wind pfiff an diesem Morgen besonders heftig um das alte Fabrikgebäude. Eine Eisentür schlug krachend auf und zu. An der Wetterseite waren die ursprünglich weißen Mauern bereits grün vor Moos. Auf dem Dach wucherten Grasbüschel und neben einem der Schornsteine wuchs sogar eine kleine Birke, die jetzt hin und her geschüttelt wurde.

Die Insel, auf der sich Wohlfarths Spielzeugwarenfabrik befand, hieß Nordfall. Sie lag eine knappe Schiffsstunde vom Festland entfernt.

Vor über hundert Jahren war Nordfall einmal doppelt so groß gewesen. Wind und Meer hatten nach und nach immer mehr von der Insel abgetragen, die jetzt wie ein in die Länge gezogenes Ei in der Nordsee lag. Am stumpfen Ende befand sich die Anlegestelle für die Fähre nebst einer Ansammlung von ein paar Häusern, in denen kaum mehr als ein Dutzend Menschen lebte. Die meisten waren Schafzüchter, deren Schafe auf den Salzwiesen hinterm Deich weideten.

Das spitze Ende der Insel war von dem Rest durch einen mannshohen Stacheldrahtzaun abgetrennt, der auf der einen Seite bis über den Deich reichte, auf der anderen Seite durch die Dünen verlief und ins Meer hineinragte. Der Zaun stammte aus der Zeit, als Wohlfarths Spielzeugfabrik noch seinem Vater gehört hatte. Walther Wohlfarth senior hatte allerdings mit Spielzeug nichts im Sinn gehabt, es sei denn, man käme auf die Idee, Handgranaten, Patronen, Sprengminen und Schießpulver so zu bezeichnen. Wohlfarths Munitionsfabrik war seit vielen Generationen in Familienbesitz gewesen, bevor Walther Wohlfarth junior mit dieser Tradition gebrochen und sich auf die Produktion von Puppen und Teddybären verlegt hatte.

Die abgeschiedene Lage seiner Fabrik war Wohlfarth nur recht gewesen. Auf diese Weise konnte man ihn nicht so leicht ausspionieren. Schließlich kannte er jeden einzelnen Bewohner der Insel. Ein Fremder wäre nicht lange unbemerkt geblieben. Doch trotz all dieser Vorkehrungen hatte man seine Ideen gestohlen, waren überall in den Kaufhäusern Puppen und Kuscheltiere, Autos und Flugzeuge aufgetaucht, die nicht nur fünf verschiedene Funktionen hatten, sondern fünfzig. Dass diese billig verarbeitet waren und nach kurzer Zeit kaputtgehen würden, sah jeder, der etwas von Spielzeug verstand, natürlich sofort. Aber nach und nach hatten all seine Kunden sich von ihm abgewandt und lieber diesen Schrott verkauft. Zuerst die großen Warenhäuser, dann die kleinen Spielzeugläden. Als ihm zum Schluss einer seiner treuesten Kunden, ein Einzelhändler in Hamburg, mitgeteilt hatte, dass sich seine Produkte nicht mehr verkaufen würden, da sie zu teuer seien, hatte Wohlfarth von einem Tag auf den anderen seine Produktion eingestellt und alle Angestellten entlassen. Kruschke war geblieben. Er konnte sich nicht von seinen Geschöpfen tren-

nen. Täglich lief er durch die Lagerhalle und überprüfte, ob alles noch funktionierte. Er ließ das Modell Bella, eine rosarote Balletteuse, auf dem staubigen Boden einen Pas de deux tanzen oder Pudel Purzel Purzelbäume schlagen, genau fünf hintereinander, bevor er mit einem fröhlichen »Wuff« wieder auf allen vieren stand. Außer Kruschke waren noch drei der ehemaligen Angestellten auf Nordfall geblieben. Zum einen, weil sie nicht wussten, wohin, zum anderen, weil sie hofften, dass es eines Tages doch wieder Arbeit für sie geben würde.
Dieser Tag war nun gekommen. Wohlfarth hatte sie für Punkt drei Uhr in sein Büro gebeten. Es waren zwei Frauen und ein Mann, die da jetzt über die Auffahrt, auf der in guten Zeiten täglich voll beladene Lkws zum Fähranleger gerollt waren, erwartungsvoll die Fabrik ansteuerten.
Vorneweg Wiebke Paulsen, eine mollige, immer fröhliche Person, die früher die Näherinnen angeleitet hatte. Die aufpasste, dass die Perücken richtig saßen und die Puppenkleidchen keine schiefen Säume hatten. Sie stammte von Nordfall, ebenso wie ihr Mann, der im Sommer Strandkörbe vermietete. Ihr folgte Ramona Beutel, Wohlfarths ehemalige Sekretärin. Eine knochige Blondine mit langen perlmuttfarbenen Fingernägeln, die sie noch immer jeden Tag feilte und lackierte, als wartete sie nur darauf, dass Wohlfarth sie zum Diktat rufen würde. Nun war sie sehr aufgeregt. »Meinst du, die Fabrik wird wieder eröffnet?«, fragte sie und schloss zu Wiebke Paulsen auf.
»Mit uns paar Männeken wohl kaum«, erwiderte die. »Außerdem: pleite ist pleite.«
»Aber ich hab läuten hören, Kruschke hätte eine völlig neue Puppe entwickelt, riesengroß.«

»Ja, angeblich ist die halb nackt durch die Dünen gerannt«, mischte sich nun ein drahtiger junger Mann ein. Sven-Ole war einer von Wohlfarths Fahrern gewesen. Jetzt transportierte er Schafe von der Insel zum Festland. »Hinnerk hat's selbst gesehen.«
»Dummes Zeug! Dein Cousin sollte sich mal besser eine Brille kaufen«, sagte Wiebke Paulsen und lachte. »Der glaubt ja auch noch an den Klabautermann!«
»Vielleicht hat Kruschke ja wirklich was Neues erfunden«, sagte Ramona Beutel hoffnungsvoll. »Etwas, womit man richtig Geld verdienen kann.«
»Kann ein Glatzkopf eine Glückssträhne haben?«, fragte Sven-Ole und lachte über seinen eigenen Witz.
»Du man wieder, nee! Du immer mit deinen albernen Sprüchen«, sagte Wiebke Paulsen und drohte ihm scherzhaft mit dem Finger.

Das Werkstor wurde geöffnet. Kruschke winkte sie herein. »Beeilung. Der Chef wartet schon.«
Als sie durch die riesige, schwach beleuchtete Fertigungshalle auf die Treppe zugingen, die nach oben in Wohlfarths Büro führte, sah sich Wiebke Paulsen um und seufzte. »Ist das nicht ein Jammer?«, flüsterte sie Ramona Beutel zu, die gerade naserümpfend über einen undefinierbaren Dreckhaufen stieg. »Wie das alles runtergekommen ist!«
»Na, hoffentlich erwartet er nicht von uns, dass wir hier sauber machen«, flüsterte Ramona Beutel zurück.
Wohlfarth stand an der Glasscheibe und sah hinunter auf seine ehemaligen Mitarbeiter. Kruschke, übereifrig wie immer, war

schon auf der Treppe. Wiebke Paulsen war in den letzten Jahren auch nicht schlanker geworden und Ramona Beutel nicht jünger. Der Einzige, der sich kaum verändert zu haben schien, war Sven-Ole. Aber der war wiederum viel zu unerfahren, um wirklich brauchbar zu sein. Trotzdem, er musste es versuchen. Er hatte keine Wahl und vor allem kein Geld. Seine gesamten Rücklagen hatte er in dieses Unternehmen gesteckt. Wenn das schiefging, war er ruiniert, und zwar endgültig. Er straffte die Schultern. Aber warum sollte es schiefgehen? Die Idee war einfach grandios und diesmal würde sie ihm keiner stehlen. Das war schon mal sicher.

Er trat hinter seinen Schreibtisch und rückte das große Bild gerade, das über ihm an der Wand hing.

»Du wirst stolz auf mich sein, Mutter«, sagte er. »Sehr stolz sogar.«

In diesem Moment klopfte es auch schon an die Tür.

»Herein«, rief Wohlfarth.

Er hat sich kaum verändert, dachte Ramona Beutel, als sie ihren ehemaligen Chef betrachtete. Ein paar graue Haare mehr und müde sieht er aus.

»Guten Tag«, sagte Wohlfarth. »Danke, dass Sie, dass ihr –«, er lächelte ein wenig schief, »gekommen seid. Nehmt doch bitte Platz.«

Er zeigte auf ein paar Sessel, die nebst einem Sofa um einen kleinen Tisch herum gruppiert waren. Früher hatten hier nur die Geschäftspartner von Wohlfarth Platz nehmen dürfen. Vorsichtig setzten sich nun seine ehemaligen Untergebenen auf die durchgesessenen Sessel mit den abgewetzten Bezügen.

»Ich hoffe, ihr erinnert euch noch an mein, an unser Firmenmotto.«
»Na klar doch, Chef«, sagte Sven-Ole. »Irgendwas wie ›Wenn dein Kind glücklich ist, dann ist die Welt das auch‹ oder so ähnlich.« Er verstummte.
Ramona Beutels Finger schnellte in die Luft. »›Mach dein Kind glücklich und du rettest die Welt‹«, sagte sie stolz.
Wohlfarth nickte ihr anerkennend zu. »Richtig. Genau das war immer mein Wahlspruch, ja mehr noch, die Devise, nach der ich mein ganzes Leben ausgerichtet habe. Ich, der ich meiner Mutter, Gott hab sie selig …« Er verzog schmerzlich das Gesicht und zeigte hinter sich auf das Porträt einer gütig lächelnden Dame mit grauen Locken und einer Kette um den Hals, an der ein goldenes Medaillon hing. »… der ich meiner Mutter die wundervollste Kindheit verdanke, die ein Mensch nur haben kann, ich wollte immer nur eins: Kinder glücklich machen, denn nur glückliche Kinder reifen zu glücklichen Erwachsenen heran, die der Welt etwas geben, sie kreativ gestalten können …«
Sven-Ole hörte nicht mehr zu. Warum sagte der Chef nicht endlich, was er von ihnen wollte, und basta. Noch nicht mal was zu trinken oder ein paar trockene Kekse standen auf dem Tisch. Er schielte auf seine Uhr, bekam aber sofort einen strafenden Blick von Ramona Beutel zugeworfen. Na klar, für die war jedes Wort von Wohlfarth wie süßer Honig. Alle hatten sich seinerzeit in der Fabrik über sie lustig gemacht; war ja auch zu komisch gewesen, wie sie ständig um ihn rumscharwenzelt war. Dabei sollte sie sogar mal verlobt gewesen sein. Ihr Verlobter hatte sich dann aber von ihr getrennt, weil sie

immer nur von Wohlfarth geschwafelt hatte. Und auch jetzt glotzte sie ihn an, als sei sie ein Schaf und er ein Büschel saftiges Gras. Mäh, mäh. Da fiel ihm ein neuer Witz ein: Wenn ein Schäfer seine Schafe verhaut, ist er dann ein Mähdrescher? Er musste sich auf die Lippen beißen, um nicht laut loszulachen.
Auch Wiebke Paulsen hatte Mühe, sich auf Wohlfarths Ausführungen zu konzentrieren. Ihrem Mann würde gar nicht gefallen, wenn sie wieder arbeiten ging. Er hatte sich daran gewöhnt, dass sie den ganzen Tag zu Hause war und dafür sorgte, dass im Kühlschrank immer ein Bier stand und die Unterhosen sauber gefaltet im Schrank lagen. Dabei würde ein kleiner Zuverdienst ihnen ganz gelegen kommen. Beim letzten Herbststurm waren drei ihrer Strandkörbe aufs Meer geweht worden. Aber wozu brauchten sie die überhaupt, wo doch eh keine Feriengäste kamen. Sie seufzte laut.
»Was meinten Sie, Frau Paulsen?«, fragte Wohlfarth ärgerlich über die Unterbrechung.
»Sie haben ja so recht«, sagte Wiebke Paulsen und nickte heftig mit dem Kopf. »Kinder glücklich zu machen, das ist doch ...«
»... die ehrenvollste Aufgabe, der ein Mensch sich nur widmen kann«, vollendete Wohlfarth den Satz.
Sven-Ole verstand von all dem nur ein Wort: Aufgabe. »Wäre schon froh, mal wieder was anderes tun zu können, als Schafe zum Festland zu karren«, sagte er.
Wohlfarth erhob sich: »Keine Sorge, ab sofort arbeitet ihr alle wieder für mich.«
Ramona Beutel sah sich irritiert im Zimmer um. »Worauf soll ich denn Ihre Briefe schreiben, Herr Wohlfarth?«

Der kleine Schreibtisch, hinter dem sie viele Jahre gesessen und die geschäftliche Korrespondenz erledigt hatte, war leer. Kein Computer, noch nicht einmal eine Schreibmaschine stand darauf.

»Ich hab draußen auch keinen Lkw gesehen, Chef«, sagte Sven-Ole. »Nur den kleinen Transporter.«

»Stellen Sie denn nun auch wieder Näherinnen ein?«, fragte Wiebke Paulsen. »Meine Nichte sucht nämlich schon lange etwas –«

Wohlfarth machte eine abweisende Handbewegung. »Nein, nein, ich hab mich wohl nicht klar genug ausgedrückt. Es geht nicht darum, Spielzeug herzustellen. Es geht um etwas ganz anderes. Es geht um eine Mission! Meine Mission!«

5. KAPITEL

»Was wünschst du dir zum Muttertag?«, fragte Bruno beim Mittagessen. Es gab Spinatravioli mit Käsesoße. Er nahm sich zum zweiten Mal. Boxer mussten kohlehydratreiche Nahrung zu sich nehmen, das wusste er. Nudeln waren genau das Richtige.

»Bist du noch nicht satt, mein Schatz?«, fragte seine Mutter und runzelte die Augenbrauen.

»Nein«, sagte Bruno und stopfte sich gleich drei Ravioli auf einmal in den Mund. Er wusste, was gleich kam.

»Du isst viel zu schnell. Warte doch ein wenig, bis sich das Sättigungsgefühl einstellt, der Magen braucht –«

»Zwanzig Minuten, bis er weiß, dass er satt ist«, vollendete Bruno schmatzend den Satz. »Hab aber keine Lust, so lange zu warten.«

Seine Mutter schien selbst nicht immer darauf zu warten, bis der Magen ihr mitteilte, dass er genug hatte. Die Schlankste war sie jedenfalls nicht.

»Was ist nun mit Muttertag?«, fragte Bruno noch einmal.

»Papa kauft bestimmt Blumen, ich kann dir ja das Frühstück ans Bett bringen.«

»Oh nein, bitte nicht! Beim letzten Mal ist alles auf der Decke gelandet. Die Saftflecken sind nie mehr rausgegangen.«
Seine Mutter beugte sich vor. »Ich wünsche mir nur eins, mein Junge, Professor Griebel hat gesagt, dass sich heute entscheidet, ob du bei dem Vorspiel am Konservatorium mit dabei bist.«
Auf einmal schmeckten die Spinatravioli nach Pappe.
»Versprich mir, dass du dir nachher Mühe gibst, ja?«
Jetzt endlich rührte sich Brunos Magen, er rührte sich so sehr, dass Bruno aufs Klo stürzte und alles von sich gab.
Die Stunden bei Professor Griebel waren ein Albtraum, dagegen war das Klavierspiel bei Frau Leberknecht das reinste Vergnügen gewesen. Professor Griebel stand neben Bruno, wippte mit den Füßen im Takt und bewegte ein kleines elfenbeinfarbenes Stöckchen wie ein Metronom hin und her. Dabei schloss er die Augen, um sie dann plötzlich aufzureißen und zu rufen: »Da steht largo und nicht lahmarschig!«
Der Unterricht fand nicht bei ihm zu Hause statt, sondern in einem kahlen Raum im Konservatorium. Zwei Klaviere standen dort und ein Flügel. Auf dem Flügel durfte Bruno nicht spielen. Den durfte nur die hübsche rothaarige Studentin benutzen, die nach ihm Unterricht hatte. Ohne anzuklopfen, kam sie jedes Mal rein und setzte sich an den Flügel, selbst wenn Bruno noch spielte. Der Professor gab ihm dann mit einem Wink zu verstehen, dass die Stunde vorüber sei, und setzte sich zu der jungen Frau auf die Klavierbank. Manchmal spielten sie vierhändig. Einmal war Bruno in der Tür stehen geblieben, weil es so gut klang. Professor Griebel hatte sich vorgebeugt, der jungen Frau etwas ins Ohr geflüstert und sie

hatte sich kichernd zu Bruno umgedreht. Bestimmt hatte sie über ihn gelacht. Am liebsten wäre er vor Scham im Erdboden versunken.
»Bruno, mein Schatz! Alles in Ordnung da drin?« Seine Mutter rüttelte an der Badezimmertür. »Du musst gleich los.«
Bruno wusch sich die Hände. Er bearbeitete sogar seine Fingernägel mit der Bürste. Fünfunddreißig Euro zahlte seine Mutter dem Professor für eine Stunde. Die Mitgliedschaft im Boxverein würde nur einen Bruchteil davon kosten und ihm obendrein noch Spaß machen.
Er öffnete die Badezimmertür. »Mir ist schlecht. Ich musste mich übergeben«, sagte er und versuchte möglichst leidend auszusehen.
Seine Mutter sah ihn prüfend an. »Du musst zum Klavier.«
»Ich kann nicht, ich …« Bruno musste aufstoßen. »Ich glaub, ich muss –« Er verschwand wieder im Bad.
Als er nach einer ganzen Weile herauskam, hörte er seine Mutter im Wohnzimmer telefonieren. Er konnte an der Art, wie sie ab und zu ein »Wie reizend von Ihnen!« einflocht, erkennen, dass sie mit dem Professor sprach.
»Wir haben Glück!«, rief sie, als sie zu ihm in den Flur trat. »Der Professor hat morgen Nachmittag um fünf noch eine halbe Stunde frei. Du musst allerdings superpünktlich sein. Und jetzt leg dich hin, mein Schatz, damit du morgen wieder fit bist.«
Bruno legte sich aufs Bett und starrte an die Zimmerdecke. Ihm war nicht mehr übel, nur noch ganz flau. Morgen um fünf war er mit seinem Freund Jim verabredet. Jim hatte einen Boxsack zu Ostern bekommen und Bruno wollte ihn unbe-

dingt ausprobieren. Der Sandsack war nur noch eine schlaffe Hülle. Seine Mutter hatte ihn natürlich entdeckt und den Sand, den er mühselig hineingeschaufelt hatte, einfach auf dem Weg ausgekippt.

Warum musste er nur so eine schreckliche Mutter haben?

»Bruno? Geht's besser?« Seine Mutter stand in der Tür und schwenkte ein Heft. »Hier, deine Zeitschrift ist heute gekommen. Du musst unbedingt das Interview mit Klang Klang lesen. Er sagt, dass er auch Phasen hatte, in denen er an sich selbst zweifelte.«

Sie legte ihm das Heft aufs Bett. Pflichtschuldig blätterte Bruno es durch. *Der junge Virtuose* enthielt nichts, was ihn auch nur im Entferntesten interessierte: Interviews mit berühmten Klavierspielern, die erzählten, wie wichtig es sei, schon in jungen Jahren ein festes Ziel vor Augen zu haben, oder Artikel, die von Dreijährigen handelten, die bereits perfekt die Mondscheinsonate spielen konnten. Ganz zu schweigen von der Rubrik: *Übungen für die linke Hand.*

Er wollte die Zeitschrift gerade zuschlagen, da fiel ihm etwas auf. Unter einer Anzeige, die Werbung für hässliche Klavierhocker machte, stand:

Gesucht wird: Die schrecklichste Mutter der Welt

Darunter war eine Internetadresse angegeben, auf der man sich einen Fragebogen herunterladen konnte.

1. Preis: Vier Wochen Urlaub auf einer Insel ohne Mütter

Bruno ging in das Zimmer seines Vaters. Er machte den Computer an und gab im Internet die Seite www.schreckliche-muetter.de ein.

Der Fragebogen umfasste vier Seiten. Bruno druckte ihn aus

und nahm ihn mit in sein Zimmer. Name, Alter und Anschrift waren schnell ausgefüllt, auch die Frage *Warum glaubst du, dass deine Mutter die schrecklichste Mutter der Welt ist?* war nicht schwer zu beantworten.

Weil sie mich zwingt, Klavier zu spielen, dabei möchte ich viel lieber boxen, schrieb Bruno.

Aber dann wurde es schwierig. Er sollte lauter Angaben zu seiner Mutter machen, ob sie Verwandte hatte, wenn ja, wie die hießen, welche Vorlieben und Abneigungen es gab, wie viele Personen im Haushalt lebten und was für Haustiere.

Bei Vorlieben fiel Bruno nur ein, dass seine Mutter zum Geburtstag von seinem Vater immer ein bestimmtes Parfüm bekam, das nach Veilchen roch und *Violet Dreams* hieß. Zu Abneigungen schrieb er: »Sie mag es nicht, wenn man ihr widerspricht.«

Die Tür zu seinem Zimmer ging auf, sein Vater steckte den Kopf herein.

»Was machst du denn für Sachen, mein Junge? Hab gehört, dir geht's nicht gut.«

»Nur der Magen, Papa. Geht schon wieder«, sagte Bruno.

»Und du machst trotzdem Schularbeiten, wie ich sehe.« Brunos Vater zeigte auf die Fragebögen. »Brav, brav. Zu schade, dass dein Klavier heute ausfallen musste, nicht wahr?« Er zwinkerte Bruno zu.

»Mir war wirklich schlecht!«, rief Bruno.

»Wenn ich zu diesem Professor Griebel müsste, würde mir auch schlecht werden«, sagte sein Vater und verschwand wieder.

Brunos Vater fand diese ganze Klavierüberei albern und konnte gut verstehen, dass es seinem Sohn keinen Spaß machte. »Lass den Jungen doch in Ruhe, aus dem wird nie ein Pianist«, hatte er gesagt, als Brunos Mutter den teuren Unterricht beim Professor vereinbart hatte. »Du hast doch keine Ahnung, unmusikalisch, wie du bist«, hatte sie sich empört. »Aber meine Tante Adelheid war Erste Bratsche im Cloppenburger Stadtorchester, uns liegt die Musik einfach im Blut!«

Und damit war das Thema erledigt gewesen.

*Meine Großtante Adelheid war Erste Bratsch*e, kritzelte Bruno in die Rubrik »Verwandtschaft«. Ein Foto seiner Mutter sollte er dem Fragebogen auch noch beifügen. Das einzige, das er fand, war das von seiner Einschulung. Seine Mutter hatte die Schultüte für ihn gehalten, weil die so groß gewesen war. Sehr verändert hatte sie sich nicht, war höchstens fülliger geworden. »Sie ist etwas dicker als auf dem Bild«, schrieb Bruno auf die Rückseite des Fotos. Dann faltete er die Fragebögen zusammen und steckte sie mit dem Foto in einen Briefumschlag. Zum Schluss schrieb er die angegebene Postfach-Adresse auf den Umschlag.

Bruno wusste, wo seine Mutter die Briefmarken aufbewahrte. Aus einem ihm selbst nicht erfindlichen Grund wollte er den Brief so schnell wie möglich abschicken. Dabei rechnete er nicht im Traum damit, den ersten Preis zu gewinnen. Sicher gab es schrecklichere Mütter als seine. Aber es hatte ihm einfach gutgetan, einmal alles aufzuschreiben, worunter er litt, doch jetzt musste er diesen Brief loswerden, bevor seine Mutter ihn entdeckte.

Emily ging von der Schule nicht gleich nach Hause, sondern machte einen Umweg durch den Park. Sie wollte sehen, ob die Rosen schon blühten, um ihrer Mutter eine zum Muttertag zu stibitzen. Natürlich hätte sie ihr auch eine im Blumenladen kaufen können, aber komischerweise dufteten die nie.

Sich nach allen Seiten umschauend, strich Emily an den Rosenbeeten entlang. Da war eine! Zartrosa und noch nicht ganz aufgeblüht. Emily versuchte sie möglichst unauffällig abzubrechen, aber das war gar nicht so einfach. Der Stiel bog sich und Dornen stachen ihr in den Finger. Sie versuchte die Rose abzureißen und hatte plötzlich den ganzen Zweig in der Hand.

»Hallo, du da! Was machst du denn mit den Rosen?«

Ein alter Mann humpelte auf sie zu und schwenkte drohend seinen Stock.

Emily ließ den Zweig fallen und lief los. Tränen schossen ihr in die Augen. Die arme Rose! Die würde jetzt auf dem Boden liegen, zertrampelt werden oder verwelken.

Zu Hause lag ein Zettel auf dem Küchentisch: *Komme später, im Kühlschrank sind Bratkartoffeln, mach dir Quark dazu.*

Die Bratkartoffeln waren drei Tage alt und an den Rändern ganz hart. Emily hielt sich die Schüssel an die Nase. Es roch nicht gut. Sie holte eine Packung Quark aus dem Kühlschrank und öffnete sie. Grüner, pelziger Schimmel zog sich über die Oberfläche. Kein Wunder, das Haltbarkeitsdatum war im Januar abgelaufen. Ihre Mutter sagte zwar immer, man müsse das nicht so genau nehmen, die meisten Lebensmittel seien auch lange danach noch gut. Doch das mochte vielleicht auf Zucker und Dosentomaten zutreffen, auf Quark eindeutig nicht.

Emily öffnete die Speisekammer. Flaschen und Gläser mit

scharfen Soßen und Pasten standen darin. Ihre Mutter schmierte sich so was schon am Morgen aufs Brot. Emily mochte kein scharfes Essen. Sie griff nach einer Packung mit Cornflakes, schüttete die Flakes in eine Schüssel und ging zum Händewaschen auf die Toilette.

Ein rot leuchtender Knopf auf der Waschmaschine zeigte an, dass der Waschvorgang beendet war. Emilys Mutter hatte gestern Abend gewaschen, Emilys neue Bluse mit den Volants war dabei gewesen. Hatte sie die etwa noch nicht aufgehängt? Emily öffnete die Trommel. Natürlich hatte ihre Mutter mal wieder viel zu viel Wäsche hineingestopft. In einem dicken Knäuel aus Handtüchern, Unterhosen und Socken zog Emily ein zerknautschtes Stück geblümten Stoff hervor. Vergeblich versuchte sie es glatt zu streichen. Die Bluse war mindestens um zwei Nummern eingelaufen und der vormals dünne, duftige Stoff hart und steif.

Emily setzte sich aufs Klo, presste sich den feuchten Klumpen vor die Augen und schluchzte. Die Bluse hatte ihr ihr Vater beim letzten Vater-Tochter-Tag geschenkt. Eigentlich war sie viel zu teuer gewesen, aber einfach wunderschön. Das hatte ihr Vater auch gefunden. »Versprich mir, dass du sie anziehst, wenn wir uns das nächste Mal treffen, damit ich mit meiner schönen Tochter richtig angeben kann«, hatte er gesagt und Emily war so stolz gewesen.

»Made in India«, hatte ihre Mutter mit einem Blick auf das Etikett abfällig gesagt. »Die muss man erst mal waschen. Da sind bestimmt lauter Schadstoffe drin.«

Warum in einer Bluse aus Indien mehr Schadstoffe drin sein sollten als in ihrem Rock aus China, hatte Emily nicht verstanden, aber sie vermutete, dass ihre Mutter sich ärgerte, weil die Bluse ein Geschenk von Emilys Vater war. »So viel Geld für so ’n bisschen Stoff. Dafür hätte dein Vater dir lieber neue Turnschuhe kaufen sollen, das wäre sinnvoller gewesen.«

Aber Emily wollte nichts Sinnvolles, sie wollte etwas Schönes und die Bluse war schön gewesen. Nun konnte man sie nur noch wegwerfen.

Sie putzte sich mit Klopapier die Nase und holte den Rest der Wäsche aus der Maschine, um sie in der Küche aufzuhängen. Sie konnte auf ihre Mutter noch nicht einmal richtig böse sein. Sie hatte es bestimmt nicht mit Absicht gemacht. Sie vergaß ständig die Wäsche in der Maschine, genauso wie sie den Quark im Kühlschrank vergaß.

Emily liebte ihre Mutter, aber es war so verdammt anstrengend mit ihr.

Als sie die Wäsche aufgehängt hatte, setzte sich Emily an den Tisch, um ihre Cornflakes zu essen. Dabei las sie, was hinten auf der Packung stand: *Lustige Spiele am Strand.* Abgebildet waren Kinder, die Sandburgen bauten, und Jugendliche, die Volleyball spielten. Zu gern wäre Emily auch ans Meer gefahren. Aber auch in diesem Jahr würde sie zu Hause bleiben müssen, denn für eine Urlaubsreise war kein Geld da. Die letzten schönen Ferien, an die Emily sich erinnern konnte, lagen Jahre zurück. Sie war mit ihren Eltern nach Dänemark gefahren. Ihre Sandburg war riesig gewesen und sie hatten sie mit einer Seejungfrau aus Muscheln geschmückt. Am nächsten Morgen war die Flut gekommen und hatte alles weggespült, aber ihr Vater hatte nur gelacht und gesagt: »Dann bauen wir eben eine neue.«

Emily seufzte. Wenn ihre Mutter nicht immer so schrecklich gewesen wäre, dann hätte ihr Vater sich niemals in diese andere Frau verliebt und sie wären heute noch alle zusammen.
»Und ich müsste nicht staubige Cornflakes zum Mittag essen«, sagte Emily, als ihr Blick auf den Satz fiel: *Gesucht wird: Die schrecklichste Mutter der Welt.*
Na, wenn das nicht passte!

Sofia stand in der Küche und rührte einen Teig an. Morgen war Muttertag und sie wollte ihre Mutter mit einer selbst gebackenen Biskuitrolle überraschen. Ihre Mutter konnte ziemlich gut backen, aber an Biskuit hatte sie sich noch nie herangetraut. Dabei war das gar nicht so schwer, fand Sofia. Man musste nur Eier trennen und das Eiweiß zu festem Schnee schlagen und vorsichtig unter den Teig heben. Wundervoll sah das aus, luftig und zartgelb. Plötzlich tauchte neben ihr eine Hand auf und blitzschnell fuhr ein dreckiger Finger in die Schüssel.
»Niklas!«, schrie Sofia. »Finger weg!«
»Was wird das?«, fragte Niklas und leckte sich den Finger ab. »Pudding?«
»Nein, das wird ein Muttertagskuchen«, sagte Sofia und hob die Schüssel über ihren Kopf. »Und jetzt verschwinde!«
»Ich will aber auch Kuchen backen«, sagte Niklas.
»Du kannst für Mama ein hübsches Bild malen«, sagte Sofia und stellte sich mit der Teigschüssel an den Tresen. »Gib mir mal den Zucker, der auf dem Tisch steht.«
Niklas gab ihr eine Packung. »Du Dummchen, doch nicht das Salz! Wenn ich das jetzt reingeschüttet hätte!«

»Dann gäb's bestimmt Ärger!« Niklas kicherte und lief aus der Küche.
Das hatte er doch wieder mit Absicht gemacht! Aber Sofia beschloss, keinen Streit vom Zaun zu brechen, nicht nach dem großen Krach von gestern.
Sofia war aus der Schule gekommen und hatte gleich gesehen, dass ihre Zimmertür offen stand. Dabei klebte seit der Beinah-Katastrophe mit dem Sand ein großes Schild an der Tür: *Für kleine Brüder Zutritt streng verboten!* Darunter hatte sie ein Foto von Niklas geklebt und mit rotem Filzstift durchgestrichen. Ihre Mutter hatte sich wahnsinnig darüber aufgeregt, aber Georg hatte nur gelacht und gemeint, solange Niklas nicht richtig lesen könne, müsse man eben zu solchen Mitteln greifen.
Auf ihrem Nachttisch hatte eine Vase mit Maiglöckchen gestanden, die Sofia gepflückt hatte. Die Vase war umgekippt, Wasser hatte sich über Sofias Tagebuch ergossen, die Maiglöckchen lagen auf dem Boden verstreut.
Natürlich hatte sie sofort Niklas im Verdacht. Ihr war vor Wut ganz kalt innen drin, als sie in sein Zimmer ging. Er saß auf dem Boden und ließ Autos über den Teppich fahren. Ohne ein Wort zu sagen, riss sie ihn am Arm hoch und gab ihm eine schallende Ohrfeige.
Niklas sah sie starr vor Entsetzen an und augenblicklich tat es Sofia leid. Natürlich fing er an zu brüllen. »Sofa hat mich gehaun! Sofa hat mich gehaun!«, schrie er.
Sofort kam ihre Mutter angelaufen. »Was ist denn jetzt schon wieder los, kann man in diesem Haus nicht eine Sekunde seine Ruhe haben?«

Niklas musste gar nichts sagen, der Fingerabdruck auf seiner Backe war deutlich genug.

»Sofia! Wie kannst du nur?« Ihre Mutter sah sie fast so entsetzt an wie eben Niklas.

»Er war in meinem Zimmer und hat die Vase mit den Maiglöckchen umgeworfen und jetzt ist alles nass, sogar mein Tagebuch«, sprudelte es aus Sofia heraus.

»Erstens war Niklas den ganzen Vormittag in der Schule, zweitens hab ich dir schon gestern gesagt, dass du die Maiglöckchen nicht an dein Bett stellen sollst, weil man davon Kopfschmerzen bekommt, und drittens ist vorhin Loulou mit ins Zimmer gekommen, als ich dein Fenster aufgemacht hab. Das war ja wieder eine Luft da drin!«

Loulou! Natürlich. Die Katze war total scharf auf Blumen, ständig fuhrwerkte sie mit ihren Pfoten in den Blumenvasen herum.

Sofia stand da wie ein begossener Pudel. Sie wollte sich gerade bei Niklas entschuldigen, da sagte ihre Mutter: »Du hast ab sofort Fernsehverbot!«

»Aber heute läuft doch …«

»Es ist mir egal, was heute läuft, du hast deinen kleinen Bruder geohrfeigt, das ist wirklich das Letzte! Und wenn du dir nicht endlich die Haare kämmst, dann schneide ich sie ab!«

Wortlos war Sofia aus dem Zimmer gegangen.

Als sie dann versucht hatte, mit Küchenkrepp die Seiten des Tagebuchs trocken zu tupfen, war ein platt gepresster Nachtfalter herausgefallen. Einer aus Niklas' Tote-Tiere-Sammlung. Also doch! Aber Sofia wusste, dass ihre Mutter ihr niemals glauben würde.

Und nun war sie immer noch sauer auf ihre Tochter und sprach nur das Nötigste mit ihr. Das war schlimmer, als wenn sie geschimpft hätte. Doch wenn Sofia diese Biskuitrolle gut hinbekam und ihrer Mutter am Sonntagmorgen ans Bett brachte, dann würde sie ihr bestimmt verzeihen.
Sie strich den Teig auf das gut eingefettete Backblech und schob es in den Ofen.
Loulou war auf den Tresen gesprungen und machte sich daran, die Teigschüssel auszulecken.
Sofia holte die Sahne aus dem Kühlschrank. Die musste sie jetzt nur noch mit der abgeriebenen Zitronenschale und dem Puderzucker steif schlagen und den Biskuit damit füllen. Eigentlich kinderleicht. Hoffentlich schaffte sie es, bevor ihre Mutter nach Hause kam. Sie war mit Georg zu einem Einkaufsbummel unterwegs. Georg hatte Sofia versprochen, diesen möglichst lange hinauszuzögern.
Doch gerade als Sofia den Biskuitboden mit der Zitronensahne bestrich, hörte sie den Schlüssel im Schloss.
Ihre Mutter stürmte in die Küche und warf wütend ihre Handtasche auf einen Stuhl. Sofia sah Georg fragend an, der hob entschuldigend die Hände.
»Was soll denn das werden?«, fragte Sofias Mutter und zeigte auf das Blech.
»Sofa backt Kuchen«, sagte Niklas, der in die Küche gestapft kam. »Dicken, fetten Mutterkuchen.«
»Das sehe ich«, sagte die Mutter angewidert. »Ich hoffe, der ist nicht für mich.«
»Ich dachte … weil doch morgen Muttertag ist.«
»Vergiss es! Die nächsten zwei Wochen mache ich Diät!«

»Sie hat Bikinis anprobiert«, sagte Georg und verdrehte die Augen.
»Ich weiß nicht, was die mit den Größen gemacht haben«, sagte Sofias Mutter. »Letztes Jahr hat mir noch bequem eine 38 gepasst.«
Sofia sah ihre Mutter an. Sie wünschte, sie wäre nur halb so schlank. »Du möchtest die Zitronenrolle also nicht essen?«
»Um Himmels willen, nachher sehe ich noch aus wie –« Sie brach ab.
»Wie ich, meinst du wohl.« Sofia nahm das Backblech und kippte den Inhalt in den Mülleimer.
In ihrem Zimmer stellte sie den PC an und loggte sich bei *All-friends* ein. Dragonmonster hatte geschrieben.
Ich glaube, ich hab was für dich, schau mal unter www.schreckliche-muetter.de nach.

6. KAPITEL

Kruschke stand am Landungssteg und wartete auf die Fähre, die gerade am Horizont auftauchte. Die Sonne schien und die Wellen trugen Spitzenrüschen aus weißem Schaum. Kruschke schwitzte in seiner dicken Jacke, doch kaum hatte er sie abgelegt, frischte der Wind auf und er zog sie wieder an. So war das an der See: Nie war man richtig angezogen. Seit über dreißig Jahren hockte er nun schon auf diesem öden Eiland. Und all die Jahre hatte er sein Können in den Dienst anderer gestellt. War benutzt worden. Erst von Wohlfarth senior, dann von dessen Sohn. Keiner der beiden hatte je seine wahre Bedeutung erkannt, aber das würde sich ändern. Sehr bald schon. Kruschke fuhr sich über sein gerötetes rechtes Augenlid, das schon wieder unangenehm juckte. Daran war nur der ständige Wind schuld. Wenn Wohlfarths Mission beendet war, und zwar anders, als der es sich träumen ließ, dann würde Kruschke aufs Festland zurückkehren. Aber nicht allein. Er lächelte versonnen.

Die Fähre kam näher. Touristen brachte sie keine, wer wollte schon auf dieser langweiligen Insel Urlaub machen? Es gab zwar zwei oder drei Fremdenzimmer im Gasthof *Dünenblick*,

aber da übernachtete höchstens mal die Besatzung der Fähre, wenn die wegen eines Sturms nicht gleich wieder zurückfahren konnte.
Als Wohlfarths Fabrik noch florierte, war mehr los gewesen. Händler aus allen möglichen Städten in Deutschland waren nach Nordfall gekommen, um sich ein Bild von seinen, von Kruschkes Kreationen machen zu können. Einmal war auch ein Chinese darunter gewesen, der behauptet hatte, er wolle Plüschhunde für ein großes Kaufhaus in Peking einkaufen. Aus dem Geschäft war dann nichts geworden und Kruschke war ganz sicher, dass dieser Mensch nur zum Spionieren gekommen war. Schließlich wusste jeder, dass die Chinesen mit Hunden nicht spielten, sondern sie allenfalls aufaßen.
Die Schiffssirene tutete laut und jetzt konnte Kruschke den Lieferwagen erkennen, der neben Paketen mit Lebensmitteln auch die Post brachte. Und genau wegen der war er gekommen. Normalerweise wurde die Post im *Dünenblick* abgegeben und von Gastwirt Lührsen, der auch die Poststelle der Insel betrieb, verteilt. Aber Wohlfarth wollte nicht, dass die Briefe, die er so sehnlichst erwartete, in fremde Hände fielen.
Die Fähre legte an. Als Erstes fuhr das Postauto von Bord. Der Postbote hielt vor Kruschke an und kurbelte die Scheibe herunter: »Moin, moin, für deinen Chef ist heute ein ganzer Sack dabei. Der wird doch wohl keine Heiratsanzeige aufgegeben haben?« Er lachte laut.
»So was Ähnliches. Ich soll's auch gleich mitnehmen«, sagte Kruschke. »Ist dringend.«
Der Fahrer stieg aus und zog einen Sack aus dem Lieferwagen.

Kruschke riss ihn ihm fast aus der Hand, warf ihn auf die Ladefläche eines kleinen Transporters und fuhr davon.
»Der wird auch immer ulkiger«, murmelte der Postbote und fuhr die paar Meter bis zum *Dünenblick*, wo eine ordentliche Portion Matjes mit Schwarzbrot auf ihn wartete.

»Hier, Chef«, sagte Kruschke und schüttete den Inhalt des Postsacks auf Wohlfarths Schreibtisch.
»Ist das alles?«, fragte Wohlfarth enttäuscht.
»Das sind mindestens hundert Briefe«, sagte Kruschke. »So viele können wir hier doch nie unterbringen.«
»Natürlich nicht, Sie Schwachkopf«, sagte Wohlfarth und riss einen Brief auf. »Aber ich rechne mit mindestens fünfzig Prozent Ausschuss. Hier! Hier haben wir's ja schon!« Er faltete einen Bogen auseinander. *»Meine Mutter ist die schrecklichste von allen, weil sie mir zum Geburtstag kein Pferd geschenkt hat, dabei hab ich mir so sehr eins gewünscht«*, las er vor. »Das schreibt eine Annalena aus Buxtehude. Die Mutter ist nicht schrecklich, sondern nur vernünftig. Und hiermit können wir auch nichts anfangen.« Wohlfarth tippte auf ein tinteverschmiertes Blatt. »Da schreibt ein Kevin aus Potsdam, dass seine Mutter schrecklich ist, weil sie ihm seine Playstation weggenommen hat. Bei der Rechtschreibung, die der Knabe hat, die einzig richtige Entscheidung.«
Immer neue Briefe riss Wohlfarth auf. »Bei manchen steht ja noch nicht mal ein Absender dabei!«, ereiferte er sich. »Und München geht auch nicht, ist viel zu weit weg, genau wie Frankfurt.« Er warf zwei Briefe ungelesen in den Papierkorb und schlitzte den nächsten auf: »Was soll man bitte mit so

einem Foto anfangen?« Wütend zerriss er eine Fotografie, die eine Frau zeigte, die sich abwehrend den Arm vors Gesicht hielt.

Kruschke sagte nichts, sondern blieb einfach vor Wohlfarths Schreibtisch stehen, bis sein Chef sich wieder beruhigt hatte.

Schließlich ordnete Wohlfarth die Bögen zu drei Stapeln und sagte: »Ich werde jetzt alles in Ruhe durchsehen und dann eine Auswahl treffen. Und Sie kümmern sich darum, dass die Arbeiten im Nordflügel zügig vorangehen. Sagen Sie den anderen, dass ich sie heute Abend Punkt sieben hier sehen will!«

»Jawohl, Chef!«

Kruschke schritt durch die Fertigungshalle, öffnete eine Eisentür an der Stirnseite und ging einen langen Gang entlang in den sogenannten Nordflügel. Früher waren hier die Materiallager und die Waschräume für die Angestellten gewesen. Jetzt stand ein halbes Dutzend Zimmer leer.

In einem davon tauchte Sven-Ole gerade eine Farbrolle in einen Eimer.

»Wie weit bist du?«, fragte Kruschke.

»Noch diesen Raum und dann die beiden hinteren«, sagte Sven-Ole und rollte weiße Farbe über die Wand. »Könnte man das nich 'n bisschen bunter machen? Sieht alles so kalt aus.«

»Das soll hier kein Müttergenesungsheim werden«, sagte Kruschke knapp.

»Ich weiß, ich weiß«, sagte Sven-Ole. »Ach, bei Farbe fällt mir 'n guter Witz ein: Wenn man einen Schlumpf würgt, in welcher Farbe läuft er dann an?«

Kruschke schnaubte verächtlich. »Punkt sieben beim Chef, und das ist jetzt kein Witz«, sagte er und verließ den Raum.
In einem der bereits fertig gestrichenen Räume war Wiebke Paulsen gerade dabei, Betten zu beziehen. Ramona Beutel stand daneben und las laut aus einem Buch vor: »Wenn Sie mit Ihrem Kind sprechen, gehen Sie in die Hocke und schauen ihm in die Augen.« Sie ging in die Knie. Dann schaute sie wieder in ihr Buch. »Sie müssen sich immer auf einer Ebene mit Ihrem Kind befinden.« Ramona klappte das Buch zu und nahm ein anderes von dem großen Stapel, den sie neben sich aufgetürmt hatte. »Hier steht genau das Gegenteil. Hier steht, dass man sich nicht auf eine Ebene mit seinem Kind begeben darf.« Sie erhob sich, wobei ihre Knöchel knackten. »Ich versteh das alles nicht.«
Wiebke Paulsen tippte sich an die Stirn. »Ich hab fünf Kinder großgezogen. Gesunder Menschenverstand ersetzt jedes noch so schlaue Buch, das ist meine Meinung.«
»Sie dürfen ja auch Unterricht in Kochen und Nähen geben«, sagte Ramona Beutel. »Und müssen sich nicht mit dieser blöden Theorie rumschlagen.«
»Wie weit sind Sie hier?«, fragte Kruschke.
Ramona zeigte auf den Haufen bunter Erziehungsratgeber, von denen mal ein zahnloses Baby grinste, mal ein Teenager mit Zahnspange. »Ich weiß nicht, ob ich das alles behalten kann. Geschweige denn anderen beibringen. Ich bin schließlich Sekretärin und keine Lehrerin.«
»Und ich finde sechs Betten in einem Zimmer eine Zumutung«, sagte Wiebke Paulsen. »Hier sieht's ja aus wie in einer Jugendherberge.«

»Das wird schon, das wird schon«, sagte Kruschke und ging schnell weiter. Er war sich überhaupt nicht sicher, wie das werden sollte. Wenn er ehrlich war, verspürte er sogar etwas Angst. Wenn das Ganze aufflog, wenn es anders verlief, als Wohlfarth es sich vorstellte, was dann? Dann würden sie alle im Gefängnis landen. Und das durfte auf keinen Fall passieren. Denn dann würde auch Kruschke seinen Plan nicht verwirklichen können. Er lachte bitter. Mütterverbesserungsanstalt! Auf so eine schwachsinnige Idee konnte auch nur Wohlfarth mit seinem Mutterfimmel kommen. Mütter waren Menschen und Menschen waren eine Fehlentwicklung, zum Aussterben verdammt. Ein Auslaufmodell sozusagen. Wie anders dagegen seine Geschöpfe! Die waren nicht nur schön, sondern auch intelligent. Zwei Eigenschaften, die man bei Menschen aus Fleisch und Blut selten zusammen antraf.

Kruschke kehrte zurück in die Lagerhalle und schlüpfte unter einer halb durchsichtigen Plastikplane hindurch, die einen Teil der Halle abtrennte. Und da standen sie. Seine Annas! Wann immer ihn Zweifel überfielen, ging er zu ihnen und sah sie an. Jede einzelne. Von Anna01 bis Anna25. Für Außenstehende sahen sie völlig gleich aus. Aber er konnte sie unterscheiden. Anna12 hatte ein kleines Grübchen im Kinn. Anna07 ein winziges Muttermal unter dem linken Auge. Anna25 ein wenig abstehende Ohren. Wunderschön waren sie jedoch alle mit ihren ebenmäßigen Gesichtern, den langen blonden Haaren, der schlanken Figur. Jede trug einen geblümten Rock, eine weiße Bluse und dazu eine hellblaue Strickjacke. Die Kleidung hatte Ramona Beutel ausgesucht und Kruschke fand sie genau richtig: nicht zu altbacken und nicht zu modern.

Kruschke tätschelte der einen den Arm, strich der anderen übers Haar. Zupfte hier einen Rocksaum glatt, knöpfte da eine Jacke zu. Er konnte es kaum erwarten, sie zum Leben zu erwecken, ihnen Sprache und Bewegung zu verleihen.
Natürlich konnte es keine von ihnen mit Sarah aufnehmen, seiner Sarah. Kruschke seufzte. Manchmal ist der erste Wurf einfach der beste. Aber das brauchte außer ihm niemand zu wissen.

Punkt sieben versammelten sich die Mitarbeiter in Wohlfarths Büro. Sven-Ole trug noch seinen mit Farbe bekleckerten Overall, schien aber als Einziger richtig gut gelaunt zu sein. Jede Arbeit war besser, als blökende Schafe zum Schlachter zu transportieren.
Wohlfarth trommelte mit den Fingern auf seine Schreibtischplatte. »Hat jemand Kruschke gesehen?«
»Der musste noch was reparieren«, sagte Wiebke Paulsen. »Bei einer Puppe ist die Sicherung durchgebrannt.«
Wohlfarth machte ein Gesicht, als wäre dies bei ihm auch gleich der Fall.
»Bei Kruschke fällt mir ein toller Witz ein, Chef«, sagte Sven-Ole. »Sagt eine Blondine zu ihrem Verehrer: ›Was guckst du denn so komisch?‹ Sagt der Verehrer: ›Ich hab ein künstliches Auge.‹ Sagt die Blondine: ›Woraus ist das denn?‹ Sagt der Verehrer ›Aus Glas‹, und die Blondine nickt: ›Na klar, man muss ja schließlich durchgucken können.‹« Sven-Ole schlug sich auf die Schenkel vor Lachen. »Ist der nicht gut?« Als er Kruschke sah, der gerade hereingekommen war, sagte er schnell: »War nicht bös gemeint.«

»Ich weiß auch nicht, was an Blondinen so komisch sein soll«, sagte Ramona Beutel und zwirbelte eine dünne Haarsträhne. Wohlfarth schien gar nicht richtig zugehört zu haben. »Was ist jetzt mit dem Kurzschluss, Kruschke? Haben Sie alles im Griff?«

»Natürlich, Chef«, sagte Kruschke und setzte sich auf einen Stuhl, nicht ohne Sven-Ole einen Blick zuzuwerfen, bei dem jeder andere tot umgefallen wäre.

Wohlfarths Papierkorb quoll über, auf seinem Schreibtisch war ein ziemlich kleiner Stapel mit ausgefüllten Fragebögen zurückgeblieben.

»Also, ich habe jetzt alles geprüft, es sind genau siebzehn, die überhaupt infrage kommen.«

»Ist doch prima, Chef«, sagte Sven-Ole. »Wir waren früher auch siebzehn in der Klasse.«

Wohlfarth runzelte die Brauen. Ramona Beutel beeilte sich schnell hinzufügen: »Für den Anfang ist es sicher besser, klein anzufangen, meinen Sie nicht?«

Wohlfarth wandte sich an Kruschke: »Wie viele Annas haben wir?«

»Wenn man den Prototyp3131 abzieht –«

»Der wahrscheinlich auf irgendeiner Sandbank herumliegt und Seehunde erschreckt«, warf Wohlfarth ein.

»Dann sind es 25«, sagte Kruschke so ruhig wie möglich. Nur seine Gesichtsröte verriet, dass er das ganz und gar nicht war.

»Das ist gut, dann haben wir eine eiserne Reserve von acht Stück. Man weiß ja nie, was alles schiefgehen kann.«

Wohlfarth drückte Kruschke die Fragebögen in die Hand. »Sie haben genau eine Woche Zeit für die Vorbereitung.«

»Eine Woche!«, rief Kruschke entsetzt. »Jede Einzelne zu programmieren dauert mindestens zwei Tage!«

»Eine Woche und nicht einen Tag länger«, sagte Wohlfarth. »Wenn wir uns mehr Zeit lassen, riskieren wir, dass die Informationen in den Fragebögen nicht mehr aktuell sind. Ich will, dass die Annas in spätestens zehn Tagen ihre Arbeit aufnehmen.«

»Aber wird nicht jeder sofort merken, dass es sich bei diesen ... äh ... Annas um Puppen handelt?«, fragte Wiebke Paulsen.

»Auf keinen Fall!«, widersprach Kruschke. »Sie können all das, was eine Mutter auch kann, nur viel besser: putzen, die Waschmaschine anstellen, ein Fertiggericht in die Mikrowelle schieben ...«

»Sie können nicht kochen?«

»Wasser schon, aber ein richtiges Essen, das muss sorgfältig zubereitet und abgeschmeckt werden, an den betreffenden Sensoren arbeite ich noch. In Zukunft wird jede Anna so programmiert sein, dass sie von der Hausmannskost bis zur Fünf-Sterne-Küche alles kochen kann.«

»Kochen ist nicht wichtig«, warf Wohlfarth ein. »Es reicht, wenn die Kinder ihr Lieblingsessen vorgesetzt bekommen, und das besteht in den meisten Fällen sowieso aus Pizza oder Pommes frites. Viel wichtiger ist, ob Ihre Annas den Kindern bei den Schularbeiten helfen können.«

»Aber ja«, sagte Kruschke leicht gekränkt. »Sie beherrschen den gesamten Unterrichtsstoff von Klasse eins bis zehn, können sogar Weihnachtssterne basteln und Topflappen häkeln!«

»Und vorlesen?«, fragte Wiebke Paulsen.

»Alle meine Annas haben ein eingebautes Schrifterkennungsprogramm. Ein Sprachmodul setzt alles in einen wohlklingenden Erzählton um.«

»Aha«, sagte Ramona Beutel und verstand kein Wort.

»Und wie kriegen wir diese Wunderwesen von der Insel runter?«, fragte Sven-Ole.

»Auf der *Margarethe* natürlich«, sagte Wohlfarth.

»Aber dann sehen sie doch alle!«, warf Wiebke Paulsen ein. »Wie sollen wir das den Leuten erklären?«

»Woran denkt man wohl, wenn man so viele Blondinen auf einem Haufen sieht?«, fragte Wohlfarth.

»An einen Blondinenwitz?«, schlug Sven-Ole vor.

»Dummes Zeug!«, fuhr ihm Wohlfarth über den Mund. »An Models natürlich. Ihr werdet einfach überall erzählen, dass ich eine Schule für Models gegründet habe. Unsere Damen sind die Ersten, die uns nach erfolgreicher Ausbildung wieder verlassen.« Er wandte sich an Ramona Beutel: »Ist das Firmenschild fertig, das ich in Auftrag gegeben habe?«

»Es müsste spätestens morgen eintreffen«, erwiderte Ramona eifrig. »Die Buchstaben WMVA aus grünen Neonröhren, genau wie gewünscht.«

»Und was soll das heißen?«, fragte Sven-Ole begriffsstutzig.

»Wohlfarths Mütterverbesserungsanstalt«, erwiderte Wohlfarth knapp. »Aber offiziell stehen die Buchstaben für Wohlfarths Model-Vip-Akademie.«

»Da kann sich doch keiner was drunter vorstellen«, sagte Sven-Ole.

»Das ist ja das Gute daran«, sagte Wohlfarth.

»Aber meinen Sie nicht, dass es Gerede gibt, wenn auf einmal lauter Frauen die Fabrik verlassen, die vorher keiner auf der Insel zu Gesicht bekommen hat?«, fragte Wiebke Paulsen.

»Wir sagen einfach, die wollten anonym bleiben, und außerdem gibt es wohl kaum etwas Unverdächtigeres als attraktive Blondinen.« Wohlfarth lachte.

Dieses Lachen, das so selten vorkam wie ein Krokodil im Rhein, machte Ramona Beutel Mut, die Frage zu stellen, die bisher noch keiner gestellt hatte.

»Und umgekehrt? Ich meine, wie kommen die Mütter zu uns?«

»Schülerinnen, bitte«, sagte Wohlfarth. »Mütter, richtige Mütter, die diesen Titel verdienen«, er zeigte wieder einmal auf das Porträt seiner Mutter an der Wand, »Mütter sind sie erst, wenn sie uns verlassen, hoffentlich.«

Als er die drei fragenden Gesichter bemerkte, fiel Wohlfarth ein, dass er noch eine Antwort schuldig war.

»Das ist in der Tat ein kleines logistisches Problem. Wir haben nur ein Zeitfenster von sechs Stunden, in denen die bedauernswerten Kinder in der Schule sind. In diesem Zeitraum muss der Austausch vonstattengehen.«

»Sie werden doch nicht etwa …«, Wiebke Paulsen schluckte, »… Gewalt anwenden?«

Wohlfarth lächelte maliziös und tippte auf den Papierstapel. »Das ist bei diesen Damen glücklicherweise nicht nötig. Jede Einzelne wird freiwillig hier auftauchen, das kann ich euch versichern.«

7. KAPITEL

Bruno hatte es an diesem schönen Junitag nicht besonders eilig, nach Hause zu kommen. Heute war Donnerstag und beim Gedanken an die drohende Klavierstunde bei Professor Griebel wurde ihm ganz flau. Natürlich hatte er beim Vorspiel nicht dabei sein dürfen. »Die Geläufigkeit der linken Hand lässt sehr zu wünschen übrig«, hatte Professor Griebel seiner Mutter erklärt. »Er müsste einfach mehr üben und zusätzliche Stunden nehmen, dann hätte er durchaus eine Chance, bei unserem großen Sommerkonzert aufzutreten.«

Bei dem Stichwort »Konzert« hatte Brunos Mutter leuchtende Augen bekommen.

Seither musste Bruno jeden Tag üben, ob er wollte oder nicht. Nur wenn sein Vater abends nach Hause kam, schmerzlich das Gesicht verzog und sagte: »Ich hab schon Kopfschmerzen«, durfte Bruno den Klavierdeckel zuklappen.

Es war sowieso sinnlos, selbst wenn er jeden Tag zehn Stunden spielen würde, käme nichts dabei heraus. Das wusste Professor Griebel ganz genau. Da war Bruno sich sicher. Er hatte den Professor im Verdacht, dass er seine Mutter absichtlich in dem Glauben ließ, aus ihrem Sohn könne eines Tages doch

noch ein bedeutender Pianist werden. Von dem Geld, das er mit ihm verdiente, führte er sicher seine rothaarige Studentin schick zum Essen aus.
Wütend kickte Bruno eine Blechdose gegen einen Laternenpfahl. Und wenn er nun verletzt wäre? Er könnte sich zum Beispiel seine Hand in der Tür einklemmen. Sein Freund Jim hatte das getan, nicht absichtlich natürlich. Jetzt war seine Rechte dick bandagiert. »Du kannst meinen Boxsack haben, wenn du magst«, hatte Jim ihm gesagt. »Die nächsten vier Wochen kann ich eh nicht trainieren.«
Das war ein unglaublich verlockendes Angebot. Aber der Boxsack war viel zu groß, als dass Bruno ihn unbemerkt bei sich zu Hause hätte verstecken können. Bisher war er zum Boxen zu Jim gegangen und würde das wohl auch weiterhin tun. Angeblich besuchte er seinen Freund, um mit ihm Mathe zu üben.
Er öffnete das Gartentor und schlurfte gesenkten Hauptes den sorgfältig von Unkraut befreiten Plattenweg entlang, da trillerte eine Stimme:
»Da ist ja der liebe Bruno!«
Bruno blickte erschrocken hoch. In der geöffneten Haustür stand eine fremde Frau in einer albernen Schürze und strahlte ihn an.
»Was ... machen ... Sie hier?«, stotterte Bruno.
Die Frau kam ihm entgegen, und ehe Bruno etwas sagen konnte, hatte sie ihm auch schon die Mappe abgenommen. »Die ist ja furchtbar schwer. Komm rein, mein Lieber. Ich hab deine Leibspeise gemacht. Du magst doch extraofenfrische Pommes mit Ketchup und Majo, nicht wahr?«

Unter ständigem Geplauder ging die Frau vor Bruno ins Haus. Er folgte ihr verwirrt.
In der Küche roch es köstlich nach gebackenen Pommes. Bruno lief das Wasser im Mund zusammen. War das alles ein Traum? »Wer sind Sie?«, wiederholte er.
Die Frau, die gerade die Herdklappe öffnete, drehte sich um. »Aber ich bin doch deine Tante Anna! Erkennst du mich nicht?«
Bruno runzelte die Stirn. Er kannte keine Tante Anna.
»Die Nichte zweiten Grades von Großtante Adelheid.«
Großtante Adelheid kannte Bruno. Das war die mit der Bratsche.
»Die hab ich mal gesehen«, sagte er. »Auf dem Geburtstag meiner Oma. Es gab total leckeren Käsekuchen, Tante Adelheid hat uns irgendwas vorgespielt und wir durften erst mit Essen anfangen, als sie damit fertig war.«
»Das war bei jedem Geburtstag so!«, rief die junge Frau. »Ihr Gefiedel dauerte endlos und klang schauderhaft, nicht wahr?« Sie lächelte Bruno verschwörerisch zu.
Bruno lächelte zurück. Gar nicht so unsympathisch, diese Tante. »Aber an dich kann ich mich nicht erinnern«, sagte er.
Tante Anna häufte knusprige Pommes auf einen Teller. »Wie denn auch. Das letzte Mal hab ich dich gesehen, als du noch ein Baby warst. Ich dachte, deine Mutter hätte dir mal Fotos von mir gezeigt.«
Die einzigen Fotos, die Brunos Mutter immer wieder mit ihm anschaute, waren die, die ihn vor einem Klavier zeigten. Schon mit zwei Jahren hatte er ein weißes Kinderklavier geschenkt

bekommen und darauf herumgeklimpert. Angeblich sei da schon sein musikalisches Talent offensichtlich gewesen.
Bruno seufzte. Tante Anna spritzte aus einer Tube Ketchup auf die Pommes und schob ihm den Teller zu. »Guten Appetit, mein Lieber.«
Bruno wollte sich gerade ein Stück in den Mund stecken, doch dann ließ er die Gabel wieder sinken und fragte: »Und wo ist Mama?«
Tante Anna setzte sich zu ihm an den Tisch.
»Deine Mutter ist an der Nordsee, zur Kur.«
»Davon hat sie mir gar nichts gesagt!«, rief Bruno.
»Sie wollte schon lange eine Kur machen, weißt du. Und jetzt war plötzlich ein Platz frei und sie musste sich ganz schnell entscheiden und da hat sie mich angerufen und gefragt, ob ich so lange auf dich aufpassen kann.«
Bruno kaute nachdenklich. Es stimmte, seine Mutter hatte öfter davon gesprochen, dass sie reif für eine Kur sei. Das war immer ein Streitpunkt zwischen seinen Eltern gewesen, weil sein Vater gemeint hatte, dass sie so etwas nicht bräuchte, schließlich sei sie den ganzen Tag nur zu Hause und hätte keinen Stress. »Aber der Haushalt, der Garten, die Bügelwäsche, und Bruno ist ja auch noch da, um den ich mich kümmern muss«, hatte sie dann immer geantwortet.
Nun, das mit dem Kümmern ging jetzt ja wohl nicht mehr.
»Und wie lange dauert so eine Kur?«, fragte Bruno und steckte sich eins der knusprigen Pommesstäbchen in den Mund.
»Vier Wochen. Genau vier Wochen«, sagte Tante Anna.
Bruno versuchte, nicht allzu glücklich auszusehen, aber es gelang ihm nicht. Er strahlte wie ein Honigkuchenpferd.

Auch Sofia hatte es nicht besonders eilig, nach Hause zu kommen. Heute Morgen musste der Brief im Kasten gewesen sein. Der Brief von der Schule, in dem stand, dass sie nicht versetzt werden würde. Ihre Mutter hatte ihn bestimmt schon längst gelesen und bei dem Gedanken an das, was sie gleich zu hören bekommen würde, bekam Sofia wacklige Knie.

Als sie die Haustür öffnete, sah sie sofort, dass der Briefkasten noch nicht geleert war. Seltsam. Als sie ihn aufschloss, quollen ihr Werbung, ein Versandhauskatalog und etliche Briefe entgegen. Blau war keiner davon. Aber das waren Briefe von der Schule heutzutage ja nicht mehr. Stattdessen steckten sie in grauen Umweltpapierumschlägen. Genau wie dieser. Sofia nahm ihn und überlegte kurz, ob sie ihn nicht verschwinden lassen sollte. Aber das würde auch nichts an der Tatsache ändern, dass sie die Klasse wiederholen musste. Also lieber ein Ende mit Schrecken als ein Schrecken ohne Ende. Sie fasste sich ein Herz, ging die Treppe hoch und schloss die Tür auf.

»Mama? Mama, ich muss dir was sagen, aber bitte, bitte schimpf nicht wie…« Sie brach ab. Eine Frau in einem unmöglichen Rock und einer noch unmöglicheren Strickjacke stand im Flur und trällerte: »Hallo, meine Liebe, bist du groß geworden! Und was für schöne Haare du hast!«

Das hatte noch nie jemand zu ihr gesagt. Sofias Haare waren zwar dick und lockig, aber egal, was sie damit anstellte, Sofia sah immer aus, als sei irgendwas auf ihrem Kopf explodiert. Sie schüttelte sie ein wenig und fragte dann: »Entschuldigung, aber ich weiß nicht, wer Sie sind.«

»Ich bin deine Tante Anna, erinnerst du dich?«

Sofia erinnerte sich an keine Tante Anna, fand deren Rock aber schon nicht mehr ganz so unmöglich.
»Ich bin eine Cousine deines Vaters. Deine Mutter und ich waren früher gut befreundet, aber seit der Trennung –«, Tante Anna brach ab und seufzte. »Du weißt ja sicher, wie schwierig das alles war. Doch als sie jetzt so plötzlich wegmusste, bin ich ihr wieder eingefallen. Hier, sie hat was für dich aufgeschrieben.« Tante Anna zog einen Zettel aus ihrer Rocktasche.
Musste überraschend verreisen, erkläre alles später, Kuss Mama, las Sofia und verspürte Erleichterung. Gerade noch einmal davongekommen. Aber wie lange? Vier Wochen? Hatte Tante Anna eben etwas von vier Wochen gesagt?
»So eine Kur dauert vier Wochen.«
»Eine Kur?«, fragte Sofia erstaunt. »Davon hat sie nie was erzählt.«
»Dir vielleicht nicht«, sagte Tante Anna. »Aber mit Georg wird sie sicher darüber gesprochen haben, meinst du nicht?«
Sofia nickte. Mit Georg besprach ihre Mutter viel, wovon Sofia oft nur durch Zufall etwas mitbekam. Wie zum Beispiel, dass sie in den Sommerferien eine Radtour entlang der Elbe machen wollten. Sofia hasste Radfahren. Immer tat einem der Hintern weh. Niklas würde natürlich stolz wie Oskar auf seinem Anhängerrad sitzen. Georg müsste strampeln und Niklas bräuchte mal wieder nichts zu tun.
»Wann muss Niklas aus dem Hort abgeholt werden?«, fragte Tante Anna.
»Um halb vier«, sagte Sofia.
»Wunderbar!«, jubelte Tante Anna. »Dann haben wir ja noch ein wenig Ruhe vor dem Sturm.«

Eigentlich war auch die hässliche blaue Jacke ganz passabel, fand Sofia, passte gut zu den hellblonden Haaren.
Loulou kam aus der Küche und strich Tante Anna um die Beine. Die reagierte nicht, sondern plapperte fröhlich weiter: »Weißt du, ich mag kleine Kinder, aber sie können manchmal schrecklich nervig sein, findest du nicht auch, Sofia?«
»Lass das, Loulou!«, rief Sofia, als die Katze ihre Pfoten hob, um an Tante Annas makellosem Bein zu kratzen.
»Was soll ich lassen?«, fragte Tante Anna.
»Ich meinte nicht dich, ich meinte die Katze!«
Sofia zeigte auf Loulou, die sich auf die Hinterbeine stellte, um an Tante Annas Rock zu schnuppern.
Tante Anna sah an sich herunter. Ein wenig verwirrt, wie Sofia schien. Vielleicht mochte sie keine Katzen.
»Das ist Loulou«, sagte Sofia.
Tante Anna lächelte breit. »Wie schön! Ich freue mich, dich kennenzulernen, Loulou!«

Emily stand unschlüssig vor dem Fotoladen und versuchte zwischen den Fotos von dümmlich grinsenden Hochzeitspaaren und pickligen Konfirmanden ins Innere des Ladens zu spähen. Eigentlich sollte sie die neuen Fotos für ihren Ausweis abholen, den alten hatte ihre Mutter verloren oder verlegt oder verschluckt, jedenfalls war er nicht mehr auffindbar gewesen. Und da Emily in den Sommerferien mit ihrem Vater für eine Woche nach Mallorca fliegen sollte, brauchte sie einen neuen. Vor ein paar Tagen war ihre Mutter mit ihr in diesen Fotoladen gegangen und hatte sich mal wieder so unmöglich benommen, dass Emily sich jetzt nicht hineintraute. Ein netter

junger Mann hatte sie bedient und ihnen erklärt, wie ein Ausweisfoto auszusehen hätte. Emilys Mutter konnte sich nichts darunter vorstellen und der junge Mann hatte seinen eigenen Ausweis gezückt und auf den Tresen gelegt.
»Himmel, auf diesem Foto sehen Sie ja aus wie die Panzerknacker und Kater Karlo zusammen!«, hatte Emilys Mutter gesagt und laut losgelacht. Emily hatte sich zu Tode geschämt und sehr bereut, dass sie sich von ihrer Mutter immer die Mickymaus- und Donald-Duck-Hefte hatte vorlesen lassen.
Jetzt sah sie durch das Fenster, dass der junge Mann mit einer Kundin nach hinten ins Studio ging und nur noch eine Verkäuferin hinter dem Ladentisch stand. Schnell betrat sie das Geschäft.
»Ich wollte die Fotos für meinen Ausweis abholen, hier ist der Zettel«, sagte Emily hastig und legte den Abschnitt auf den Tresen. Die Verkäuferin warf einen gelangweilten Blick darauf. »Philipp, hier ist 'ne Kundin von dir!«, rief sie nach hinten.
»Komme gleich«, ertönte es hinter dem Vorhang.
»Er muss nicht kommen«, sagte Emily und wurde rot. »Ich meine, ich will doch nur die Fotos und –«
Der Vorhang teilte sich und der junge Mann kam heraus mit einem Umschlag in der Hand. »Nee, nee, du musst schon noch einen Blick drauf werfen, nicht dass deine Mutter kommt und sagt, du siehst aus wie Oma Duck oder Gundel Gaukelei.« Er lachte freundlich. Emily warf einen flüchtigen Blick auf die Porträts, zahlte, steckte sie ein und verließ mit glühenden Wangen den Laden. War das peinlich!
Diesmal würde sie etwas sagen, das nahm sie sich fest vor. Sie

würde etwas sagen, auch wenn ihre Mutter wieder schlecht drauf sein sollte. Aber vielleicht war sie das ja gar nicht. Heute Morgen war sie sehr aufgeregt gewesen und hatte sich schicker gemacht als sonst. Auf Emilys Fragen hatte sie nur ausweichend geantwortet.

Emily schloss die Wohnungstür auf. Die Wohnung war leer. Sie hatte es auch nicht anders erwartet. In der Küche lag ein Zettel auf dem Tisch.

Ein Wunder ist geschehen! Melde mich später, Gruß Mama

Emily setzte sich hin. Wenn man ihre Mutter nicht kannte, hätte man denken können, die Zeilen seien in großer Hast geschrieben worden, die Buchstaben flogen nur übers Papier, stark nach rechts geneigt, als müssten sie sich vor einem Platzregen in Sicherheit bringen. Aber so schrieb ihre Mutter immer. Denn während sie etwas schrieb, fiel ihr meistens noch etwas anderes ein, was sie unbedingt erledigen musste.

Es klingelte an der Tür. Hoffentlich nicht wieder jemand, der einem ein Zeitungsabonnement aufschwatzen wollte. Emily schielte durch den Spion. Eine Frau stand auf der anderen Seite, auf den ersten Blick sah sie nett aus und nicht so, als ob sie einem etwas andrehen wollte.

Emily öffnete die Tür. »Ja bitte?«

»Ich bin's«, sagte die Frau. »Tante Anna.«

Emily runzelte die Stirn. Sie kannte keine Tante Anna. Aber vielleicht war sie eine Freundin ihrer Mutter.

»Meine Mutter ist nicht da«, sagte Emily.

Die Frau stellte einen Fuß in die Tür. »Aber ja, Schätzchen, das weiß ich doch. Deshalb bin ich ja hier.«

8. KAPITEL

Wieder stand Kruschke am Fähranleger. Heute war es windstill. Am blauen Himmel hingen träge ein paar dicke Wolkenhaufen, das Meer war von einem dunklen Grau und lag so bewegungslos und glatt da wie ein ausgerollter Ballen Satin.

Am Horizont konnte Kruschke die sich nähernde Fähre erkennen. Würden sie auch wirklich alle kommen? Würden seine Annas ihre Sache gut machen? Die letzten Tage hatte er fast rund um die Uhr gearbeitet. Die Programmierung hatte sich als äußerst kompliziert erwiesen. Die mechanischen Funktionen wie Staubsaugen, Bügeln und Bettenmachen zu programmieren, war vergleichsweise einfach gewesen, die waren für alle Annas dieselben. Die meiste Zeit hatte er auf die Sprache verwendet. Hoffentlich hatte er da nichts übersehen. Nicht dass Anna16, die jetzt bei einem kleinen Mädchen namens Lea sein sollte, sich stattdessen zu dem zwölfjährigen Bruno begeben hatte und ihm »Guter Mond, du gehst so stille« vorsang, was Leas Lieblingslied war, Bruno jedoch hasste. Und was war, wenn Anna05, statt mit einem Dennis Rechnen zu üben, fälschlicherweise zu einer Emily gegangen war und nun

versuchte, der das kleine Einmaleins beizubringen, was die natürlich längst konnte?
Kruschke schüttelte den Kopf. Nein, nein. Er hatte keinen Fehler gemacht. Seine Annas waren absolut perfekt. So perfekt, dass niemand erkennen würde, wer oder was sie in Wirklichkeit waren.
Den ersten Test hatten sie bereits am frühen Morgen bestanden, als er sie zur Anlegestelle begleitet hatte.
In Zweierreihen waren sie aus Wohlfarths Fabrik stolziert, durch das an diesem Tag weit geöffnete Tor im Zaun und die Straße hinunter bis zum Hafen, wo Wohlfarths blendend weiße Motorjacht *Margarethe* vor Anker lag. Sie hatten an Deck Platz genommen, sich bunte Tücher um die Haare geschlungen und Sonnenbrillen aufgesetzt. Mit stolzgeschwellter Brust hatte sich Sven-Ole ans Steuer gestellt und war sich wahrscheinlich vorgekommen wie ein reicher Ölmagnat oder ein Rockstar, der in Begleitung seiner Gespielinnen mal eben übers Mittelmeer nach Capri düst. Nur dass die Nordsee nicht das Mittelmeer war und Nordfall nicht Capri.
Doch selbst auf der Insel der Reichen und Schönen hätte der Aufmarsch von siebzehn Blondinen für einigen Wirbel gesorgt, erst recht auf Nordfall.
Swantje, die ein wenig füllige Bedienung im *Dünenblick*, riss sich die Schürze ab und rief: »Ich will auch in diese Modelschule, wenn man dann später so aussieht wie die!«
Und Hinnerk, der letzte Fischer auf der Insel, der am Hafen gerade seinen Fang auslud, bekam vor Staunen den Mund nicht mehr zu, als er so viele attraktive junge Frauen an sich vorbeiziehen sah. Eine ganze Kiste Flundern ließ er zurück ins

Meer fallen vor lauter Bewunderung. Den Flundern konnte es nur recht sein.

Seltsam war nur, dass die jungen Frauen kein Wort miteinander sprachen. Schweigend waren sie den Landungssteg entlanggegangen und schweigend saßen sie auf der Jacht.

»Das is so bei den Mädels ... äh ... Models«, wusste Swantje. »Die reden nich miteinander, weil die alle verkracht sind. Von wegen, wer is die Schönste und so.«

»Ich könnte nicht sagen, welche mir am besten gefallen hat«, sagte Hinnerk. »Waren doch alle gleich hübsch.«

»Vergiss es, so eine kriegst du sowieso nie, wo du doch immer nach Fisch stinkst«, sagte Swantje und stupste Hinnerk in die Seite.

»Und du nach Bratenfett«, gab Hinnerk zurück, aber sein Grinsen verriet, dass ihn das nicht weiter störte.

Die übrigen Bewohner von Nordfall hatten die Umwandlung von einer Spielzeugfabrik in eine Schule für Models mit eher gelangweiltem Interesse zur Kenntnis genommen. Nur Jens Lührsen, der Wirt vom *Dünenblick*, hatte sich die Hände gerieben. Er sollte nämlich jeden Tag das Mittagessen für die zukünftigen Models liefern. Seine Frau Ilse hatte ihm die gute Laune jedoch schnell vermiest. »Da wirst du kein gutes Geschäft machen, man weiß doch, was diese Dämchen zu sich nehmen: Magermilchjoghurt, Selleriestangen und stilles Wasser.«

Das war um sieben Uhr morgens gewesen und jetzt, am späten Vormittag, wurden sie erwartet, die Frauen, aus denen bald superschlanke, superblonde Models werden sollten.

»Das wird aber mal 'n schönes Stück Arbeit, um aus denen

was Anständiges zu machen«, sagte Ilse Lührsen, und Swantje stimmte ihr zu. »Die Dicke da vorn müsste ja mindestens dreißig Kilo abnehmen, dafür braucht die doch 'n Jahr.«

Ganz im Gegensatz zu den schweigenden Damen am Morgen schnatterten diese so laut, dass sie sogar das Kreischen der Möwen übertönten. Sätze wie »Das ist eine Unverschämtheit!« und »Ich will sofort den Verantwortlichen sprechen!« waren zu hören.

»Irgendwie scheinen die alle ziemlich sauer zu sein«, flüsterte Swantje der Wirtin vom *Dünenblick* zu.

»Hast recht, guck mal da vorn die mit der rausgewachsenen Dauerwelle, die platzt ja gleich vor Wut.«

Eine kleine rundliche Frau, die einen rosafarbenen Trolley hinter sich herzerrte, schritt erstaunlich schnell den Landungssteg entlang und rief: »Wo ist Klang Klang, der weltberühmte Virtuose? Ich will sofort mit ihm sprechen!«

Kruschke lief ihr entgegen und fasste sie am Arm. »Sie sind Brunos Mutter, nicht wahr? Bitte gedulden Sie sich noch einen kleinen Moment, es wird sich alles aufklären.«

»Aufklären?«, spuckte die Frau, deren Gesicht rot angelaufen war. »Was soll sich da aufklären?« Sie zog einen Brief aus der Handtasche. »Ich habe ein Schreiben erhalten, dass der bekannte Pianist Klang Klang sich hier mit mir treffen möchte, um mit mir über die Zukunft meines Sohnes zu sprechen, den er für überaus begabt hält.«

Die anderen Frauen waren inzwischen näher gekommen und umringten Kruschke. Alle schwenkten Briefe. »Und mich hat man zu einem Bewerbungsgespräch eingeladen. Man sucht eine Chefbuchhalterin!«, rief eine Frau mit wirren roten Haa-

ren. Sie hielt als Einzige keinen Brief in der Hand, sondern den Absatz ihres Schuhs, der ihr beim Verlassen der Fähre abgebrochen war.
Eine sehr dicke Dame drängte sich jetzt nach vorn. »Ich sollte kostenlos an einer Studie zu einem neuen Diätpulver teilnehmen. Zwanzig Kilo weniger in drei Tagen, wenn nicht, bekomme ich eine Entschädigung von 10.000 Euro. Her mit dem Zeug!«
»Nein, ich bin zuerst dran!«, rief eine Frau.
»Wo wollen Sie denn abnehmen, Sie Klappergestell!«, rief die Dicke.
»Sie haben mich nicht im Bikini gesehen«, erwiderte die Dünne.
Kruschke hatte alle Hände voll zu tun, die Damen zu beruhigen. Schließlich hatte er sie so weit, dass sie ihm in Wohlfarths Fabrik folgten.
»Wie ein Schwarm schnatternder Gänse«, sagte Ilse Lührsen und ging kopfschüttelnd zurück in den *Dünenblick*. Sie hatte viel zu tun, Wohlfarth hatte für den Abend siebzehn Portionen Fischfilet bestellt. Mit Gurkensalat.

Wohlfarth hatte sich nicht nur um das Abendessen gekümmert, er hatte auch eine Rede ausgearbeitet. Er schritt in der Fabrikhalle auf und ab und memorierte dabei seinen Text.
»Sehr geehrte Damen ... Nein, das ist zu steif, außerdem sind die alles andere als ehrenwert ... Also, liebe Mütter ... Blödsinn, das sind sie ja gerade nicht, sonst wären sie schließlich nicht hier ... Was sag ich bloß?«
In diesem Moment wurde das Werkstor aufgerissen und eine

Meute aufgebrachter Frauen drängte in die Halle. Alles schrie und rief durcheinander. »Sind Sie verantwortlich für den ganzen Zirkus hier?«, rief eine lange dürre Person in einem wallenden Gewand von undefinierbarer Farbe.
»Wenn Sie keine gute Erklärung haben, rufe ich die Polizei!«, kreischte eine kleine Dicke und hielt drohend ein Handy hoch.
Wohlfarth hob abwehrend die Hände. »Ruhe, meine Damen, ich bitte um Ruhe!« Er zeigte auf ein paar Stuhlreihen. »Zunächst einmal möchte ich Sie bitten, Platz zu nehmen und sich zu stärken.«
Wie auf Kommando erschienen Ramona Beutel und Wiebke Paulsen mit Kaffeekannen, Tassen und Tellern mit Gebäck.
Die lange Dürre schüttelte den Kopf: »Ich trinke nur Getreidekaffee.« Und die kleine Dicke quakte: »Sind das Diätplätzchen?«
»Aber ja«, sagte Wiebke Paulsen. »Machen Sie sich keine Sorgen, wir haben an alles gedacht. Es gibt Kaffee mit Koffein und ohne und Kräutertee und Dinkelplätzchen und Sojamilch ...«
Sie verteilte Tassen und Teller und redete beruhigend auf jede ein, sodass langsam Ruhe einkehrte und schließlich alle siebzehn Frauen auf ihren Stühlen saßen und Wohlfarth erwartungsvoll anblickten. Der räusperte sich ein paarmal, dann begann er: »Sie werden sich sicher wundern, warum Sie hier sind, ich werde es Ihnen gleich erklären. Aber vielleicht haben Sie auf der Überfahrt schon eines festgestellt: Sie alle sind Mütter und ...«, Wohlfarth holte tief Luft, »... und Sie sind schreckliche Mütter. Um genau zu sein: Sie sind nicht nur schreckliche Mütter, Sie sind die schrecklichsten Mütter der Welt!«

Ein Sturm der Entrüstung brach los. Die lange Dürre verschluckte sich an ihrem Dinkelplätzchen und bekam einen Erstickungsanfall. Wiebke Paulsen versetzte ihr einen gezielten Schlag zwischen die Schulterblätter, und das steinharte Plätzchen schoss aus ihrem Mund.

»Sind Sie wahnsinnig?«, kreischte eine und eine andere rief: »Wir sind bestimmt bei *Versteckte Kamera*! Huhu!«, und winkte grinsend in die Runde.

»Nein, nein, Sie verstehen das völlig falsch!«, sagte Wohlfarth. »Lassen Sie mich doch erklären –«

Aber sie ließen ihn nicht. Die kleine Dicke drückte auf die Tasten ihres Handys. »Hallo? Hallo? Ist da die Polizei?« Sie ließ das Handy sinken. »Da ist nichts.«

»Leider haben wir auf Nordfall kein Netz«, sagte Wiebke Paulsen.

Der Tumult wurde noch lauter. »Ich gehe, das lasse ich mir nicht bieten!«, rief eine Dame in elegantem Kostüm und mit sorgfältig frisiertem Haar.

»Genau, ich muss nach Hause, mein Timmy kommt gleich aus der Schule«, sagte die kleine Dicke.

»Hören Sie mir bitte einen Moment zu«, sagte Wohlfarth und faltete ein Blatt auseinander. »Ich möchte Ihnen etwas vorlesen und ich glaube, dass Sie danach nur zu gern hierbleiben.«

Er räusperte sich und las: *»Meine Mutter ist so was von misstrauisch. Sie liest heimlich in meinem Tagebuch. Und wenn sie nach Hause kommt, prüft sie als Erstes, ob der Fernseher noch warm ist, weil ich nicht ferngucken darf. Davon wird man nämlich blöd, sagt sie. Aber sie guckt jeden Abend bis in die Puppen irgendwelchen Müll. Wenn ich ihr sage, dass ich* *mit einer Freundin verabredet bin, ruft sie da garantiert an, ob das auch stimmt. Am liebsten würde sie mir so einen Chip einpflanzen lassen, mit dem sie mich auf Schritt und Tritt verfolgen kann.«*

Wohlfarth brach ab. »Ich denke, ich muss nicht weiterlesen, oder?«

Die Frau im schicken Kostüm, deren spitze Nase jetzt sehr weiß wurde, zog ein Taschentuch heraus und schnaubte geräuschvoll.

Wohlfarth nahm ein neues Blatt. »Das hier wird eine von Ihnen sicher auch interessieren: *Meine Mutter ist die schrecklichste Mutter der Welt, weil sie mich zwingt, Klavier zu spielen. Dabei möchte ich viel lieber boxen. Ich kann nämlich gar nicht gut spielen. Außerdem hab ich jedes Mal Angst vor der Klavierstunde, vor allem seit ich bei Professor Griebel Unterricht habe. Der ist irre teuer und ich finde, meine Mutter könnte sich das Geld sparen, aber ich kann nicht mit ihr reden. Wenn ich was sage, dann fängt sie sofort an zu heulen und macht mir ein schlechtes Gewissen. Und das bloß weil Großtante Adelheid mal Bratsche gespielt hat. Aber deswegen muss ich doch nicht musikalisch sein, oder???* Drei Fragezeichen stehen hier«, sagte Wohlfarth und ließ das Blatt sinken.

Die Frau mit der rausgewachsenen Dauerwelle sprang auf und rief: »Aber das ist ja nicht wahr! Sie müssten Bruno mal hören! Ich hab ihm schon im Mutterleib Mozart vorgespielt und im Kindergarten konnte er *Alle meine Entchen* auf der Blockflöte und –«

»Was Sie dazu zu sagen haben, interessiert mich überhaupt

nicht«, sagte Wohlfarth kalt. »Mich interessiert nur die Meinung Ihrer Kinder. Diese zum Beispiel: *Ich bin schon zehn, aber meine Mutter denkt, ich sei noch ein Baby. Ich darf noch nicht mal allein zu meinem Freund, der um die Ecke wohnt. Und selbst wenn's draußen warm ist, muss ich Schal und Handschuhe tragen. Alle lachen mich aus und sagen Mamis Liebling zu mir. Mit den anderen auf den Spielplatz darf ich auch nicht, weil ich mir da was brechen könnte.*«
Die kleine Dicke schluchzte laut auf. »Aber Sie hätten Timmy bei der Geburt sehen sollen, er war soo winzig!« Sie zeigte mit den Händen die Größe eines Hamsters.
Wohlfarth ließ sich nicht beirren. Er las weiter und weiter. Zum Schluss saßen siebzehn Frauen da und starrten auf den Boden. Keine wagte, die Nachbarin anzuschauen, so unangenehm war das, was sie gerade zu hören bekommen hatten.
»Und warum sind wir jetzt hier?«, fragte eine Frau, die sich bisher zurückgehalten hatte. Sie war braun gebrannt und sehr muskulös. Als sie jetzt den Mund öffnete, sah man, dass sie ein Piercing in der Zunge trug.
»Haben Sie auf dem Gebäude die Buchstaben gesehen?«, fragte Wohlfarth. »WMVA. Können Sie sich denken, was das wohl bedeutet?«
Die meisten schüttelten die Köpfe.
»Das heißt Wohlfarths Mütterverbesserungsanstalt. Wohlfarth, das bin ich, und die Mütter, das sind Sie.«

9. KAPITEL

Bruno schlug zu. Whammm! Und noch einmal. Whamm! Whamm! Der Boxsack schwang zurück und wieder vor. Bruno musste sich bücken, um den Sack nicht ins Gesicht zu bekommen. Er sprang hoch, tänzelte um den Sack herum und schlug wieder zu. Er fühlte sich stark und lebendig und vor allem eins: glücklich.

Er hatte Jims Boxsack an den dicken Ast der Eiche gehängt. Jetzt ließ er eine Reihe kurzer, schneller Schläge auf den Sack niederprasseln. Fast schien es ihm, als hörte er den Sack vor Schmerz stöhnen.

»Bruno!«, rief eine Stimme. »Bruno, da war ein Anruf für dich!«

Tante Anna kam den Gartenweg entlang auf ihn zu. Sie trug ein Tablett mit einem Glas Erdbeermilch darauf.

»Du brauchst sicher eine Stärkung«, sagte sie und lächelte Bruno an. Sie lächelte immer. Bruno fand das anfangs ein wenig irritierend. Aber inzwischen hatte er sich daran gewöhnt.

»Wer hat denn angerufen?«, fragte er. »Mama?«

»Nein, dein Klavierlehrer.«

Bruno überlief es eiskalt. Heute war Donnerstag und er hatte doch tatsächlich vergessen, dass er zum Unterricht musste. Seit einer Woche hatte er schon nicht mehr Klavier gespielt. Genau genommen, seit Tante Anna im Haus war. Sie hatte den Deckel vom Klavier zugeklappt, abgeschlossen und den Schlüssel ins Klo geworfen. Bruno hatte fassungslos daneben gestanden. Wie konnte sie so etwas tun?

»Nun musst du kein schlechtes Gewissen haben, wenn du nicht spielst«, hatte sie gesagt.

Brunos Vater hatte nichts davon mitbekommen. Er war nicht wenig überrascht gewesen, als er am Abend statt seiner Frau eine völlig Fremde antraf, und hatte versucht, Brunos Mutter auf dem Handy zu erreichen.

»Natürlich nur die Mailbox, das ist doch wieder typisch!«, hatte er gerufen, aber die Verärgerung legte sich sofort, als er sah, was Tante Anna ihm zum Abendbrot aufgetischt hatte: Steaks, die innen noch blutig waren, und dazu vor Fett triefende Kartoffelecken. Brunos Mutter machte so etwas nie. Tante Anna hatte das Essen nicht selbst zubereitet, sondern aus einem nahe gelegenen Steakhaus geholt. »Ich kann überhaupt nicht kochen«, hatte sie Bruno zugeflüstert. »Aber du darfst es keinem verraten.«

Bruno hatte es nicht verraten. Er hatte seinem Vater auch nicht erzählt, dass Tante Anna nie mitaß. Wahrscheinlich machte sie Diät. Das machte seine Mutter auch ständig und dann stopfte sie sich zwischendrin mit Pralinen und Kuchen voll. Frauen waren eben komisch.

Mit Tante Anna hatte ein völlig neues Leben begonnen. Nachdem sie den Klavierschlüssel ins Klo geworfen hatte, hatte sie

gesagt: »Ich hab gehört, dass du so gut boxen kannst, willst du mir das mal zeigen?«
Bruno hatte sich Jims Boxsack ausgeborgt und seither trainierte er jeden Tag. Und er wurde mit jedem Tag besser und besser.
Am dritten Tag war eine Postkarte von seiner Mutter gekommen, auf der eine Möwe abgebildet war:
Ihr Lieben,
macht euch keine Sorgen, es geht mir gut. Ich genieße die Seeluft und freue mich darauf, euch in vier Wochen wiederzusehen.
Um seine Mutter machte Bruno sich auch keine Sorgen, sondern um etwas ganz anderes.
»Was hat Professor Griebel gesagt?«, fragte er jetzt ängstlich.
»Er hat gefragt, ob du heute noch kommst.«
»Und was hast du geantwortet?«
»Ich hab geantwortet, dass du heute nicht kommst und morgen auch nicht und überhaupt nie mehr.«
Bruno wusste nicht, ob er lachen oder weinen sollte.
»Mama wird ausrasten, wenn sie das erfährt«, sagte er.
Tante Annas Lächeln wurde noch strahlender. »Keine Angst, mein Lieber. Du wirst deine Mutter nicht wiedererkennen, wenn sie zurückkommt.«
An diese Worte würde Bruno später noch oft denken müssen.

»Möchtest du vielleicht etwas trinken oder ein paar Kekse?«
Tante Anna stand in der Tür zu Sofias Zimmer und hielt ihr einladend ein Tablett hin.

»Super! Danke«, sagte Sofia und biss in ein Plätzchen.
»Viel Spaß noch«, sagte Tante Anna und verschwand wieder.
Kein »Wann räumst du dein Zimmer auf?« oder »Hast du deine Hausaufgaben gemacht?«. Keine Vorwürfe, weil sie wieder nicht die Spülmaschine ausgeräumt oder ihre saubere Wäsche in den Schrank gelegt hatte. Keine Ermahnungen, sich die Haare zu kämmen oder nicht Nägel zu kauen. Seit Tante Anna im Haus war, hatte Sofia alle Zeit der Welt.
Sie leckte die Kekskrümel von ihren Fingern und loggte sich bei *Allfriends* ein.
Dragonmonster hatte ihr geschrieben: *Hey, wie geht's? Alles okay bei dir?*
Sofia antwortete: *Mehr als okay. Meine Mum ist zur Kur und dafür passt meine Tante auf uns auf. Mein Stiefvater hat zuerst etwas komisch geguckt, weil Mama ihm nichts gesagt hat, aber ich glaube, Tante Anna gefällt ihm auch. Wahrscheinlich ist meine Mutter in so ein Wellness-Dingsbums gefahren, wo man auch abnehmen kann. Sie hat ein Problem damit, einen passenden Bikini zu finden. Jetzt frag ich dich, muss man in dem Alter überhaupt einen Bikini tragen?*
Die Sätze über den Bikini löschte Sofia wieder. Schließlich schrieb sie einem Jungen. Nachher würde der noch wissen wollen, wie sie im Bikini aussah. Wie ein Nilpferd im Tutu, hätte sie dann wahrheitsgemäß antworten müssen.
Und weißt du, was das Beste ist? Tante Anna ist die Erste, die sich nicht von Niklas um den Finger wickeln lässt. Er kann Kullertränchen weinen, soviel er mag, sie lächelt ihn nur freundlich an und sagt gar nichts. Er rastet dann jedes Mal

total aus. Zu mir ist sie supernett. Meckert nie, wenn mein Zimmer nicht aufgeräumt ist, lässt mich laute Musik hören und so lange chatten, wie ich mag.
Dragonmonster schrieb zurück:
Hey, schick die Tante mal bei mir rum, klingt ja echt cool.
Die Tür zu ihrem Zimmer wurde aufgerissen, Niklas kam herein. »Wann kommt Mama?«, fragte er wohl zum hundertsten Mal.
»Das hab ich dir doch gesagt. Sie macht eine Kur und kommt in drei Wochen wieder.«
»Was ist eine Kur?«, wollte Niklas wissen.
»Das ist wie Ferien«, sagte Sofia.
»Liest du mir die noch mal vor?« Niklas drückte Sofia eine schon völlig zerknitterte Ansichtskarte in die Hand.
»Die musst du doch schon auswendig können«, sagte Sofia. »Na gut, also: *Lieber Georg, lieber Niklas, liebe Sofia*« – Es gab ihr jedes Mal einen Stich, dass sie in der Anrede die Letzte war. *»Hier ist es sehr schön, ich erhole mich prächtig. Alles Liebe von Eurer Mama bzw. Ute-Marie.«*
An den Rand hatte sie noch gekritzelt: *Gebt Niklas ein Küsschen von mir.* Das hatte Sofia bisher beim Vorlesen unterschlagen, doch Niklas sah so unglücklich aus, dass sie sagte: »Ach, hier steht ja noch was, das hab ich ganz übersehen. Hier steht: *Gebt Niklas ein Küsschen von mir.*«
Niklas streckte ihr eine tränen- und dreckverschmierte Wange entgegen. Sofia zögerte kurz, dann beugte sie sich zu ihm herunter und gab ihm einen flüchtigen Kuss. »Du musst richtig küssen«, sagte Niklas. »Es muss schmatzen, so!« Niklas schnalzte laut mit der Zunge.

»Wasch dir erst die Backe, dann können wir drüber reden«, sagte Sofia.
»Du bist gemein, so was von gemein!« Niklas stapfte aus dem Zimmer.
Sofia wollte Dragonmonster schreiben, welche CDs sie sich gerade gekauft hatte, welche sie sich kaufen wollte und bei welchen sie noch nicht sicher war, ob sie sie überhaupt kaufen sollte, da erschien Niklas schon wieder. Mit sauberem Gesicht diesmal.
»Küsst du mich jetzt?«, fragte er.
In diesem Moment kam Tante Anna ins Zimmer. »Du sollst deine Schwester nicht immer stören, raus mit dir!«
»Aber Sofa soll mir einen Kuss geben, Mama hat's geschrieben, hier!« Er streckte Tante Anna die Karte entgegen, auf der eine Möwe abgebildet war.
»Deine Mama ist zur Kur und es geht ihr gut«, sagte Tante Anna. »Komm jetzt!« Sie packte Niklas am Arm und zerrte den schreienden Jungen aus dem Zimmer.
Sofia hatte fast ein schlechtes Gewissen. Doch schließlich war es nur gerecht, dass es mal nicht nach Niklas' Willen ging.
Am nächsten Morgen übertrieb es Tante Anna dann doch ein wenig.
Normalerweise bekam Niklas zum Frühstück klebrig-süße Getreideflocken mit Milch.
»Das schmeckt nicht«, sagte er und schob die Schüssel weg.
Georg, der es wie immer am Morgen furchtbar eilig hatte, kippte einen Kaffee im Stehen herunter und schaute auf die Uhr. »Was schmeckt nicht?«
»Das sind nicht meine Honey-Boneys, das schmeckt eklig!«

Sofia schaute in Niklas' Schüssel und bekam fast einen Lachanfall. »Das sind ja Loulous Katzenleckerlis! Tante Anna, was hast du getan?«
Tante Anna, die wie jeden Morgen nicht mit ihnen am Tisch saß, sondern mit einer Schürze bekleidet und einem Putzlappen bewaffnet durch die Küche schwebte, zog die Packung mit dem Katzenfutter aus dem Regal und sagte: »Niklas bekommt das hier und Sofia und Georg bekommen das hier!« Sie zeigte auf eine Packung Toast.
»Ich muss los!«, sagte Georg. »Erklär du bitte Anna den Unterschied zwischen dem Futter für Kinder und dem für Katzen.«
Tante Anna stand immer noch lächelnd mit der Katzenfutterpackung da. Sofia stand auf und nahm sie ihr aus der Hand. »Das ist für Loulou und das«, sie zeigte auf die Honey-Boneys, »das ist für Niklas.« Sie sprach wie zu einer Analphabetin. Aber das war Tante Anna nicht. Lesen konnte sie. Am ersten Abend hatte sie Niklas sogar vorgelesen. Allerdings eigentümlich monoton. Niklas wollte seither nichts mehr vorgelesen bekommen. Er fand ihre Stimme »gruselig«. Wenn Georg keine Zeit hatte, und er hatte oft keine Zeit, musste jetzt Sofia vorlesen. Und das war nicht halb so schlimm, wie sie gedacht hatte. Wenn man ihm vorlas, war Niklas ganz still. Er zappelte nicht, er quengelte nicht, er schmiegte sich an Sofia, nuckelte an seinem Schmusekissen und hörte einfach nur zu.
Jetzt saß er mit verschränkten Armen am Küchentisch und starrte finster in seine Schüssel. Sofia nahm sie fort und stellte sie Loulou hin, die sich mit lautem Schmatzen darüber hermachte.

»Als du noch ganz klein warst, hast du Loulou immer die Katzenleckerlis aus dem Napf gemopst und sie haben dir geschmeckt«, sagte Sofia.
»Ich bin aber nicht klein«, sagte Niklas wütend.
»Du bist ein kleiner Junge und musst schön brav sein und tun, was deine große Schwester sagt«, flötete Tante Anna. Das fand nun selbst Sofia übertrieben.
»Komm, Niklas«, sagte sie. »Ich muss heute erst zur zweiten Stunde und kann dich vorher zur Schule bringen.«
Sie stand vom Tisch auf. »Machst du das Pausenbrot für Niklas, Tante Anna?«
Normalerweise machte Georg das Schulbrot für Niklas, aber heute hatte er es vergessen.
»Natürlich, was möchtest du: Wurst, Käse, Marmelade, Butter?« Tante Anna nahm zwei Scheiben Toast aus der Packung.
»Eins mit Käse und eins mit Wurst, wie immer«, sagte Sofia. »Und mit Butter natürlich.«
Sofia stellte ihren Teller in die Spülmaschine und sah aus den Augenwinkeln, dass Tante Anna eine Scheibe Käse auf den Toast legte, die Butter auf den Käse strich und dann eine zweite Scheibe Brot darauflegte. Normalerweise macht man das doch umgekehrt, dachte Sofia. Egal, es kam eh aufs Gleiche raus. Aber eins war klar: Eine gute Hausfrau war Tante Anna ganz sicher nicht. Ihre Kochkünste beschränkten sich auf das Warmmachen von irgendwelchen Fertiggerichten in der Mikrowelle.

Emily lag bäuchlings auf dem Sofa und schaute fern. Es gab einen Bericht über die Nordfriesischen Inseln. Man sah die Halligen, Pellworm, Amrum, Föhr und Sylt. Auf welcher dieser Inseln war ihre Mutter wohl gerade? Tante Anna hatte nur erzählt, dass sie auf einer Insel in der Nordsee sei, zur Kur. Auf dem Couchtisch lag die Postkarte, die Emily von ihrer Mutter bekommen hatte. Eine Möwe war darauf abgebildet, aber es stand keine Adresse drauf. Nun, das war nicht weiter verwunderlich. Schusselig, wie sie war, hatte sie das sicher vergessen. Auch dem Poststempel war nichts zu entnehmen. Emily drehte die Karte hin und her. Irgendetwas war daran komisch. Der Text?

Liebes Emmilein,

meine Abreise kam sicher etwas überraschend, aber es geht mir gut und ich mache Fortschritte. Deine Mama

Fortschritte? Worin? In der Erholung? Hoffentlich. Vielleicht würde alles leichter, wenn ihre Mutter einmal vier Wochen lang an nichts denken müsste. An kein Bewerbungsgespräch, an kein Auto, das drohte demnächst auseinanderzufallen, und auch nicht an sie, an ihre Tochter.

Emily stellte den Fernseher lauter. Tante Anna saugte mal wieder. Das tat sie am liebsten. Ständig fuhrwerkte sie mit dem Staubsauger durch die Wohnung. Sie saugte sogar die Tische und Regale ab. Gestern hatte Emily gerade noch rechtzeitig einen Zettel aus dem Rohr gezogen. Darauf hatte ihre Mutter wichtige Adressen geschrieben. Die vom Kieferorthopäden, der Autowerkstatt und so fort. Emily hatte sich den Zettel vorsichtshalber in die Hosentasche gesteckt, damit er nicht doch noch im Bauch des Staubsaugers verschwand. Sie zog

ihn raus und glättete ihn mit der Hand. Und plötzlich wusste sie, was ihr an der Postkarte aufgefallen war. Die Schrift!
Emily legte das Blatt mit den Adressen und die Postkarte nebeneinander. Bei den Adressen hatte sich ihre Mutter verschrieben, hatte zwischen die Zeilen gekrakelt, manches dreimal unterstrichen. Die Schrift auf der Postkarte war ihre Schrift, das ja. Emily erkannte es an den Kringeln, die ihre Mutter statt der i-Pünktchen machte. Aber so ordentlich schrieb sie doch sonst nicht. War das schon ein Zeichen der Erholung?
Das wollte Emily von ihr selber hören. »Anna!«, rief sie gegen den Staubsaugerlärm an. »Tante Anna!«
Tante Anna reagierte nicht. Emily stand vom Sofa auf, ging in den Flur und zog den Stecker raus.
»Der Staubsauger ist kaputt«, sagte Tante Anna und schaute in das Rohr.
»Ich hab nur den Stecker gezogen«, erklärte Emily. »Kannst du mir bitte Mamas Telefonnummer geben? Ich möchte sie gern anrufen.«
Tante Anna lächelte. »Sie hat keinen Empfang.«
»Natürlich nicht, sie hat ihr Handy gar nicht dabei«, sagte Emily. Als sie ihre Nummer gewählt hatte, hatte es in der Besteckschublade geklingelt.
»Sie hat keinen Empfang«, wiederholte Tante Anna.
»Aber es muss doch ein Telefon geben, da wo sie ist.«
»Sie darf nicht gestört werden. Sie darf auf gar keinen Fall gestört werden. Es geht ihr gut«, sagte Tante Anna. »Es geht ihr sehr, sehr gut.«

10. KAPITEL

Kruschke rieb sich die Augen. Er hatte die halbe Nacht im Keller gesessen und die Bilder auf den Monitoren ausgewertet, die seine Annas ihm übermittelten. In die schönen blauen Augen hatte er Kameras eingebaut, mit denen er alles, was um sie herum geschah, überwachen konnte. Außer nachts. Natürlich schliefen die Puppen nicht, aber sie legten sich hin und schlossen die Augen. Bis jetzt war alles reibungslos verlaufen. Niemand hatte Verdacht geschöpft. Das einzige Missgeschick war Anna13 passiert. Sie hatte dummerweise dem grässlichen kleinen Jungen Katzenfutter gegeben. Aber Sofia hatte auf ihrem Fragebogen in der Rubrik *Haustiere* »keine« angekreuzt. Sonst hätte er die Puppe entsprechend programmieren können. So wusste Anna13 natürlich nichts mit der Katze anzufangen. Aber wenn weiter nichts passierte als das, konnte er zufrieden sein.

Jetzt musste er nur noch für die Mütter ein paar hübsche Aufnahmen von ihren Kindern zusammenstellen, damit sie sich keine Sorgen machten. Hier hatte er doch schon was: Da lag ein Mädchen, hieß sie nicht Emily? Kruschke schaute auf einen Zettel. Genau. Da lag also Emily auf dem Sofa, sah fern und Anna01 saugte um sie herum. Auch Anna05 machte sich nicht schlecht. Kruschke wählte eine Szene aus, in der man sah, wie ein Junge namens Dennis am Tisch saß und Hausaufgaben machte. Eine Hand strich über seinen Kopf und man sah Dennis dankbar hoch- und direkt in die Kamera blicken. Dennis' Mutter hatte dafür nie Zeit gehabt. Wenn sie nicht im Sportstudio oder beim Joggen war, lag sie auf der Sonnenbank. Nun, das würde sich bald ändern. Oh nein! Er drückte schnell auf die Löschtaste. Das durfte niemand zu Gesicht bekommen. Man sah die Hände von Anna13, die ein Brot schmierte, indem sie die Butter auf den Käse strich, statt auf das Brot.

Kruschke sah auf die Uhr. Schon halb zwei. Höchste Zeit für ihn ins Bett zu gehen. Morgen würde wieder ein harter Tag werden. Keiner von ihnen hatte sich vorstellen können, wie anstrengend siebzehn Mütter sein konnten. Einen Sack Flöhe zu hüten, wäre bedeutend einfacher gewesen.

Es hatte schon bei der Zimmerverteilung begonnen. Nach der ersten Nacht waren Beschwerden gekommen. So wollte niemand mit Suse, Emilys Mutter, in einem Zimmer schlafen, weil die im Schlaf redete. Jacqueline, Dennis' Mutter, bekam Ärger, weil sie abends stundenlang das Bad blockierte und alle über ihre Hanteln stolperten. Katrin, Brunos Mutter, beschwerte sich, weil sie allergisch gegen Gänsedaunen war. Wenn Wiebke Paulsen nicht immer beruhigend auf alle eingewirkt hätte, wäre sicher alles drunter und drüber gegangen. Seit der Unterricht angefangen hatte, war es besser geworden. Morgens um acht ging es los. Um halb eins gab es eine Stunde Mittagspause. Danach konnten Schularbeiten gemacht werden und

am Nachmittag fanden die Arbeitsgruppen statt. Nach dem Abendessen durften die Mütter genau neunzig Minuten fernsehen, was allerdings jedes Mal zu einem Streit über das Programm führte. Kruschke seufzte. Er war heilfroh, dass er mit den Müttern nur in den Stunden zu tun hatte, in denen er sie im korrekten Bedienen einer Carrerabahn unterrichtete oder im Bau von Modellflugzeugen. Mütter, die nur Töchter hatten, durften in dieser Zeit bei Wiebke Paulsen lernen, wie man Puppenkleider häkelte, Kuscheltiere strickte und die gruseligsten Kostüme für Halloween nähte. Sie gab auch Unterricht in »Plätzchen backen, sodass möglichst viel Teig übrig bleibt« oder »Kuscheln mit Mädchen in der Pubertät« und leitete die Arbeitsgruppe »Vorlesen, ohne dabei selber einzuschlafen«.
Ramona Beutel hatte dagegen die undankbare Aufgabe, die Mütter in praktischer Theorie zu unterweisen. In ihrem Unterricht ging es um Dinge wie: »Erziehung im Wandel der Zeiten« oder »Wie erkenne ich das wahre Selbst meines Kindes?« Das interessierte kaum eine und dementsprechend hagelte es schlechte Noten. Nur Sofias Mutter schaffte es, auch in diesen Fächern die Beste zu sein.
Am beliebtesten waren die Stunden bei Sven-Ole. Nicht nur, weil er ein ansprechender junger Mann war, er gab auch kaum Hausaufgaben auf. Er brachte den Müttern bei, wie man richtig Federball und Verstecken spielte, Hopsekästchen malte und Gummitwist benutzte. Natürlich verging keine Stunde, ohne dass er irgendwelche albernen Witze zum Besten gab.
Kruschke machte die Monitore aus und verließ den Raum. Er war todmüde. Aber er würde noch nicht ins Bett gehen können, erst musste er noch jemandem einen Besuch abstatten.

Am Fenster eines der Schlafzimmer stand Suse und schaute hinaus. Sie sah Kruschke über den Hof gehen und dann in Richtung Dünen verschwinden. Was wollte der denn mitten in der Nacht am Meer? Kruschke wirkte nicht wie jemand, der eine besondere Vorliebe für die Natur hatte.
Aber sie, sie liebte das Meer. Zu allen Jahreszeiten, egal ob bleigrau und aufgewühlt oder türkisblau und seidenglatt. Wie gern wäre sie in diesem Sommer mit Emily an die See gefahren, aber solange sie keine Arbeit hatte, musste das ein Traum bleiben. Und nun war sie hier auf dieser Insel und ihre Tochter fehlte ihr sehr. Ob es Emily auch so ging? Am Ende vermisste sie sie gar nicht. Wie auch, wenn sie so schrecklich war, wie Emily es in dem Fragebogen geschrieben hatte. Vielleicht fühlte sie sich ja viel wohler ohne sie. Wohlfarth hatte den Müttern erzählt, dass von ihm geschulte Betreuerinnen auf ihre Kinder aufpassten, während sie sich in der Mütterverbesserungsanstalt befanden. Nach vier Wochen würden sie ein Zeugnis bekommen und konnten zurück nach Hause. Vier Wochen! Vier Wochen ohne Emilys verschlafenes Knurren, wenn sie morgens geweckt wurde, ihr glucksendes Lachen, wenn sie im Fernsehen Zeichentrickserien sah. Aber das war natürlich ganz falsch. Nicht das Fernsehen sollte die Kinder zum Lachen bringen, sondern ihre Mütter sollten das tun, so viel hatte Suse immerhin schon gelernt. Aber wie? Bisher hatte sie Emily nicht zum Lachen gebracht, eher zum Weinen.
Ich will mich bessern, dachte Suse. Ich will wirklich versuchen, Emily eine bessere Mutter zu sein.
Wenn sie doch nur nicht so großes Heimweh hätte! Ein Schluchzer stieg in ihr auf, sie hielt sich die Hand vor den

Mund, aber schon zischte es aus dem am nächsten stehenden Bett: »Kannst du nicht ein Mal ruhig sein, ich will schlafen!«
So leise wie möglich tappte Suse zurück zu ihrem Bett. Sie griff unter ihr Kopfkissen und zog Porky hervor, das Sorgenschwein, das Emily für sie genäht hatte. »Du musst es immer bei dir tragen, dann bringt es dir Glück, Mama!«, hatte Emily gesagt. Und Porky war wirklich das Einzige, das Suse bisher noch nicht verloren oder verlegt oder irgendwo vergessen hatte. Glück hatte es ihr trotzdem nicht gebracht. Sie zog sich die Decke über den Kopf und ließ den Tränen ihren Lauf.

Und noch jemand schlief schlecht in dieser Nacht. Walther Wohlfarth höchstpersönlich. Er lag auf dem Sofa in seinem Büro, direkt gegenüber dem Porträt seiner Mutter. Egal, in welche Richtung er seinen Kopf drehte, sie verfolgte ihn mit den Augen. Er kannte diesen prüfenden Blick nur zu gut. Aber diesmal wollte er ihm standhalten. Er richtete sich auf.
»Ich weiß, ich habe Fehler gemacht, Mutter. Du warst nicht immer zufrieden mit mir. Aber bald kannst du es sein. Das verspreche ich. Hoch und heilig.« Wohlfarth kratzte sich nachdenklich am Kopf. »Das einzige Problem ist Kruschke. Schon Vater hat mich damals vor ihm gewarnt. ›Dieser Mann ist gefährlich‹, hat er gesagt. ›Genial, aber gefährlich.‹ Ich kann das nicht glauben. Ein Mensch, der etwas so Zauberhaftes erfunden hat wie Bernie, den Bernhardiner, der angewackelt kam, wenn man ›Hilfe!‹ rief – natürlich war im Fässchen nur Limonade und kein Rum –, oder Pius, die Papstpuppe, die das Vaterunser in sämtlichen Sprachen der Welt aufsagen konnte,

selbst in der der Eskimos, so jemand kann einfach kein schlechter Mensch sein. Oder doch?«

Das Porträt blieb stumm.

»Ich brauche ihn. Ohne seine Puppen könnte ich meine Mission nicht erfüllen. Aber wenn die beendet ist, wenn dann alles von ganz alleine läuft, dann brauche ich ihn nicht mehr. Nur gut, dass er das nicht weiß. Vielleicht würde er dann wirklich gefährlich.«

Darüber wollte Wohlfarth lieber nicht nachdenken. Er legte sich wieder hin und löschte das Licht.

Um sieben Uhr früh schrillte eine Glocke. Gähnend, sich reckend und streckend erhoben sich die Mütter. Nur eine war schon vor dem Läuten aus dem Bett gesprungen und ins Bad gelaufen, um als Erste unter der Dusche stehen zu können. Zwei andere Mütter, alle in den gleichen weißen Nachthemden, die die verschnörkelten Buchstaben WMVA auf der Brusttasche trugen, rannten ihr hinterher. »Heute bin ich als Erste dran!«, schrie die eine. »Nein ich, ich hab mir seit drei Tagen die Haare nicht gewaschen!«, rief die andere. Inzwischen tauchten immer mehr Mütter auf und alles schnatterte und kreischte durcheinander.

»Was ist denn hier los?« Wiebke Paulsen, sauber und adrett wie immer in ihrer gestärkten Schürze, stand in der Tür zum Waschraum, die Arme in die Seiten gestemmt.

»Immer ist Jacqueline die Erste im Bad und dann duscht sie stundenlang!«, beschwerte sich Brunos Mutter und zupfte verzweifelt an ihrer zusseligen Dauerwelle. »Dabei müsste ich mir so dringend die Haare waschen.«

»Es gibt doch drei Duschen«, sagte Wiebke Paulsen. »Wo ist das Problem?«
»Die eine ist undicht und bei der anderen ist der Abfluss verstopft«, sagte die lange Dürre, die von allen nur Ökomutter genannt wurde, dabei hieß sie Liebgard.
»Kein Wunder, wenn du sie immer voll Sand machst«, entgegnete die kleine Dicke, die von allen nur Klammermutter genannt wurde, dabei hieß sie Christa.
»Voll Sand?«, fragte Wiebke Paulsen erstaunt.
»Ich habe mir eine Paste aus Seesand und Kleie angerührt«, sagte die Ökomutter. »Diese parfümierten Duschgels vertrage ich nicht.«
Sofort brach unter den Müttern ein Sturm der Entrüstung los: »Typisch!« und »Die immer mit ihren Extrawürsten!«
»Von wegen Würste! Ich bin Vegetarierin«, entgegnete die Ökomutter gekränkt.
Wiebke Paulsen hob beschwichtigend die Arme. »Klärt das bitte untereinander. In einer halben Stunde gibt es Frühstück und ich erwarte jede von euch gewaschen und angezogen zu sehen.«
Die Mahlzeiten wurden in der ehemaligen Fertigungshalle eingenommen. Sven-Ole hatte auf die Fließbänder Bretter gelegt und Wiebke Paulsen hatte sie mit weißen Tischtüchern bedeckt. Wenn die hohen bleiverglasten Fenster nicht so schmutzig und die Wände nicht so grau und kahl gewesen wären, hätte man sich fast wie in einem englischen Internat fühlen können.
Beim Frühstück versuchten alle, einen halbwegs guten Eindruck zu machen, denn durch das Fenster in seinem Büro

konnte Wohlfarth die ganze Halle überblicken und bemerkte sofort, wenn sich eine der Schülerinnen danebenbenahm. So wie jetzt die Klammermutter, die ihrer Nachbarin eine Scheibe Mortadella mopste, als diese gerade nicht hinsah. Wiebke Paulsen lief mit zwei Müttern, die Küchendienst hatten, durch die Reihen und schenkte Tee und Kaffee aus. Sven-Ole verteilte Brötchen. »Na, was ist besser?«, fragte er Jacqueline, die von allen nur die Fitnessmutter genannt wurde. »Drei Vierkornbrötchen oder vier Dreikornbrötchen?« Alle lachten, nur Jacqueline nicht, denn wegen ihres Piercings in der Zunge konnte sie überhaupt keine Körnerbrötchen essen.
»Hast du die Hausaufgaben in ›Geschichten erzählen‹ gemacht?«, fragte Sofias Mutter ihre Nachbarin, die Klammermutter. »Mir ist einfach nichts eingefallen.«
»Mir schon«, erwiderte die stolz. »Ich hab eine superschöne Geschichte geschrieben von einem Jungen, der seine Mutter so liebt, dass er sie nie verlässt. Dafür bekomme ich bestimmt eine Eins.«

Sie bekam eine Fünf.
»Weißt du, wie dein Sohn sich fühlt, wenn du ihm diese Geschichte erzählst?«, fragte Wohlfarth, der dieses Fach als einziges selbst unterrichtete. »Er wird immer ein schlechtes Gewissen haben, sobald er versucht selbstständig zu werden. Wenn ich da an meine Mutter denke …« Wohlfarth bekam einen entrückten Gesichtsausdruck, wie immer, wenn er von seiner Mutter sprach. »Ach, wenn ich da an meine Mutter denke. Gezwungen hat sie mich, jawohl sie hat mich dazu gezwungen, mir mein erstes Eis allein zu kaufen. Sie drückte mir

Geld in die Hand und sagte: ›Du schaffst es, mein Junge!‹ Und ich habe es geschafft. Ihr könnt euch nicht vorstellen, wie stolz ich hinterher war. Und sie erst!«
Wohlfarth wischte sich verstohlen eine Träne aus dem Auge und räusperte sich. »Wer weiß noch, was Goethe einmal gesagt hat?«
Ein halbes Dutzend Finger schoss in die Höhe. Sofias Mutter schnipste laut. »Ich! Ich weiß es!« Wenn er sie jetzt drannahm, würde er sie vielleicht nicht nach ihrer Hausaufgabe fragen.
Aber Wohlfarth rief Suse auf, Emilys Mutter, die bei allen den Spitznamen »Heulsuse« hatte.
»Goethe hat gesagt, kleinen Kindern soll man Wurzeln geben, großen Kindern Flügel.«
»Sehr gut, Suse. Und nun möchte ich eine andere, bessere Geschichte hören. Wie wär's mit dir, Ute-Marie?«
Sofias Mutter wurde blass. »Mir … mir ist nichts eingefallen«, stotterte sie.
Wohlfarth warf einen Blick auf die Namensliste. »Soweit ich weiß, hast du nicht nur eine dreizehnjährige Tochter, sondern auch einen kleinen Sohn. Was erzählst du ihm abends vorm Einschlafen?«
»Ich lese ihm vor …«
»Wie oft?«, fragte Wohlfarth scharf. »Jeden Abend?«
»Also jeden Abend schaffe ich das nicht. Dann darf er eine CD hören.«
Wohlfarths Gesicht verfinsterte sich und Ute-Marie beeilte sich hinzuzufügen: »Keinen Müll natürlich, gute Kinderliteratur, gelesen von Schauspielern und auch richtig teuer und …«

Verzweifelt brach sie ab und Wohlfarth notierte sich etwas im Klassenbuch. »Dann bist du jetzt dran, Liebgard.«
Die Ökomutter erhob sich und begann vorzulesen: »Es war einmal ein kleines Lämmchen. Das war so wollig weiß und süß und seine Mutter hatte es sehr lieb. Da kam eines Tages ein böser Mann und riss das Lämmchen von seiner Mutter weg und stopfte es mit vielen anderen Lämmern und Kälbchen in einen großen Lastwagen. Es war eng darin und es stank ganz fürchterlich. Die Tiere hatten Durst, aber man gab ihnen nichts zu trinken und sie schrien vor Schmerz und Qual. Tagelang fuhr der Laster von einem Land in das nächste, bis er zu einer großen Stadt mit rauchenden Fabrikschloten kam. Endlich hielt er an. Blinzelnd schauten die armen Kreaturen in das Licht der Sonne und was sahen sie? Einen Betonklotz mit vergitterten Fenstern, darüber stand ...« Liebgard machte eine Kunstpause.
Die Klammermutter flüsterte ihrer Nachbarin zu. »Ein Gefängnis für Tiere? Gibt's so was denn?«
»Darüber stand ...«, wiederholte die Ökomutter mit dramatisch erhobener Stimme: »Schlachthof!«
Die kleine Dicke presste sich vor Schreck die Hand vor die Brust. Eine Mutter schrie entsetzt auf. Sofias Mutter bemerkte trocken: »Nach so einer Geschichte kann bestimmt jedes Kind besonders gut einschlafen.«
Wohlfarth schlug mit der Faust auf den Tisch. »Ruhe, bitte!« Und zur Ökomutter gewandt, sagte er: »Setzen. Sechs.«
»Aber meine Geschichte ist doch noch gar nicht fertig! Es gibt ja noch ein gutes Ende. Die Tiere werden alle befreit.«
»Dürfen deine Kinder Fleisch essen?«, fragte Wohlfarth.

»Natürlich nicht!«, sagte Liebgard empört.
»Und wenn sie es doch tun? Mal ein Würstchen auf dem Rummel oder ein Hamburger auf einem Kindergeburtstag?«
»Das würden sie nie!«
»Natürlich nicht, nicht, wenn man ihnen solche Geschichten erzählt«, sagte Wohlfarth. »Überlass es bitte den Kindern, was sie essen wollen und was nicht.«
Die Fitnessmutter, die morgens immer die Dusche blockierte, meldete sich. »Aber wenn ich das zuließe, würde mein Dennis fett wie ein Pfannkuchen, weil er sich am liebsten von Süßigkeiten ernährt.«
»Wenn er das tut«, sagte Wohlfarth schneidend, »dann ist das nicht sein Problem, sondern deins. Frag dich, warum er so viel Süßes braucht. Das ist ein Zeichen dafür, dass ihm etwas fehlt. Liebe zum Beispiel.«
»Aber ich liebe ihn doch!«
»Jacqueline, du schreibst zu morgen auf, wie viel Zeit du beim Joggen und im Sportstudio verbringst und wie viel Zeit mit deinem Sohn«, sagte Wohlfarth streng. »Bin gespannt, was dabei herauskommt.«
Die Fitnessmutter schlug die Augen nieder und knibbelte nervös an ihrem Zungenpiercing.

Gegen Ende der Stunde waren alle frustriert. Alle, bis auf die Heulsuse. Sie hatte für ihre Hausaufgabe eine Zwei bekommen. Es handelte sich um eine etwas wirre Geschichte von einer Prinzessin, die von einem Drachen gefressen wurde, der daraufhin Bauchschmerzen bekam und sie wieder ausspuckte. Zu guter Letzt wurden die beiden ein Paar.

»So einen Quatsch hab ich ja noch nie gehört!«, zischte die Ökomutter ihrer Nachbarin zu. Und Sofias Mutter verdrehte nur verächtlich die Augen.

»Es kommt nicht unbedingt auf die Logik in einer Gutenachtgeschichte an, sondern auf die Fantasie und – ganz wichtig – sie muss ein gutes Ende haben!«, sagte Wohlfarth.

Es klingelte und alle waren erleichtert. Es war viel angenehmer, Puppenkleider zu nähen oder Bausteine aufeinanderzustapeln, als sich von Wohlfarth ständig abkanzeln zu lassen.

Zum Mittagessen gab es an diesem Tag gebratene Schollen, denn Hinnerk hatte einen guten Fang gemacht. Bis auf die Ökomutter, die sich weigerte, irgendetwas zu essen, das Augen hatte, außer Kartoffeln, ließen es sich alle gut schmecken. Der Wirt vom *Dünenblick* hatte sich umsonst mit Joghurt und Diätlimo eingedeckt, die angeblichen Modelschülerinnen schienen einen gesunden Appetit zu haben.

Nach dem Essen kam Wohlfarth aus seinem Büro und schritt die Treppe hinunter. »Ich möchte eine Änderung des Stundenplans bekannt geben. Die Arbeitsgruppe ›Einführung in die Welt der Computerspiele‹, die Herr Kruschke leitet, muss leider verschoben werden. Stattdessen wird Sven-Ole mit euch am Nachmittag an den Strand gehen und euch zeigen, wie Sandburgen gebaut werden. Herr Kruschke ist verhindert.«

Wohlfarth verschwieg, dass Kruschke in Schwierigkeiten steckte. Eine seiner Annas war ausgefallen. Zumindest sendete sie nicht mehr. Es konnte sich um eine kleine Störung oder aber auch um ein größeres Problem handeln. Wohlfarth war sehr ärgerlich. Alles lief so reibungslos, da konnte er so etwas nicht gebrauchen.

Die Mütter hingegen waren sehr zufrieden. Computerspiele fanden die meisten langweilig. Außerdem schien heute die Sonne und es war sicher viel angenehmer, draußen am Meer zu sein, als drinnen vor dem Bildschirm zu hocken.
Schnatternd wie eine Schar Gänse zogen sie am Nachmittag mit Schaufeln und Eimern los, um zu zeigen, wer die schönste Sandburg von allen bauen konnte.

11. KAPITEL

Während Brunos Mutter eifrig im Sand schippte und aufschrie, als sie auf einen vergammelten Krebs stieß, drückte ihr Sohn an diesem Montagnachmittag gelangweilt auf die Fernbedienung.

Tante Anna begann sich zu drehen, schneller und immer schneller, bis sie plötzlich umfiel.

Bruno drückte auf die Rewind-Taste und Tante Anna erhob sich, sah ihn aus merkwürdig starren Augen an und ging aus dem Zimmer.

Sie war nicht echt. Tante Anna war ein Roboter.

Bruno hatte es nur durch Zufall entdeckt. Am Samstag hatte sein Vater ihm seine neueste technische Errungenschaft präsentiert: eine Fernbedienung, mit der man alle Geräte im Haus steuern konnte. Die Rollos, die Stereoanlage, die Digitalkamera, den Fernseher. Brunos Mutter hatte sich oft darüber aufgeregt, dass überall im Haus Fernbedienungen herumlagen und man garantiert immer die falsche erwischte.

»Deine Mutter wird begeistert sein«, hatte Brunos Vater gesagt. »Es ist so simpel, dass selbst sie sie bedienen kann.«

Da war Bruno sich allerdings nicht so sicher gewesen. Das Ding schien ziemlich kompliziert zu sein.

Als sein Vater am Sonntagabend zu seinem Stammtisch verschwunden war, hatte sich Bruno vor den Fernseher gesetzt und auf einen der Knöpfe gedrückt. Natürlich war es der falsche, surrend gingen die Rollos herunter. Beim nächsten Versuch ertönte laute Musik aus dem Radio. Bruno wurde ungeduldig, gleich sollte auf dem Sportkanal ein Boxkampf im Leichtgewicht kommen. Er drückte auf alle Tasten nacheinander. Na, endlich! Es rauschte und flimmerte auf dem Bildschirm, dann tauchten zwei Männer auf, die sich gegenseitig auf die Nase schlugen.

Bruno starrte so gebannt auf den Fernseher, dass er das merkwürdige Geräusch erst nicht wahrnahm. Es klang wie ein Brummkreisel und wurde immer lauter.

Irritiert drehte er sich um. Tante Anna, die die ganze Zeit am Tisch gesessen und in einer Zeitschrift geblättert hatte, war aufgesprungen und hatte angefangen sich zu drehen.

»Was machst du da?«, rief Bruno.

Sie antwortete nicht, sondern drehte sich immer schneller.

»Aufhören!«, schrie Bruno. »Hör doch bitte auf!«

Ohne nachzudenken, griff er zu der Fernbedienung und drückte auf einen der Knöpfe. Augenblicklich blieb Tante Anna stehen und rührte sich nicht mehr.

Dafür begann sie zu sprechen: »Du musst nicht Klavier spielen. Du musst nicht Klavier spielen. Du darfst boxen. Du darfst boxen, boboboboxen, boxen, boboboboxen, bobobo…«

Es klang hoch und quäkend, als ob man einen Film im Zeitraffer laufen ließ.

Bruno drückte noch einmal auf die Fernbedienung und die Stimme wurde tief und schleppend, bis sie schließlich in einem Gurgeln erstarb.

Bruno war beileibe kein Angsthase. Bei Horrorfilmen war er immer der Einzige in seiner Klasse, der sich auch die blutigsten Szenen anschauen konnte, ohne auch nur mit der Wimper zu zucken. Aber das hier, das ließ ihn erschauern. Er bekam Gänsehaut und wünschte sich, sein Vater wäre bei ihm. Was war mit Tante Anna los? War sie verrückt oder krank? Gab es nicht irgendeine grässliche Krankheit, bei der man in Zuckungen verfiel? In einem seiner Horrorfilme hatte er einmal eine Frau gesehen, die vom Teufel besessen war und auch mit so einer komisch verzerrten Stimme gesprochen hatte.

»Tante Anna, was ist los?«, fragte Bruno.

Tante Anna stand da und rührte sich nicht. Hatte ihr seltsames Verhalten etwa mit der Fernbedienung zu tun? Bruno drückte probehalber auf den Startknopf. Sie ging zum Tisch, setzte sich hin und blätterte in der Zeitschrift. Es sah völlig normal aus. Sie hatte bisher jeden Abend am Tisch gesessen und in einer Zeitschrift geblättert.

»Anna ist doch wirklich ein Schatz«, hatte Brunos Vater noch gestern gesagt. »Macht ihre Arbeit und nervt einen nicht mit irgendwelchem blöden Gequatsche.«

Bruno kannte sich mit Frauen nicht aus. Außer mit seiner Mutter, seiner Klassenlehrerin und diversen Klavierlehrerinnen hatte er wenig Erfahrung. Aber eines hatten all diese Frauen gemeinsam: Über kurz oder lang gingen sie einem auf den Wecker. Tante Anna tat das nicht. Das war verdächtig. Nie kamen irgendwelche Vorwürfe von ihr. Sie hatte noch nicht einmal gemeckert, als er gestern beim Frühstück das Honigglas hatte fallen lassen. Und das war wirklich eine Riesensauerei gewesen. Lächelnd hatte sie auf dem Boden gehockt und alles weggewischt.

Bruno erhob sich vom Sofa und ging vorsichtig zum Tisch, an dem Tante Anna saß und in einem der Modemagazine seiner Mutter blätterte. Sein Herz klopfte wie wild. Er zog ihr die Zeitschrift weg und legte schnell sein Matheheft an dieselbe Stelle.

Ungerührt blätterte Tante Anna weiter. Nickte anerkennend und sagte beim Anblick langweiliger Textaufgaben: »Schick, schick« oder »Leider viel zu teuer.«

Bruno sah sie sich genauer an. Das hatte er bisher noch gar nicht getan. Wozu auch? Doch nun traf es ihn wie ein Schlag: Tante Anna war eine Puppe! Perfekt gemacht, bis hin zu dem kleinen Leberfleck über der Oberlippe, den rosig angehauchten Wangen, den Wimpern. Jetzt verstand er auch, warum sie nie etwas aß oder trank. Bisher war ihm das egal gewesen, Hauptsache er hatte etwas zu essen bekommen. Prüfend strich er ihr über den Arm. Er fühlte sich glatt an, viel zu glatt für echte Haut. Sie drehte sich zu ihm um und sagte in ihrer normalen Stimme: »Hallo, Bruno, hast du Hunger? Soll ich dir eine Pizza in den Ofen schieben?«

»Nein danke«, sagte Bruno.

Verwirrt ging er zurück zum Sofa und versuchte sich auf den Boxkampf zu konzentrieren, was ihm nicht gelang. Wieso befand sich eine Puppe in seiner Wohnung? Um genau zu sein, war es nicht einfach eine Puppe, sondern ein Roboter. Und was hatte das mit der Abwesenheit seiner Mutter zu tun?

Bruno würde so lange aufbleiben, bis sein Vater nach Hause kam, und ihm alles erzählen. Sein Vater würde wissen, was zu tun war. Er schaltete den Fernseher aus, sagte höflich »Gute Nacht« zu Tante Anna, die immer noch begeistert in seinem Matheheft blätterte und Entzückungsschreie ausstieß, und schloss sich vorsichtshalber in seinem Zimmer ein.
Bruno hatte gewartet und gewartet. Aber sein Vater war spät, sehr spät nach Hause gekommen. Auch er genoss die Abwesenheit seiner Frau, die seine Stammtischbesuche stets missbilligt und sich über seine Bierfahne beklagt hatte.
An diesem Montagmorgen hatte sein Vater schon sehr früh das Haus verlassen, das Gespräch würde warten müssen. Doch als Bruno nach der Schule nach Hause gekommen war, hatte er beschlossen, ihm nichts zu erzählen. Er wollte allein herausfinden, was es mit dieser Tante Anna auf sich hatte.
Bis dahin ließ er sie ab und zu noch ein wenig in der Gegend herumtanzen.
So auch jetzt. Als Tante Anna sich wieder aufgerichtet hatte, fragte Bruno: »Wo ist meine Mutter?«
»Es geht ihr gut, gut, gut, gut ...« Sie hörte gar nicht mehr damit auf. Bruno drückte auf die Stopptaste.
»Wo kommst du her?«
»Deine Mutter ist zur Kur an der Nordsee. Es geht ihr gut.«
So kam er nicht weiter.
Er ging daher ins Arbeitszimmer seines Vaters und startete den Computer. Dann gab er in die Suchmaschine nacheinander die Stichworte »Puppen«, »Roboter« und »künstliche Menschen« ein, und es erstaunte ihn, wie weit die Technik auf diesem Gebiet bereits fortgeschritten war, aber weiter brachte

ihn das auch nicht. Er musste es mit einem anderen Suchbegriff versuchen. Spaßeshalber gab er »Wer kennt Tante Anna?« ein.

Emily öffnete die Wohnungstür. Es war wundervoll, von der Schule nach Hause zu kommen, ohne befürchten zu müssen, dass irgendeine Katastrophe passiert war. Kein Zettel lag auf dem Tisch, auf dem stand: *Bin in der Notaufnahme, hab mir beim Kartoffelschälen in die Hand geschnitten.* Keine Mülltüten neben der Tür, über die man beim Reingehen stolperte, kein verschmorter Geruch, weil das Bügeleisen herrenlos vor sich hinglühte. Nichts davon. Wenn Emily jetzt die Wohnung betrat, duftete es sauber nach Putzmittel oder angenehm nach Essen. Alles war aufgeräumt und ordentlich.
Jetzt erst merkte Emily, wie sehr sie unter dem ständigen Chaos gelitten hatte und wie erleichtert sie war, sich nicht dauernd um ihre Mutter Sorgen machen zu müssen. Das musste sie doch auch nicht, oder etwa doch? Nach der ersten Postkarte war eine zweite gekommen, in der fast dasselbe stand. Auch diese war in einer untypisch sauberen Schrift geschrieben. Inzwischen war Emily davon überzeugt, dass das ein gutes Zeichen war. Ihre Mutter erholte sich, wurde ruhiger und das spiegelte sich auch in ihrer Schrift wider.
Wie immer war auch heute der Tisch gedeckt. Emily schnupperte. Es gab Thunfischpizza vom Italiener gegenüber. Sie liebte Thunfischpizza, aber die gab es nun schon zum vierten Mal. Emily ertappte sich dabei, wie sie Appetit auf die matschigen Nudeln ihrer Mutter bekam.
Der Tisch war mit zwei Tellern gedeckt, aber bisher hatte Tante

Anna sich immer nur ein winziges Stück auf den Teller gelegt und das noch nicht mal gegessen. Wahrscheinlich mochte sie überhaupt keine Pizza. »Was ist dein Leibgericht?«, fragte Emily.

»Ich esse alles gern, es darf nur nicht so viel sein«, sagte Tante Anna und stellte Emily die Pizza hin.

Wenn ihre Mutter jetzt hier wäre, würde sie das Ganze noch mit Cayennepfeffer bestreuen oder mit Chilisoße übergießen. Ihrer Mutter konnte ein Essen nie scharf genug sein.

»Hat Mama früher auch schon so gern scharf gegessen?«, fragte Emily.

»Sie isst sehr gern sehr scharf«, sagte Tante Anna und nickte bestätigend mit dem Kopf.

»Ja, ich weiß. Ich meine, ob sie das früher auch gemacht hat, als ihr zusammen in der Schule wart?«

Tante Anna hatte Emily erzählt, dass sie mit ihrer Mutter zusammen die Schule besucht hatte und dass sie sich zufällig vor ein paar Wochen in der Stadt getroffen hätten. Emily fand es nicht weiter verwunderlich, dass ihre Mutter ihr von dieser Begegnung nichts erzählt hatte, sie vergaß so ziemlich alles.

»Und war sie immer schon so …«, Emily suchte das richtige Wort, »… so durcheinander?«

»Chaotisch«, sagte Tante Anna. »Deine Mutter ist furchtbar chaotisch. Immer geht bei ihr alles schief.«

»Und das war früher auch schon so?«, fragte Emily ungläubig. Ihre Mutter hatte ihr Fotos von früher gezeigt, auf denen hatte sie wie ein ganz normales Mädchen ausgesehen, wenn man mal davon absah, dass sie meistens irgendeinen Verband trug, weil sie sich was verstaucht oder gebrochen hatte.

»Das war früher auch schon so«, sagte Tante Anna. Dann stand sie auf, nahm ihren noch vollen Teller, leerte ihn in den Müll und stellte ihn in die Spülmaschine.
»Ich mag auch keine Pizza mehr«, sagte Emily.
Tante Anna drehte sich zu ihr um. »Pizza mit Thunfisch ist dein Lieblingsessen.«
»Ja, schon, aber das gibt es jetzt dauernd. Kannst du nicht mal was Richtiges kochen?«
»Was denn?«, fragte Tante Anna.
»Na, zum Beispiel Ravioli aus der Dose«, sagte Emily. »Das macht Mama ganz oft.«
»Ich weiß nicht, wie das geht, das musst du mir zeigen.«
Emily hielt das für einen guten Witz und lachte. Tante Anna lachte mit. Ihre Augen leuchteten vor Freude.
»Ich habe deine Bluse gebügelt«, sagte sie.
»Die weiße?«, fragte Emily ängstlich. »Die mit den Rüschen?«
Wenn das mal gut gegangen war. Ihr Vater hatte sie ihr als Ersatz für die geschenkt, die ihre Mutter in der Waschmaschine ruiniert hatte. »Nur chemische Reinigung«, hatte ihre Mutter mit einem Blick auf die Waschanleitung gesagt. »Na super, jetzt soll ich für so was auch noch Geld ausgeben! Was stellt dein Vater sich eigentlich vor?«
Doch nun stand Tante Anna vor ihr und hielt ihr die Bluse entgegen. Sie sah fast noch schöner aus als vorher. Die Rüschen am Kragen bauschten sich, die Spitzen am Ärmel waren leicht gestärkt und von strahlendem Weiß. Nichts hing lappig herunter oder war durch ein zu heißes Bügeleisen bräunlich verfleckt. Emily streckte begeistert die Arme aus: »Danke. Vielen Dank! Das hätte meine Mutter nie für mich gemacht.«

Kruschke saß vor seinen Monitoren. Während die Mütter am Strand waren und lernten, wie man Sandburgen baute, mit Holzwehren das Wasser staute und aus Eierpampe bizarre Grotten herstellte, zappte er von einer Kamera zur nächsten und sah das, was seine Annas auch sahen: Kinder, die vergnügt vor dem Fernseher lümmelten, sich mit Chips oder Schokolade vollstopften und gute Sofas vollkrümelten. Er sah, dass seine Annas saugten, wischten, Bettdecken glatt strichen, und war sehr zufrieden. Anna08, die bei der Ökomutter zwei Jungs betreute, sendete inzwischen auch wieder. Die Jungs hatten ihr Gurkenscheiben auf die Augen gelegt, weil ihre Mutter das auch immer tat. Sollte ja angeblich gesund sein. Anna08 hatte es jedenfalls nicht geschadet. Kruschke hatte trotzdem beschlossen, seine Geschöpfe engmaschiger zu kontrollieren. Nur zu gern verzichtete er dafür auf seine Arbeitsgruppe. Frauen irgendetwas am Computer beibringen zu wollen, war genauso aussichtslos, wie eine Kuh zu lehren, auf dem Seil zu tanzen. Wie lange würde Wohlfarth denn noch brauchen, um einzusehen, dass bei diesen Frauen Hopfen und Malz verloren war? Sie waren schrecklich und würden schrecklich bleiben. Seine Annas hingegen waren perfekt. Gut, ein paar kleine Verbesserungen musste er noch einbauen. Aber das waren Anfangsfehler. Als er jetzt auf einem Monitor ein sich immer schneller drehendes Bild sah, notierte er auf einem Zettel: *Tanzmodus verändern*. Er hatte ein paar Standardtänze programmiert, für den Fall der Fälle. Walzer war in Ordnung, aber was Anna07 da seit zwei Tagen vollführte, war nicht ganz ungefährlich. Wie leicht konnten Module überhitzen und wichtige Sensoren ausfallen.

Bei wem befand sich Anna07 noch gleich? Ach ja, bei Bruno, dem verhinderten Boxer. Vielleicht versuchte er, seine Anna als Sparringpartner zu benutzen. Kruschke schaute genauer hin. Da war der Junge, aber er trug keine Boxhandschuhe, sondern ... Jetzt drehte sich die Kamera wieder um sich selbst, Kruschke sah eine Schrankwand vorbeifliegen, das Sofa, den Fernseher. Irgendetwas hielt der Junge doch in der Hand. Aber was bloß? Das Bild drehte sich immer schneller, plötzlich wurde es schwarz.

Anna07 musste beim Tanzen die Augen geschlossen haben. Kruschke war sehr stolz darauf, dass es ihm gelungen war, diese lebensechte Funktion einzubauen.

Er zappte weiter und sah einen kleinen Jungen, der mit vor Zorn gerötetem Gesicht irgendetwas schrie. Anna13 näherte sich ihm und er wich mit angstgeweiteten Augen immer weiter zurück. War das nicht der kleine Bruder von Sofia? Sie hatte in ihrem Fragebogen nicht gelogen. Das war ja eine furchtbare Nervensäge! Jetzt ließ er ein Glas Milch, das er in der Hand gehalten hatte, einfach fallen und lief zur Tür. Da erschien auch Sofia, zog ihn aus der Küche und schloss die Tür. Als Nächstes sah Kruschke die wohlgeformten Hände seiner Anna, die einen Lappen unter den Wasserhahn hielten. Na, hoffentlich gab Sofia ihrem Bruder eins auf den Po.

Nun noch ein kurzer Blick, ob die Mütter am Strand auch keine Dummheiten machten. Kruschke zappte auf eine Kamera, von deren Existenz außer ihm niemand wusste. Sie steckte in einem Modellflugzeug, das als harmloses Spielzeug getarnt durch die Luft schwirrte.

Nur gut, dass er das ständige Gekeife und Gekreische der

Mütter nicht hören konnte. Denn natürlich stritten sie wieder. Die Ökomutter schüttete der Klammermutter gerade einen Eimer glitschigen Tang auf die Füße.
Die Reichweite der fliegenden Kamera betrug zwar nur ein paar hundert Meter, aber mehr war auch nicht nötig, um zu sehen, dass sich eine der Mütter gerade von ihrer Sandburg entfernte. Sich immer wieder ängstlich umblickend, lief sie jetzt in Richtung Zaun. An ihren roten Haaren erkannte er sie sofort: Emilys Mutter. Wer sonst? Diese Person machte wirklich nichts als Ärger. Während alle fleißig am Bauen und Schippen waren, versuchte sie doch tatsächlich, sich heimlich fortzustehlen.
Tja, meine Liebe, da kommst du nicht weiter, dachte Kruschke, als er sah, dass Suse am Zaun stehen blieb. Das Ende des Zaunes lag noch im Wasser. Erst Stunden später bei Niedrigwasser konnte man trockenen Fußes drumherumgehen. Aber das wusste die Heulsuse bestimmt nicht. Diese Frauen hatten alle keine Ahnung von den Gezeiten. Und das war auch gut so.
Die Heulsuse ließ resignierend die Schultern sinken und trottete zurück zu den anderen. Diese Frau musste man im Auge behalten. Nicht nur, dass sie die schlechteste Schülerin von allen war, jetzt wollte sie sich offensichtlich aus dem Staub machen. So leicht war das auf der Insel natürlich nicht, denn selbst wenn es ihr gelang, das Fabrikgelände zu verlassen, käme sie nicht weit. Schließlich ging nur einmal am Tag eine Fähre zum Festland. Aber aufpassen musste man trotzdem. Nachher erzählte sie noch den Inselbewohnern, dass es sich bei Wohlfarths WMVA mitnichten um eine Modelschule, sondern eine

Mütterverbesserungsanstalt handelte. Das war zwar nicht verboten, konnte aber zu neugierigen Fragen führen, und die wären alles andere als erwünscht. Die Leute tuschelten auch so schon genug. Das fing mit dem Essen an. Die Mengen, die Lührsen jeden Tag liefern musste, waren mit einer Modelschule wirklich nicht vereinbar.

Kruschke schnaubte leise. Was das alles für ein Geld verschlang! Das hätte Wohlfarth besser in die Entwicklung und Herstellung von Kruschkes Puppen investieren sollen. Bald wäre er so weit gewesen, sie in Serie gehen zu lassen. Und zwar nicht nur solche wie Anna. Ihm schwebten mindestens vier verschiedene Modelle vor. Dann könnten sich Männer ihre Frauen und Kinder ihre Mütter einfach aus dem Katalog bestellen. Die einen wollten vielleicht lieber den molligen mütterlichen Typ, die anderen einen sportlich durchtrainierten. Und gegen Aufpreis würde es auch Mütter mit Spezialfähigkeiten geben. Die auf dem Kopf stehen konnten oder Harfe spielen oder Teppiche knüpfen, ganz nach Wunsch. Und mit ein wenig Zeit und Glück gelang ihm auch etwas, das vorher noch kein Erfinder künstlicher Menschen geschafft hatte: eine Puppe herzustellen, die fühlte. Nicht nur eine, die auf Knopfdruck lachen oder weinen konnte, sondern eine Puppe mit einer eigenen Seele. Aber die, so viel war klar, sollte ihm ganz allein gehören.

Suse stand neben ihrer Sandburg. Gerade schwappte eine Welle über den Rand und brachte ihn zum Einsturz. Eine zweite Welle riss noch ein Stück weg und schließlich waren von der Burg nur noch kleine feuchte Sandhügel übrig.

Unschlüssig nahm sie die Schaufel in die Hand, ließ sie aber wieder sinken. Zu retten war da nichts mehr. Die anderen Mütter waren fleißig am Schippen und strichen mit feuchten Händen die Ränder glatt. Eine verzierte ihre Sandburg gerade mit Muscheln. Zu lesen war *Für meinen allerliebsten Lie–*, weiter war sie noch nicht gekommen.

Sven-Ole bückte sich gerade, um ein Stück Holz aufzuheben, keiner beachtete sie. Die Gelegenheit war günstig.

Ich will nach Hause, dachte Emilys Mutter. Ich will hier weg!

Am Zaun kam sie jedoch nicht weiter, also musste sie es auf der Landseite versuchen. Schnell lief sie in Richtung Dünen und krabbelte auf allen vieren eine Düne hinauf. Der Strandhafer schnitt ihr schmerzhaft in die Hände, der lose Sand rutschte unter ihren Füßen weg. Sie warf einen Blick zurück zum Strand, aber niemand schien ihr Verschwinden bemerkt zu haben, so eifrig waren alle mit ihren Burgen beschäftigt.

Noch ein kleines Stückchen und sie hätte die Düne erklommen und dahinter würde sie dann niemand mehr sehen.

Endlich! Suse klopfte sich die Hände an der Hose ab.

»Na, schon fertig mit der Sandburg?«, ertönte eine Stimme.

Suse erschrak, atmete jedoch erleichtert auf, als Kruschkes Kopf hinter einer Düne erschien. Kruschke sah zwar nicht sehr ansprechend aus mit seinem schielenden Auge, war aber harmlos.

Mühsam stapfte er ihr durch den Dünensand entgegen. »Oder was hast du hier zu suchen?«

»Mich trieb ein menschliches Bedürfnis«, sagte Suse mit verlegenem Grinsen.

»Während des Unterrichts ist es nicht gestattet, zur Toilette

zu gehen, dazu sind die Pausen da!«, erwiderte Kruschke und wischte sich den Schweiß von der Stirn.
»Aber ich muss mal!«, rief sie und das stimmte sogar.
»Dann begleite ich dich zur Schule«, sagte Kruschke. »Komm mit.«
Sehr weit wäre sie auf diesem Weg nicht gekommen, stellte Suse fest, als sie Kruschke folgte. Kaum hatte man eine Düne bestiegen, erhob sich dahinter schon die nächste.
Nun tauchte die Fabrik auf. Von hier aus sahen die vergitterten Fenster im Erdgeschoss richtig bedrohlich aus und plötzlich bekam sie Angst.
»Ich will nach Hause«, sagte Suse und blieb stehen. »Man kann mich hier schließlich nicht festhalten.«
Kruschke drehte sich zu ihr um. »Kein Problem. Heute geht allerdings kein Schiff mehr. Du musst bis morgen warten. Wir gehen gleich zum Chef, dann kannst du es ihm selber sagen.«
Suse atmete auf. Sie hätte nicht gedacht, dass es so leicht sein würde.
Wohlfarth schien nicht überrascht zu sein, sie zu sehen. Vor ihm auf dem Tisch lag ein Aktendeckel, auf dem *Emily* stand. Hinter ihm auf einem Fernsehschirm leuchteten blutrot die Zeilen: *Mach dein Kind glücklich und du rettest die Welt!*
»Worum geht es, Kruschke?«, fragte Wohlfarth.
»Die Heulsuse will weg. Wieder nach Hause.«
»Zu meiner Tochter«, sagte Suse fest. »Sie hat bestimmt Sehnsucht nach mir. Und ich nach ihr«, fügte sie leise hinzu.
»So so, Sehnsucht. Na, das wollen wir doch mal sehen. Haben Sie die DVD, Kruschke?«
Kruschke schob die Disc in einen DVD-Spieler und drückte

auf eine Fernbedienung. Der Spruch auf dem Bildschirm verschwand, dafür erschien ein wackeliges Bild. Ein Mädchen mit dunklem Pagenkopf tauchte auf. Zuerst schien das Gesicht irritiert, dann lächelte es und streckte die Arme aus.

»Emmilein, was hast –«, rief Suse und schlug sich mit der Hand auf den Mund, als Wohlfarth ihr mit einer Geste bedeutete zu schweigen.

Das Mädchen nahm eine weiße Bluse entgegen. Eine perfekt gebügelte weiße Bluse mit roten Knöpfen in Herzform und Rüschen am Kragen und an den Ärmeln. Es hielt sich die Bluse an den Körper und strahlte.

Suse kannte diese Bluse nur zu gut. Emilys Vater hatte sie seiner Tochter geschenkt. Unpraktisch hoch zehn! Man hätte Stunden gebraucht, um all die Rüschen und Fältchen zu bügeln, also hatte Suse es bisher auch nicht getan.

Emilys Mund öffnete sich. Man konnte nicht hören, was sie sagte, aber Suse las es ihr von den Lippen ab. »Danke! Vielen Dank. Das hätte meine Mutter nie für mich getan!«

Kruschke drückte auf die Fernbedienung, der Bildschirm wurde schwarz und die flammende rote Schrift erschien wieder.

»Nun, Suse, was hast du dazu zu sagen?«, fragte Wohlfarth betont freundlich.

Emilys Mutter schwieg.

»Glaubst du wirklich, deine Tochter hat Sehnsucht nach dir?« Wohlfarths Ton war schärfer geworden. »Deine Tochter, die Folgendes über dich schreibt …« Er blätterte in der Akte.

»Nicht, bitte nicht«, flüsterte Suse. »Nicht vorlesen.«

»Hier, hör gut zu.« Wohlfarth erhob die Stimme. »Sie schreibt:

Meine Mutter ist so furchtbar anstrengend. Immer gerät sie in Schwierigkeiten. Und dann ist sie tagelang schlecht drauf und ich trau mich kaum, sie um was zu bitten. Ich mach ja schon ganz viel allein. Geh einkaufen, koch mir was zu essen, häng die Wäsche auf. Manchmal fallen ihr auch ganz verrückte Sachen ein. Dann weckt sie mich mitten in der Nacht, weil sie es endlich geschafft hat, Sushi zu rollen. Aber ich möchte schlafen und außerdem mag ich keinen rohen Fisch. Ich wünsche mir, sie würde einfach nur normal sein. Meine Sachen mit der richtigen Temperatur waschen, die Bluse bügeln, die Papa mir geschenkt hat …« Wohlfarth brach ab. »Möchtest du immer noch zurück? Zurück als die schreckliche Mutter, die du warst, bevor du hierhergekommen bist? Oder möchtest du nicht lieber hierbleiben und lernen, wie man sein Kind glücklich macht, denn …« Er zeigte auf den Bildschirm.
»Mach dein Kind glücklich und du rettest die Welt«, las Suse tonlos ab.
Wohlfarth blätterte in der Akte. »Leider sieht es mit deinen Noten nicht gut aus. In Handarbeiten stehst du Fünf, in allen anderen Fächern knapp Vier.« Er schüttelte den Kopf. »Wenn du so weitermachst, bleibst du sitzen.«
»Was heißt das, ich bleibe sitzen?«, fragte Suse verwirrt.
»Das wirst du noch früh genug erfahren«, sagte Wohlfarth und schlug den Aktendeckel zu.

12. KAPITEL

An diesem Abend war in Wohlfarths Mütterverbesserungsanstalt die Stimmung fast ausgelassen, alle Schülerinnen hatten beim Sandburgenbau gute Noten bekommen, bis auf die Heulsuse natürlich.
Die frische Seeluft hatte ihr Übriges getan und die Mütter langten beim Abendbrot kräftig zu.
»Heh, du hast jetzt schon zum zweiten Mal von den Gürkchen genommen! Ich hatte noch keine einzige!«
»Na und? Dafür hast du vom Schinken nichts übrig gelassen!«
»Ich denke, du isst sowieso keinen.«
»Darum geht's doch nicht, es geht ums Prinzip!«
Suse beteiligte sich nicht an den Gesprächen, sie saß ein wenig abseits und zerkrümelte gedankenverloren ein Stück Brot. Immer wieder sah sie Emily vor sich, wie sie strahlend in die Kamera geblickt hatte. Komisch, dass die Betreuerin die Szene gefilmt hatte, aber wahrscheinlich war auch das Absicht gewesen. Die Aufnahmen sollten als Beweis dienen, wie viel besser Emily ohne ihre Mutter dran war. Suse seufzte laut und erntete sofort böse Blicke der anderen.

»Hast du mitgekriegt, dass sie abhauen wollte?«, flüsterte Brunos Mutter Sofias Mutter zu. »Kann ich gar nicht verstehen«, antwortete die. »Aber ehrlich gesagt bin ich sogar ganz froh, dass sich mal jemand anders um meine beiden Streithähne kümmert.«

Die misstrauische Mutter mit der spitzen Nase beugte sich über den Tisch. »Also ich wüsste schon gern, was für einen Unsinn meine Tochter grad anstellt.«

»Ellen, Ute-Marie, Katrin. Ruhe bei Tisch!«, rief Ramona Beutel. »Direktor Wohlfarth liest vor!«

»Oh Gott, nicht schon wieder aus seinem Tagebuch«, flüsterte Sofias Mutter. »Das Gesülze ertrag ich nicht.«

Brunos Mutter nickte ihr beipflichtend zu.

Wohlfarth ließ sich von dem unwilligen Geraune nicht stören, er räusperte sich und stand vom Tisch auf.

»Dieser Eintrag stammt vom 23. Juni«, sagte er und begann zu lesen: *»Heute war es sehr heiß und wir hatten in der sechsten Stunde hitzefrei. Als ich aus der Schule kam, bin ich gleich raus in den Garten. Mama hatte schon am Morgen die alte Zinkwanne mit Wasser gefüllt, das war inzwischen richtig schön warm geworden. Ich also rein in die Wanne. Peter von nebenan kam über den Zaun geklettert. Seine Mutter hat ihm das verboten, aber richtige Jungs benutzen doch kein Gartentürchen! Wir haben uns nass gespritzt und Untergang der Titanic gespielt und schließlich sind wir beide mit der Wanne umgekippt. Mama ist mit Handtüchern gekommen und hat uns trocken gerubbelt. Dann durften wir uns in die Hollywoodschaukel setzen und sie hat uns selbst gemachte Zitronenlimo und frisch gebackene Waffeln gebracht. Peter hatte*

Angst, dass seine Mutter schimpft, weil er sich am Zaun einen Dreiangel in seine Hose gerissen hat. Mama hat ihn getröstet und es so gestopft, dass man schon eine Lupe bräuchte, um den Riss zu erkennen.«

Sofias Mutter verdrehte die Augen und Brunos Mutter zwinkerte ihr zu. »Muss ja echt eine Supermutter gewesen sein.«

»Pscht!«, zischte Ramona Beutel ungehalten und wandte sich dann wieder Wohlfarth zu. Sie hing förmlich an seinen Lippen.

Die Ärmste ist in ihn verliebt, dachte Suse. Und er merkt es noch nicht einmal.

»… am Abend lag ich erschöpft, aber glücklich in meinem Bett. Mama hat dann noch das Gutenachtgebet mit mir gesprochen und mir gesagt, wie sehr sie mich liebt. ›Ich hab dich auch lieb, Mami‹, hab ich ge…«

Wohlfarth brach ab und wischte sich über die Augen.

Die Klammermutter schluchzte laut auf. »Das sagt mein Timmy auch immer. Er fehlt mir so!«

»Was meinst du, Christa, wie viel lieber dein Timmy dich erst hat, wenn du erfolgreich die WMVA absolviert hast«, sagte Wohlfarth. »Und damit ihr schon mal wisst, wie bisher eure Noten sind, habe ich hier einen Zwischenstand.« Ramona Beutel reichte ihm eine Liste. Er begann mit Sofias Mutter: »Ute-Marie, du bist in allen Fächern gut, die den Kleinkindbereich betreffen. Im Sandburgenbauen und Schlafliedersingen bist du die Beste. Deine Leistungen in ›Musikgeschmack der 13- bis 15-Jährigen‹ lassen allerdings weiterhin zu wünschen übrig.«

»Ich kann diese ganzen Bands einfach nicht auseinanderhal-

ten«, sagte Sofias Mutter kleinlaut. »Die Musik ist doch sowieso immer gleich: laut und misstönend.«
»Mit dieser Einstellung wirst du es hier nicht weit bringen«, sagte Wohlfarth und wandte sich Brunos Mutter zu: »Und nun zu dir, Katrin. Du kennst dich inzwischen sehr gut mit den Boxregeln aus, dein Sohn kann sich freuen. Und sogar Christa hat in dem Kurs ›Loslassen leicht gemacht‹ gelernt, dass man sein Kind nicht ständig bemuttern darf, allerdings muss das noch viel besser werden. Liebgard bekommt ein ganz besonderes Lob: Sie hat zum ersten Mal in ihrem Leben eine Wurst gebraten, die nicht aus Tofu war.« Die Ökomutter lächelte stolz.
Immer weiter zählte Wohlfarth auf, wer sich wo besonders hervorgetan hatte. Dann wurde sein Gesicht ernst:
»Nun kommen wir leider zu etwas nicht so Schönem.«
Alle drehten sich zu Emilys Mutter um.
»Suse, für dich hab ich heute kein Lob.«
»Fliegt sie jetzt endlich raus?«, fragte Sofias Mutter mit leuchtenden Augen.
»Wir sind hier nicht in einer Talentshow im Fernsehen!«, sagte Wohlfarth streng. »Indem ich euch alle hierhergeholt habe, habe ich eine Verantwortung übernommen. Keiner verlässt die Schule ohne Abschluss. Ohne die WMVA-Urkunde.«
Ein Arm fuhr in die Höhe. »Was bedeutet das genau?«
»Nun, mit diesem Abschlusszeugnis bescheinigen wir den erfolgreichen Besuch der Schule. Es gibt drei verschiedene Urkunden. Eine für ›bestanden‹, eine für ›erfolgreich bestanden‹ und die Krönung ist natürlich, wenn eine von euch die Schule mit ›vorbildlich bestanden‹ verlässt.«

Gemurmel hob an.
»Mir reicht ›bestanden‹, da fragt doch später kein Schwein danach, ob man gut oder sehr gut war«, sagte die Ökomutter und knabberte an einem Dinkelplätzchen.
»Also ein bisschen Ehrgeiz sollte man schon an den Tag legen«, sagte Sofias Mutter von oben herab. »Sonst bringt das hier doch nichts.«
»Und wenn eine sitzen bleibt?«, fragte die Klammermutter ängstlich.
»Wenn eine von euch die Abschlussprüfung nicht besteht«, sagte Wohlfarth, »dann bleibt sie hier und muss den gesamten Kurs noch einmal wiederholen.«
»Nein!«, rief Suse und riss entsetzt die Augen auf.
»Bitte nicht! Das halte ich nicht aus.«

Sofia saß an Niklas' Bett. »Soll ich dir noch einmal die Geschichte von *Emma Ententropf* vorlesen?«, fragte sie.
Niklas schüttelte den Kopf. Unaufhörlich liefen ihm die Tränen herunter.
»Auch nicht die von *Schweinchen Schwapp*?« Wieder Kopfschütteln. Sofia wusste nicht weiter. Die Geschichten von Beatrix Potter waren immer eine Art Geheimwaffe, wenn Niklas krank oder sonstwie quengelig war. Wenn das nicht half, was dann?
Das Schlimmste war, dass er kaum noch etwas sagte. In den ersten Tagen hatte er ständig »Wann kommt Mama?«, »Wo ist Mama?«, »Ich will zu meiner Mama!« geschrien, aber nun weinte er nur noch still vor sich hin.
»Das wird schon«, hatte Georg am Morgen gesagt, als er sich

von ihnen verabschiedet hatte. Er flog für eine Woche nach Hawaii, um einer Gruppe von Frauenärzten ein neues Mittel gegen Haarausfall in den Wechseljahren vorzustellen. »Anna wird gut für euch sorgen, da bin ich mir sicher.«

Tante Anna sorgte für sie, das stimmte. Sie putzte, machte die Wäsche und der Kühlschrank war auch gefüllt. Seit dem Missgeschick mit dem Katzenfutter war ihr kein Fehler mehr unterlaufen. Trotzdem wurde man nicht so richtig warm mit ihr. Sofia hatte versucht, sie in ein Gespräch zu verwickeln, hatte sie nach ihren Lieblingsbands gefragt, danach, ob sie einen Freund hatte, wo sie die Ferien verbrachte.

»Mein Lieblingslied ist *Yesterday* von den Beatles. Zurzeit habe ich keinen Freund, ich warte einfach, bis der Richtige kommt. Er sollte auf jeden Fall braune Haare haben. Ich mag braune Haare. In den Ferien bin ich am liebsten am Meer. Aber die Berge sind auch schön, da kann man wandern. Wandern ist sehr gesund. Wanderst du gern?«, hatte Tante Anna geantwortet und irgendwie klang es wie auswendig gelernt.

Sofia klappte jetzt das Buch zu. »Na, dann schlaf schön.« Sie wollte Niklas über die Wange streichen, aber er drehte sich zur Seite und verbarg sein Gesicht im Kissen.

»Gute Nacht«, sagte Sofia leise und löschte das Licht.

Der kleine Kerl tat ihr richtig leid. Sie war selbst erstaunt darüber, wie schnell ihre Wut auf ihn verflogen war.

Sie ging ins Wohnzimmer, heute gab es auf einem der Privatsender, die ihre Mutter so verabscheute, den ganzen Abend Comedyprogramm. Sie würde es sich mit einer Tüte Kartoffelchips richtig gemütlich machen.

Es war wirklich so viel einfacher, wenn ihre Mutter nicht da

war. Schade nur, dass Niklas das nicht so sah, aber der war ja auch noch klein.
Sofia stellte den Fernseher an. Ihr Lieblingscomedian erzählte gerade richtig fiese Blondinenwitze. Herrlich!
Sofia schüttete sich aus vor Lachen. »Komm her, Tante Anna, das musst du dir anhören!«, rief sie. Zu spät fiel ihr ein, dass diese ja selbst eine Blondine war.
Aber Tante Anna fand die Witze auch komisch. Jedes Mal, wenn Sofia lachte, lachte sie mit. »Nein, wie komisch! Super! Selten so gelacht!«
Sofia verstummte. Tante Annas Reaktion kam ihr irgendwie unecht vor, aber vielleicht wollte sie einfach nur nett sein. Ihre Mutter hatte immer nur das Gesicht verzogen und gesagt: »Tut mir leid, aber das ist mir zu primitiv.« Wenn sie jetzt ihre Tochter chipsmapfend vor der Glotze sehen könnte, würde sie wahrscheinlich einen Anfall bekommen. Bei dem Gedanken daran prustete Sofia los. Tante Anna ebenfalls, dabei war gerade Werbepause und eine Reklame für Damenbinden zu sehen, die nun alles andere als komisch war. Sofia lachte noch lauter und Tante Anna lachte mit. Das war nun wirklich nicht normal. Genau wie Sofia beugte sich Tante Anna jetzt nach vorn, so als ob sie von Lachkrämpfen geschüttelt wurde. Ihr Haar fiel ihr ins Gesicht und legte den Nacken frei. Oh Gott, die Ärmste! Was für eine hässliche Narbe hatte sie denn da?
Sofia schaute genauer hin. Nein, das war keine Narbe, das war …
Tante Anna hob den Kopf und schaute Sofia an. Zum ersten mal sah Sofia ihr in die Augen. Sie waren wunderschön: por-

zellanblau mit einem schwarzen Ring um die Iris. Aber irgendwie fühlte sich Sofia von diesen Augen nicht einfach nur angesehen, sondern beobachtet. Als ob dahinter eine Kamera versteckt wäre.

»Ich geh ins Bett«, sagte Sofia, stellte den Fernseher aus und knüllte die Chipstüte zusammen. Ihr war schlecht, ob von den Kartoffelchips oder von etwas anderem, wusste sie nicht.

»Gute Nacht«, sagte Tante Anna. »Ich geh auch schlafen.«

Tante Anna schlief in dem Zimmer von Sofias Mutter. Sie und Georg hatten getrennte Schlafzimmer, weil Georg von seinen Reisen oft spätnachts nach Hause kam und sie nicht stören wollte. Aber Sofia hatte den Verdacht, dass er einfach keine Lust hatte, mit ihr und Niklas zusammen im Bett zu schlafen. Darum war er auch sehr erfreut gewesen, dass Niklas nun, seit Tante Anna bei ihnen war, in seinem eigenen Bett schlief.

Sofia konnte nicht schlafen, ständig sah sie diese merkwürdige Narbe auf Tante Annas Nacken vor sich. Sie erinnerte sie an etwas. Aber an was bloß?

Irgendwann nickte sie ein und hatte einen schrecklichen Albtraum. Eine riesige Babypuppe im rosa Strampler kam auf allen vieren auf sie zu, starrte sie böse an und riss ihren zahnlosen Mund auf. Der Mund wurde größer und größer, ein riesiger schwarzer Schlund, von dem Sofia sich wie magisch angezogen fühlte. Bevor sie jedoch darin verschwand, wachte sie mit klopfendem Herzen auf. Jetzt wusste sie, woran die Narbe sie erinnert hatte!

Sie hatte nicht lange geschlafen, der Wecker zeigte kurz nach zehn. Sofia machte das Licht an und stieg aus dem Bett. Sie schob ihren Schreibtischstuhl an den Kleiderschrank und holte die Kiste mit ihren alten Spielsachen herunter. Da war sie, die Puppe, die Sofia zum siebten Geburtstag von ihrer Mutter bekommen hatte. Sie war zu dem Zeitpunkt schwanger gewesen und die Puppe hatte so eine Art Trost sein sollen. Doch mit dieser Puppe konnte man niemanden trösten, dazu war sie zu entsetzlich. Auf erschreckende Weise ähnelte sie einem richtigen Baby. Drückte man ihre linke Hand, blinzelte sie mit den Augen, drückte man die rechte, sagte sie »Mama«. Sie machte in die Windeln und fing dann an zu plärren. Kitzelte man sie am Bauch, quietschte sie vor Lachen. Wenn ihre Mutter gehofft hatte, dass Sofia sich so an den Umgang mit einem Baby gewöhnen würde, hatte sie sich gründlich getäuscht. Sofia hatte das Puppenbaby äußerst stiefmütterlich behandelt und dessen komplette Garderobe ihrem Teddy angezogen.

Sofia hob die Puppe aus der Kiste. Ihre Haut, die angeblich lebensecht sein sollte, sich aber immer irgendwie schmierig angefühlt hatte, war vor Staub ganz grau geworden. Sie drehte die Puppe herum. Unter dem Haaransatz waren zwei verschlungene Ws eingestanzt. Genau das gleiche Zeichen, das Tante Anna hinten auf dem Nacken trug. Ein schrecklicher Verdacht keimte in Sofia auf … Aber das war doch nicht möglich, oder?

Langsam öffnete sich ihre Zimmertür. Sofia presste vor Schreck die Puppe vor ihren Körper.

Niklas tapste ins Zimmer. »Kann nicht schlafen, Sofa.«

Sofia legte die Babypuppe zurück in die Kiste.

»Die sieht gruselig aus«, sagte Niklas. »Wie Tante Anna.«

»Leg dich schon mal in mein Bett«, sagte Sofia und stellte die Kiste zurück auf den Schrank. »Ich komme auch gleich.«

Sie setzte sich an den Schreibtisch und fuhr den Computer hoch. »Muss nur kurz was raussuchen.«

Es dauerte länger, als sie gedacht hatte. Als sie spät in der Nacht den PC ausschaltete, hatte sie sich wieder beruhigt. Sie fand es tröstlich zu wissen, dass sie nicht allein war mit dem Phänomen, das »Tante Anna« hieß.

13. KAPITEL

»Papa, es gibt ein Problem wegen der Klassenfahrt«, sagte Bruno am nächsten Morgen zu seinem Vater.

»Kann ich bitte noch einen Kaffee haben, Anna?«, sagte Brunos Vater hinter der Zeitung versteckt und streckte den Arm mit der Tasse aus.

»Hast du gehört, Papa?« Bruno packte seinen Vater am Arm und Tante Anna goss ungerührt den Kaffee an der Tasse vorbei auf den Boden.

Brunos Vater sprang auf. »Das ist ja eine widerliche Sauerei!«

»Sausau-sauerei! Eine widerliche Sauerei! Ich mache sie sosofort weg, kein Propro-problem, kein Problem!« Und schon wirbelte Tante Anna mit einem Putzlappen um den Tisch herum.

»Es geht um die Klassenfahrt, Papa!«, wiederholte Bruno.

Jetzt sah ihn sein Vater endlich an. »Ich weiß nichts von einer Klassenfahrt.«

»Mama hat die Anmeldung unterschrieben, aber es ist noch nicht bezahlt«, sagte Bruno. »Mein Klassenlehrer ist ziemlich sauer.«

»Wann soll's denn losgehen?«
»Heute.«
Sein Vater ließ die Zeitung sinken. »Heute?«, fragte er entsetzt.
»Wir treffen uns um zehn am Bahnhof«, sagte Bruno.
»Deine Mutter muss vergessen haben, mir davon zu erzählen«, erwiderte sein Vater.
»Oder du hast mal wieder nicht zugehört«, sagte Bruno.
»Hm, na ja ... Wo soll's denn hingehen?«
»An die Nordsee, auf eine Insel. Wir fahren mit der Bahn und dann mit der Fähre. Ich brauche ...« Bruno überlegte kurz, was so eine Klassenfahrt wohl kosten konnte. »Hundert Euro.«
»So so, das geht ja. Wie lange bleibt ihr denn da?« Der Vater zog seine Brieftasche aus dem Jackett.
»Fünf Tage«, sagte Bruno schnell. Wahrscheinlich würde er schon früher zurück sein, aber dann konnte er ja erzählen, wo er wirklich gewesen war.
»Und wer packt deine Sachen?«, fragte sein Vater. »Doch nicht etwa ich?«
»Tante Anna hat meinen Koffer gepackt, sie bringt mich auch weg.«
»Jaja, ich mama-mache den ganzen Dreckdreck wegweg«, stotterte Tante Anna unter dem Tisch.
»Sie möchte dann wieder nach Hause fahren«, sagte Bruno schnell. »Oder brauchst du sie für den Haushalt?«
»Nein, nein, ich komm schon allein klar«, sagte sein Vater. Es klang nicht sehr überzeugend.

Wie gut, dass sein Vater alles, was mit der Schule zu tun hatte, seiner Mutter überließ, dachte Bruno. Er war überhaupt nicht misstrauisch geworden.
Bruno saß am Schreibtisch und übte noch einmal die Unterschrift seiner Mutter. Es sah ein wenig krakelig aus. Egal, das würde sowieso keiner kontrollieren. Dann tippte er in den Computer:
Sehr geehrter Herr Mulke,
leider ist Bruno schwer an Masern erkrankt und kann eine Woche nicht zur Schule kommen. Da er sehr ansteckend ist, darf ihn auch niemand aus der Klasse besuchen.
Mit freundlichen Grüßen
Das klang doch richtig gut. Bruno hatte zuerst Windpocken schreiben wollen, aber das wäre zu harmlos gewesen. Wichtig war, dass keiner seiner Freunde zu ihm nach Hause kam, sonst würde alles auffliegen.
Bruno klickte sein Postfach an. Das Mädchen, auf das er mit seiner Frage »Wer kennt Tante Anna?« im Internet gestoßen war und mit dem er gestern Nacht Mails ausgetauscht hatte, hatte ihm noch einmal geschrieben:
Ich hab alles gecheckt. Dein Zug geht um 10:35 Uhr. In Hamburg musst Du umsteigen, der Zug nach Südersiel fährt dann vom Bahnsteig gegenüber. Wir treffen uns da. Ich denke, Du wirst mich erkennen, ich hab nämlich meinen kleinen Bruder dabei, den kann ich nicht zu Hause lassen. Leider hab ich im Internet nicht rauskriegen können, wann die Fähre nach Nordfall geht.
Bin schon sehr gespannt!
Sofia

Und Bruno antwortete:
Mein Vater hat das mit der Klassenfahrt geschluckt. War 'ne prima Idee von Dir. Du wirst mich auch erkennen, bringe nämlich T. A. mit. Hoffe nur, sie dreht nicht total durch. Neuerdings stottert sie. Irgendwas muss kaputtgegangen sein.
Dann bis später.
Bruno.
Seinen Rucksack hatte Bruno schon vor dem Frühstück gepackt. Jetzt stopfte er nur noch seine Zahnbürste in die Seitentasche. Er hielt inne. Hatte Tante Anna nicht auch einen Koffer dabeigehabt, als sie kam? Er ging hoch ins Gästezimmer. Das Bett war aufgeschlagen. Sorgfältig zusammengefaltet lag ein rosa Nachthemd auf der Decke. In der Ecke stand der Koffer. Er war leer. Tante Annas Sachen hingen im Schrank. Bruno stopfte alles in den Koffer. Er wollte nichts von ihr hierbehalten. Auf dem Frisiertisch lagen eine Haarbürste und ein Schminktäschchen. Alles nur Show! In der Bürste steckte nicht ein Haar und das Schminktäschchen enthielt Wimperntusche und Lippenstifte, die noch nie jemand benutzt hatte.
Am liebsten hätte er den Koffer mitsamt seiner Besitzerin in irgendeinem Müllcontainer versenkt.
Aber das ging nicht, für die Reise brauchte er sie nämlich. Schließlich wirkte es viel unverdächtiger, wenn er nicht allein im Zug saß, sondern in Begleitung seiner Tante reiste. Etwas unwohl wurde ihm bei dem Gedanken, was ihn auf Nordfall erwartete.
Von dieser Sofia, die ihm auf seine Frage »Wer kennt Tante

Anna?« gemailt hatte, wusste er nur, dass sich auf der Insel die Spielzeugfabrik eines gewissen Walther Wohlfarth befand und dass ihre beiden »Tanten« wohl aus dieser Fabrik stammen mussten. Aber ob ihre Mütter auch dort waren? Und wenn ja, warum?
Nun, dieses Rätsel würde hoffentlich bald gelöst. Sehr bald.

Sofia machte sich keine Gedanken darüber, wie sie in der Schule ihr Fernbleiben entschuldigen sollte. Sie würde sowieso sitzen bleiben, da fanden es sicher alle nur verständlich, wenn sie vor den Ferien nicht mehr auftauchte.
Sie wollte wie gewöhnlich kurz vor acht das Haus verlassen und Niklas mitnehmen, das tat sie oft. Aber statt in die Schule zu gehen, würde sie zum Bahnhof fahren, eine Fahrkarte kaufen und sich in den Zug nach Hamburg setzen. Bei dem Gedanken, Tante Anna ganz allein in der Wohnung zurückzulassen, wurde ihr ein wenig mulmig. Aber was konnte die schon groß anstellen? Allenfalls die Wohnung in Grund und Boden putzen.
Sie kippte ihre Schulmappe aus und stellte die Bücher ins Regal, dann füllte sie die Mappe mit ein paar Sachen zum Wechseln und ihrer und Niklas' Zahnbürsten.
Schließlich schrieb sie noch eine letzte Nachricht. An Dragonmonster.
Wundere dich nicht, wenn Du ein paar Tage nichts von mir hörst. Bin verreist. Wohin, kann ich Dir nicht sagen. Aber wenn ich wiederkomme, erzähle ich Dir die verrückteste Geschichte, die Du je gehört hast.
Verrückt, das war es wirklich, was sie da vorhatte. Verrückt

und vielleicht sogar gefährlich. Immerhin war sie nicht allein. Aber womöglich war dieser Bruno so ein Muttersöhnchen, der es ohne seine Mama nicht aushielt. Oder er war sonstwie blöd. Bei Jungs wusste man schließlich nie.

Loulou strich ihr um die Beine und maunzte leise.

»Mist! Dich hab ich ja ganz vergessen«, sagte Sofia. Sie konnte die Katze unmöglich bei Tante Anna lassen. Einen Tag würde sie vielleicht ohne Futter aushalten, länger jedoch kaum. Außerdem müsste auch jemand das Katzenklo sauber machen.

»Ich frage Frau Surbier!«

Frau Surbier war ihre Nachbarin. Sie mochte Katzen, konnte aber keine halten, weil ihr Mann eine Katzenallergie hatte.

Nun musste ihr nur noch eine gute Ausrede einfallen.

Kurze Zeit später klingelte sie an der Nachbartür. Frau Surbier öffnete im Morgenmantel und mit Lockenwicklern im Haar.

»Sofia, du hast mich aus dem Bett geholt …«, begann sie ungehalten, als sie Sofia jedoch genauer ansah, fragte sie erschrocken: »Was ist denn mit dir los, Kind?«

Sofia hatte sich die Augen so lange gerieben, bis sie rot waren und zur Sicherheit noch eine Zwiebel aufgeschnitten, sie sah völlig verheult aus.

»Meine Mutter … Sie wissen doch, sie ist zur Kur, und jetzt kam ein Anruf, dass sie sich –« Sofia musste kurz überlegen. »Also sie hat sich da beim Klettern den Fuß gebrochen, ganz schlimm und nun kann sie nicht mehr laufen und es geht ihr ganz schlecht!«

»Klettern?«, fragte Frau Surbier erstaunt. »Ich denke, sie ist an der Nordsee? Aber wahrscheinlich haben die in der Klinik da so eine Kletterwand. Hatte meine Freundin in Bad Kissingen auch. Die Ärmste musste da hoch trotz ihres Bandscheibenvorfalls. Neumodisches Zeug. Wir haben früher Massagen gekriegt. Wenn du meine Meinung hören willst: Sport ist Mord! Mein Schwager ist beim Marathon umgekippt. Tot. Einfach so.«

Sofia weinte nun wirklich, so gerührt war sie von ihrer eigenen Geschichte und so genervt von Frau Surbiers Wortschwall.

»Und jetzt willst du deine Mutter bestimmt besuchen, nicht wahr?«, fragte Frau Surbier schließlich mitleidig.

Sofia nickte. »Ja, und ich wollte fragen, ob Sie Loulou füttern könnten. Niklas kommt mit mir mit.«

»Und deine Tante natürlich auch«, sagte Frau Surbier.

Emily hatte heute zwei Stunden früher Schulschluss, weil Sport ausfiel. Als Tante Anna wie gewöhnlich um halb zwei die Wohnung verlassen wollte, um beim Italiener gegenüber Pizza zu besorgen, sagte Emily: »Heute bin ich dran, ich koch uns was Leckeres.«

Im Kühlschrank fand sie jedoch nur Joghurt, Käse und Eier. Das hatte noch ihre Mutter eingekauft. Aber in der Speisekammer standen genug Büchsen mit Ravioli, um eine Belagerung zu überstehen.

Emily machte eine Büchse auf und erhitzte den Inhalt in einem Topf. Natürlich aß Tante Anna nicht mit. »Ich war vorhin im Café und hab ein Stück Schokoladentorte gegessen«, erzählte sie. »Ich bin ja so voll.«

Das erzählte sie immer. Mal war es Käse-, mal Apfelkuchen und heute eben Schokoladentorte. Emily fand das nicht ungewöhnlicher, als sich ständig Chilipulver aufs Essen zu streuen.

Beim Geschmack der matschigen Ravioli musste Emily an ihre Mutter denken und bekam einen Kloß im Hals. Sie aß schnell auf und ging dann in ihr Zimmer, um ihrer Mutter zu schreiben. Dagegen konnte ja wohl niemand was haben, ein Brief störte schließlich nicht. Ihr Vater hatte ihr zum Geburtstag Briefpapier geschenkt. Zartrosa mit einem Rand aus kleinen roten Herzchen. Ihre Mutter fand das bestimmt kitschig, aber sie hatte kein anderes.

Liebe Mama,

ich hoffe, es geht Dir gut. Mir geht es prima. Tante Anna ist richtig nett. Sie bügelt sogar meine weiße Bluse.

Den letzten Satz strich Emily wieder durch. Nachher wäre ihre Mutter noch verletzt.

Nur kochen kann sie überhaupt nicht. Wann kommst Du wieder?

Emily kaute auf ihrem Stift herum, dann schrieb sie noch:

Du fehlst mir. 1000 Küsse von Deiner Emily

Emily faltete das Blatt und steckte es in einen ebenfalls rosa Umschlag. Sie wollte ihn gerade zukleben, da fiel ihr ein, dass Tante Anna vielleicht einen Gruß daruntersetzen wollte.

»Ich habe Mama einen Brief geschrieben«, sagte Emily, als sie zu Tante Anna in die Küche kam. »Möchtest du etwas dazuschreiben?«

Tante Anna drückte auf den Knopf der Spülmaschine. Dann

drehte sie sich zu Emily um und strahlte sie an: »Ich schreibe keine Briefe. Das ist altmodisch.«

»Ja, ich weiß, alle schicken nur noch Mails oder SMS, aber so erreiche ich Mama doch nicht.«

»Sie hat keinen Empfang.«

»Ich weiß, gibst du mir bitte ihre Adresse?«

»Sie ist an der Nordsee«, sagte Tante Anna. »Und es geht ihr gut.«

»Über einen Brief von mir freut sie sich bestimmt, dann geht es ihr noch besser.«

»Es geht ihr gut«, wiederholte Tante Anna. »Möchtest du Schokoladenpudding zum Nachtisch?«

Sie öffnete eine Packung mit Schokoladenpudding und kippte den Inhalt in eine Schüssel.

»Nein!«, rief Emily. »Ich will wissen, wo –«

»Oder lieber Vanillepudding?«, fuhr Tante Anna ungerührt fort und öffnete eine zweite Packung.

»Du musst doch ihre Adresse haben«, beharrte Emily. »Mama hat dir bestimmt ihre Adresse gegeben, falls was passiert.«

»Sie ist auf einer Insel in der Nordsee und man hat dort keinen Handyempfang«, sagte Tante Anna und zeigte auf die Puddingschüsseln. »Welchen möchtest du?«

»Ich könnte sie sowieso nicht auf dem Handy anrufen, weil sie es zu Hause vergessen hat«, erwiderte Emily. »Das hab ich dir doch schon gesagt!« Langsam wurde sie ungeduldig.

»Der braune Pudding ist Schokolade und der gelbe Pudding ist Vanille«, sagte Tante Anna. »Welchen Pudding möchtest du?«

Emily spürte, wie Wut in ihr aufstieg, eine unbändige Wut. »Du gibst mir jetzt sofort Mamas Adresse oder mein Vater kommt!«

Das war natürlich eine leere Drohung, denn ihr Vater konnte nicht kommen, der war nämlich mit seiner Freundin in Urlaub, das hatte er ihr so ganz nebenbei erzählt, als sie ihn kurz nach der Abreise ihrer Mutter angerufen hatte. »Nach Mallorca fliegen wir natürlich trotzdem, meine Maus. Nur wir zwei.« Aber auch wenn er da gewesen wäre, hätte sie ihn in keinem Fall geholt. Sie hörte im Geiste schon sein Nach-Luft-Schnappen, wenn sie ihm sagte, dass ihre Mutter einfach weggefahren war und sie einer wildfremden Person überlassen hatte. Ihr Vater hielt seine Exfrau nicht nur für besonders anstrengend, sondern auch für eine schlechte Mutter. Wie oft hatte er Emily schon gefragt, ob sie nicht lieber bei ihm und seiner neuen Freundin wohnen wolle. Aber erstens konnte Emily diese Freundin nicht ausstehen, sie setzte immer so ein falsches Lächeln auf, wenn sie Emily sah, und zweitens konnte sie ihrer Mutter das nicht antun. Es musste doch jemand da sein, der sich um sie kümmerte.

»Ich hole meinen Vater!«, wiederholte Emily drohend.

»Deine Mutter ist auf einer Insel in der Nordsee, es geht ihr gut«, sagte Tante Anna ungerührt. »Möchtest du Schokoladenpudding oder –«

»Ich scheiß auf deinen Schokoladenpudding!«, rief Emily, nahm die Puddingschüssel und stülpte sie Tante Anna über den Kopf.

Während Emily fassungslos auf Tante Anna starrte, von der Pudding auf den Boden tropfte, standen drei Kinder in Südersiel auf dem Bahnhof und blickten sich ein wenig ratlos um. Nirgendwo gab es einen Schalter mit einem Menschen dahinter, den man hätte fragen können. Neben einer mit Graffitis beschmierten Bank stand ein Fahrkartenautomat, auf dem ein Zettel klebte: *Außer Betrieb.*

»Absolut tote Hose hier«, bemerkte Bruno.

»Da geht's zum Hafen«, sagte Sofia und zeigte auf ein verwittertes Schild.

»Ich hab Hunger!«, rief Niklas.

»Du hast doch im Zug Kekse gegessen«, sagte Sofia. »So lange ist das noch nicht her.«

»Ich hab aber trotzdem Hunger«, erwiderte Niklas.

»Vielleicht gibt's am Hafen 'ne Imbissbude«, sagte Bruno. »Komm.«

Sofia drehte sich um. »Wollen wir die nicht einfach hierlassen?« Sie zeigte auf die beiden Annas, die mit ihnen aus dem Zug gestiegen waren. Sie glichen sich wirklich wie ein Ei dem anderen. Nur dass Sofias Anna einen grün geblümten und Brunos Anna einen rot geblümten Rock trug und einen Koffer bei sich hatte. Dem Schaffner im Zug waren fast die Augen rausgefallen vor Staunen. »Donnerwetter, das ist ja mal was! Echte Zwillinge und dann noch eineiig!«

»Wir nehmen sie besser mit«, sagte Bruno. »Das fällt weniger auf, als wenn sie hier dumm rumstehen.« Er zog die Fernbedienung aus dem Rucksack und drückte darauf.

Langsam setzten sich die Puppen in Bewegung.

»Bestimmt müssen wir auf der Fähre für die beiden wieder

den vollen Preis bezahlen«, sagte Sofia. »Das geht langsam echt ins Geld.«

Bruno schaute in sein Portemonnaie. »Ich hab noch 33 Euro und du?«

»Gerade mal 21«, sagte Sofia. »Wenn ich gewusst hätte, dass sie mir hinterherkommt, hätte ich mehr Geld eingesteckt.«

»Du sahst nicht sehr glücklich aus, als du in Hamburg mit ihr aus dem Zug gestiegen bist«, sagte Bruno.

»Ich hatte ihr gesagt, dass ich mit Niklas nur mal aufs Klo gehe, aber anscheinend hat sie mir das nicht geglaubt.«

Bruno drückte wieder auf die Fernbedienung und die beiden Annas bewegten sich hüpfend vorwärts. »Wahrscheinlich ist sie darauf programmiert, dir auf Schritt und Tritt zu folgen.«

Sofia tippte auf ihre Schultasche. »Dabei hatte ich es so schlau eingefädelt. Zur Schule ist sie mir schließlich nie nachgelaufen. Aber Niklas hat sich verplappert.«

»Ich hab nur gesagt, dass wir zu Mama fahren«, sagte Niklas.

»Eben«, sagte Sofia und seufzte.

Zu dem kleinen Hafen waren es nur wenige Schritte. Ein paar Boote schaukelten auf den Wellen. Möwen kreisten mit lautem Kreischen um einen Fischkutter. Auf der Hafenmauer lagen ein paar Netze zum Trocknen aus. Alles machte einen verschlafenen Eindruck.

An einem Landungssteg lag ein größeres Schiff, auf dessen Rumpf *MS Nordfall* stand.

»Da ist sie!«, rief Sofia. »Das ist bestimmt die Fähre.«
Es war die Fähre und sie fuhr erst wieder am nächsten Tag, wie sie einer Tafel entnehmen konnten, die neben einem ebenfalls geschlossenen Kassenhäuschen stand.
»Was machen wir nur so lange?«, fragte Sofia verzweifelt.
»Wir kaufen uns erst einmal ein Krabbenbrötchen«, sagte Bruno. »Da drüben ist eine Fischbude und sie hat sogar geöffnet.«
Sie kauften sich zwei Krabben- und für Niklas ein Backfischbrötchen und fragten die Verkäuferin, ob es nicht eine Möglichkeit gäbe, eher nach Nordfall zu kommen.
Die Frau schüttelte den Kopf. »Wer will denn da schon hin? Gibt ja nix zu sehen außer dieser komischen Schule für Mannequins.«
»Mannekengs?«, fragte Sofia erstaunt.
»Heute heißt das ja wohl Model«, sagte die Fischverkäuferin. »Is aber dasselbe. Da drüben die beiden, die kommen von da.« Sie zeigte auf die beiden Annas, die am Fähranleger standen und aufs Wasser hinaussahen.
»Verstehst du das?«, fragte Sofia kauend, während sie neben Bruno auf einer Bank saß. »Was wollen denn unsere Mütter in einer Modelschule? Ich weiß ja nicht, wie deine aussieht, meine ist jedenfalls viel zu alt dafür.«
»Und meine viel zu dick«, sagte Bruno.
»Meine Mama ist aber schön!«, krähte Niklas und biss in sein Brötchen.
»Hat dir außer mir eigentlich keiner auf die Frage ›Wer kennt Tante Anna?‹ geantwortet?«, fragte Sofia.
»Doch, eine Nadine. Aber die meinte, ihre Tante Anna sei

echt super und sie sei froh, dass ihre Mutter weg wäre, die hätte eh nur die ganze Zeit hinter ihr hergeschnüffelt und sei überhaupt ganz schrecklich gewesen.«
»Eine schreckliche Mutter«, sagte Sofia nachdenklich.
Dann rief sie: »Ich hab's! Hast du auch diesen Fragebogen ausgefüllt, wo es darum ging, wer die schrecklichste Mutter der Welt hat?«
»Ja«, sagte Bruno. »Aber was hat das denn damit zu tun?«
»Das weiß ich auch nicht so genau, aber das bekommen wir schon noch raus. Wenn wir nur erst auf dieser verdammten Insel wären!«

Emily konnte nicht schlafen. Seit sie Tante Anna die Puddingschüssel über den Kopf gekippt hatte, war die zuerst im Bad und dann in ihrem Zimmer, oder besser gesagt im Zimmer von Emilys Mutter verschwunden und nicht mehr herausgekommen.
Emily hatte angeklopft und gerufen: »Tante Anna, es tut mir leid!« Um dann festzustellen, dass es ihr überhaupt nicht leidtat. Aber wie sollte es jetzt weitergehen? Sollte sie doch ihren Vater anrufen und ihm alles erzählen? Er hatte sein Handy natürlich dabei und ihr vor seiner Abreise auch eingeschärft, dass sie ihn jederzeit erreichen könne. Er würde Tante Anna sicher zum Sprechen bringen und herausbekommen, wo Emilys Mutter nun steckte – und dann? Dann hatte er den endgültigen Beweis, dass Emily viel besser bei ihm und seiner Saskia aufgehoben sein würde. Schon bei dem Namen Saskia wurde Emily schlecht.
Und nun lag sie wach und überlegte, was ihre Mutter wohl

gerade machte. Ob sie schlief oder auch wach war und an sie dachte?
Da ertönte aus dem Nebenzimmer das Knarren des Schrankes. Tante Anna zog sich sicher um, ihre Bluse war ja voller Pudding. Emily legte das Ohr an die Wand. Sie hörte das Rasseln von Kleiderbügeln und das Quietschen einer Schublade. Das klang nicht nach Umziehen, das klang nach Kofferpacken!
Emily sprang aus dem Bett, zog sich die frisch gebügelte Bluse und einen Rock an und schlüpfte in ihre Sandalen. Dann hörte sie, wie die Wohnungstür ins Schloss fiel. Wo wollte Tante Anna nur hin? Vielleicht zu ihrer Mutter? Womöglich war die gar nicht verreist, sondern im Krankenhaus, und keiner traute sich, es ihr zu sagen.
Sie musste Tante Anna folgen. Emily griff nach ihrem Portemonnaie, steckte es in ihre herzförmige Umhängetasche und verließ die Wohnung.
Auf der Straße sah sie sich um. Tante Anna stand an der Ecke. Worauf wartete sie wohl? In diesem Moment fuhr ein Taxi vorbei und Tante Anna hob den Arm. Das Taxi hielt. Emily rannte los. Der Fahrer wollte gerade auf das Gaspedal treten, da riss Emily die Tür zum Fond auf. »Ich muss mit!«, rief sie außer Atem und warf sich auf den Rücksitz.
»Stimmt das, junge Frau?«, fragte der Taxifahrer Tante Anna, die neben ihm saß und stur geradeaus blickte.
»Bitte fahren Sie mich an die Nordsee, nach Südersiel. Dort wartet ein Schiff auf mich, das bringt mich nach Nordfall.«
Nordfall? War das etwa die Insel, auf der sich ihre Mutter aufhielt?, fragte sich Emily.

»Das is aber ganz schön weit, das kost Sie ’ne schöne Stange Geld«, sagte der Taxifahrer.
Tante Anna zog einen Schein aus ihrer Handtasche.
»Fünfhundert Euro!«, staunte der Taxifahrer. »Lassen Se das Geld mal stecken, junge Frau, so teuer wird’s nun auch nich.«
Er gab Gas und fuhr los.

14. KAPITEL

Kruschke lehnte sich zufrieden zurück. Das klappte doch bestens. Anna01 war auf dem Weg nach Hause. Auf dem Monitor sah Kruschke eine regennasse Fahrbahn und die verschwommenen Rücklichter der vorausfahrenden Wagen. Wohlfarth musste ja nichts davon erfahren, dass er bei einer der Puppen vorzeitig die Funktion »Rückkehr« ausgelöst hatte. Aber hätte er Anna01 bei dieser Emily lassen sollen? Sie hatte sie tätlich angegriffen. Wer mit Puddingschüsseln um sich warf, der würde womöglich noch andere Dinge tun.

Heute war irgendwie der Wurm drin gewesen. Bei Anna15, die sich um Timmy kümmerte, den Sohn der Klammermutter, war der Sprachmodus ausgefallen. Kruschke vermutete, dass das damit zusammenhing, dass der Junge sie mit ins Schwimmbad genommen und da ins Wasser geschubst hatte. Timmy genoss seine neue Freiheit in allen Zügen, er sauste auf Inlinern herum, kletterte auf jeden Baum und ging ins Schwimmbad, was er bisher nicht gedurft hatte, weil seine Mutter meinte, er sei gegen Chlor allergisch. In Wirklichkeit hatte sie Angst davor, dass ihr Augenstern von großen bösen Jungs ins Schwimmerbecken gestoßen werden und ertrinken könnte. Und nun

zeigte sich, dass Timmy ein zwar kleiner, aber nicht weniger böser Junge war, der andere vom Beckenrand schubste. Bedauerlicherweise traf es in diesem Fall Tante Anna. Der Bademeister holte sie zwar sofort aus dem Wasser und hielt Timmy eine ordentliche Standpauke, aber das unfreiwillige Bad hatte ihr die Sprache verschlagen.
Kruschke hatte seit dem frühen Morgen versucht, über seine Funksteuerung Anna15 wieder zum Sprechen zu bringen, vergebens. Komischerweise störte sich niemand daran. Timmy war froh, dass ihn niemand mehr vollquatschte, und sein Vater genoss es ebenfalls, seine Ruhe zu haben.
Dann passierte die Sache mit Anna01. Kruschke hatte sich die Entscheidung nicht leicht gemacht, aber seine Puppen waren zu kostbar, als dass er sie zur Zielscheibe eines Puddings werden lassen konnte.
Nun war dieses Problem gelöst. Sobald Anna01 in Südersiel eintraf, wäre er, Kruschke, bereits zur Stelle, um sie in Empfang zu nehmen.
Aber erst einmal wollte er noch nach den anderen Annas schauen. Nacheinander rief er die Monitore auf.
In den meisten Fällen blieb der Bildschirm schwarz. Das war gut so, also hatten die Annas auf Schlafmodus geschaltet. Jetzt tauchte auf einem der Bildschirme ein zweiter kleinerer Bildschirm auf. King Kong bestieg gerade das Hochhaus, eine zappelnde Blondine im Arm. Aha, da guckte noch eins der Kinder fern. Dabei war doch morgen Schule. Kruschke sah auf seiner Liste nach. Das war Dennis, der Knabe mit der Fünf in Rechnen. Kein Wunder, dass er drei und drei nicht zusammenzählen konnte, wenn er die ganze Zeit vor der Glotze saß.

Hätte Kruschke in diesem Augenblick zu den Monitoren mit den Nummern 13 und 07 geschaut, hätte er etwas gesehen, das ihm gar nicht gefallen hätte, obwohl es eigentlich sehr schön aussah. Er hätte gesehen, wie sich zwei seiner Annas im Arm hielten und Walzer tanzten. Und zwar gar nicht weit von ihm entfernt. Nur eine Stunde mit dem Schiff. Aber Kruschke schaltete die Monitore ab. Er hatte noch eine Schiffsfahrt vor sich und außerdem wartete jemand auf ihn.

Bruno drückte auf die Fernbedienung und die beiden Annas lösten sich voneinander.
»Das Ding ist ja echt genial«, sagte Sofia. »Was kannst du sie denn noch so machen lassen?«
»Keine Ahnung«, gab Bruno zu. »Ich probier's einfach aus. Einmal hab ich auf eine Programmtaste gedrückt und sie hat wie wild angefangen zu bügeln, nur dass sie dafür unseren Toaster benutzt hat.«
Sofia lachte leise. Sie saß neben Bruno auf einer Bank am Fähranleger. Niklas lag mit dem Kopf auf ihrem Schoß und schlief. Beneidenswert, dachte Sofia, kleine Kinder können immer und überall schlafen. Sie würde bestimmt kein Auge zutun können.
Bruno gähnte laut. Es war ein langer Tag gewesen. Sie waren bis zum Leuchtturm spaziert und wieder zurück. Hatten sich an der Fischbude noch etwas zu essen geholt. Als es anfing zu regnen, waren sie zum Bahnhof gegangen, um zu schauen, ob es dort vielleicht einen Wartesaal gab, in dem sie hätten übernachten können. Es gab eine Tür, über der in altmodischer Schrift *Wartesaal 2. Klasse* stand, aber die war verschlossen.

Ein Blick durch die staubigen Fenster verriet, dass sie das schon seit Hunderten von Jahren sein musste. Altes Gerümpel lag darin herum.
Als sie zurück zum Hafen gekommen waren, hatte die Fischverkäuferin ihre Bude dichtgemacht und war nach Hause gegangen. Die Kinder waren ganz allein.
»Wie spät ist es?«, fragte Sofia.
Bruno schaute auf seine Uhr. »Kurz vor elf.«
»Das dauert ja noch ewig, bis die Fähre geht. Was machen wir bloß die ganze Nacht?«
»Schlafen«, sagte Bruno. »Wir können von Glück sagen, dass es aufgehört hat zu regnen.« Er streckte sich auf seiner Bank aus und legte sich den Rucksack als Kissen unter den Kopf.
Sofia versuchte vorsichtig, Niklas ein wenig anders hinzulegen, aber er wachte sofort auf und murmelte schlaftrunken: »Mama?«
»Schlaf weiter«, sagte Sofia. »Vielleicht sind wir bald bei Mama.«
Niklas schloss die Augen, öffnete sie aber wieder, als der Strahl eines Autoscheinwerfers sein Gesicht traf. Bruno fuhr erschrocken hoch und hielt sich die Hand über die Augen. Fünfzig Meter von ihnen entfernt hielt ein Taxi mit laufendem Motor. Eine Frau stieg aus und kam auf sie zu. Das Taxi wendete mit quietschenden Reifen und fuhr davon.
Die Frau kam näher. Zuerst war sie in der Dunkelheit nicht zu erkennen, aber als sie an ihnen vorbei und zu den beiden Annas an die Hafenmauer trat, sagte Sofia:
»Oh Gott, noch eine von der Sorte!«
»Hallo«, ertönte da eine kleine Stimme hinter ihnen.

Bruno und Sofia drehten sich um. Da stand ein Mädchen. Ein Mädchen mit einem dunklen Pagenkopf, das völlig unpassend eine Rüschenbluse und einen Rock mit Spitzensaum trug. »Ich heiße Emily und ihr?«

Kruschke schaute angestrengt nach vorn. Wie viel lieber läge er jetzt in seinem Bett, als mitten in der Nacht in dieser besseren Nussschale übers Meer zu fahren. Er sah auf die Uhr. Vor Mitternacht würde er nicht zurück sein. So eine Zeitverschwendung, und alles nur wegen dieser Emily und ihrer Puddingattacke. Jedem anderen Kind hätte er einen derartigen Ausbruch eher zugetraut als ausgerechnet Emily, die so einen lieben, braven Eindruck gemacht hatte. Andererseits war das bei dieser Mutter auch nicht weiter verwunderlich.
Salzige Gischt spritzte ihm ins Gesicht. Sein Auge brannte. Wenigstens schien der Mond und er konnte die struppigen Bäume erkennen, die die Fahrrinne markierten. Er sah in der Ferne den Leuchtturm von Südersiel, bald hätte er es geschafft. Anna01 würde sicher schon auf ihn warten. Rein ins Boot mit ihr und dann musste er nur noch darauf achten, dass er sie unbemerkt in die Fabrik brachte und zu den anderen stellte. Wohlfarth würde nicht auffallen, ob eine Puppe mehr oder weniger da war, er interessierte sich sowieso viel zu wenig für sie. Das würde sich hoffentlich ändern, wenn er die Arbeiten an Sarah erfolgreich abgeschlossen hatte. Immerhin war diese nächtliche Fahrt eine gute Gelegenheit, um unbeobachtet einen Testlauf durchzuführen.
»Sarah!«, rief er hinunter in die Kajüte. »Komm doch mal rauf.«

Eine Frau mit langen braunen Haaren stieg jetzt die Stufen hoch und stellte sich neben ihn.

»Sieh nur den Mond dort oben«, sagte er zu ihr. »Na, was sagst du dazu?«

Wie flüssiges Silber ergoss sich das Licht des Mondes auf das tiefschwarze Meer. Sarah stand da und schaute. Sie schaute so, als ob sie diesen Anblick für alle Zeiten in ihrem Herzen bewahren wollte. Kruschke bekam feuchte Finger vor Anspannung, wie würde sie wohl reagieren?

»Der Mond ist der einzige natürliche Satellit der Erde. Er umkreist sie in 27 Tagen, sieben Stunden und 43 Komma sieben Minuten, seine große Halbachse beträgt …«

»Ja, ja, schon gut«, unterbrach sie Kruschke enttäuscht. Sarah war sein erstes Modell gewesen, und als er sie programmiert hatte, hatte er sie aus Zeitgründen ausschließlich mit Lexikonwissen gefüttert. Schließlich ging es damals nur darum zu testen, ob und wie der Sprachmodus überhaupt funktionierte. Nun versuchte er schon die ganze Zeit, sie neu zu programmieren. Er musste erreichen, dass sie nicht nur Gefühle äußerte, sondern diese auch empfand. Wenn er das schaffte, wäre er ein größeres Genie als Einstein.

»Glaub mir, Sarah, gegen mich wird Einstein eines Tages als Stümper dastehen.«

»Albert Einstein gilt als Erfinder der Relativitätstheorie, die Formel hierfür lautet …«, leierte Sarah herunter.

»Pscht«, Kruschke legte ihr die Hand auf den Mund. »Gleich sind wir da. Geh hinunter in die Kajüte.«

Der Tag, an dem er Sarah in den Dünen sitzend vorgefunden hatte, war der schönste in seinem Leben gewesen. Das Bad in

der Nordsee hatte ihr nicht geschadet, all ihre Funktionen waren noch intakt. Er war so stolz auf sie. Zu dumm, dass er sie vor aller Welt verstecken musste.
»Aber nicht mehr lange, das verspreche ich dir.«
Allmählich näherte er sich dem Leuchtturm. In regelmäßigen Abständen streifte sein Lichtstrahl das Boot.
Nun konnte Kruschke endlich auch die Mole erkennen, an der die verwaiste Fähre lag, ihr weißer Bug glänzte im Mondlicht.
Auf der Mole stand jemand. Anna01 natürlich. Kruschke kniff sein Auge zusammen. Sah er etwa schon doppelt? Er blinzelte. Nein, er sah nicht doppelt, er sah dreifach!
Drei Annas standen auf der Mole und hoben winkend den Arm.

»Da kommt ein Boot!«, rief Bruno aufgeregt. »Vielleicht kann es uns mitnehmen.«
»Wach auf, Niklas, wach auf!«, rief Sofia und schüttelte ihren Bruder.
»Mama?«, fragte Niklas nur.
»Ja, ja, gleich sind wir bei Mama«, sagte Sofia.
»Und wenn das nun Gangster sind?«, fragte Emily ängstlich. »Wenn das die sind, die unsere Mütter entführt haben?«
»Ich glaube nicht, dass unsere Mütter entführt worden sind«, sagte Bruno. »Dann hätte man doch eine Lösegeldforderung gestellt. Aber stattdessen hat man uns diese Puppen ins Haus geschickt. Und die sind bestimmt ziemlich wertvoll.«
Emily hatte inzwischen von Bruno und Sofia erfahren, dass es sich bei ihrer Tante Anna mitnichten um die Schulfreundin

ihrer Mutter, sondern um einen Roboter in Menschengestalt handelte. Das erklärte einiges, aber nicht alles.

»Ich verstehe trotzdem nicht, warum sich jemand die Mühe macht, eine Mutter gegen eine Puppe auszutauschen«, sagte Emily.

»Das werden wir hoffentlich bald erfahren«, meinte Bruno.

Das Motorengeräusch wurde lauter. Die drei Kinder gingen in Richtung Mole, achteten aber darauf, dass sie im Schatten blieben. Sofia trug den noch halb schlafenden Niklas auf dem Arm. Sie sahen, wie das Motorboot auf die Mole zusteuerte und schließlich in der Höhe der drei Annas anhielt. Ein untersetzter Mann mit einer Pudelmütze auf dem Kopf stand an Deck und schlang ein Tau um einen Poller.

»Der sieht nicht nach einem Gangster aus«, sagte Bruno. »Außerdem scheint er allein zu sein, also los!«

Nacheinander half der Mann den drei Annas an Bord. Er wollte das Tau gerade wieder losmachen, als Bruno an das Boot trat. »Entschuldigen Sie, wo bringen Sie sie hin?«

»Was machst du denn hier?«, fragte Kruschke überrascht.

»Wir sind auf der Suche nach unseren Müttern«, sagte Bruno und winkte den anderen, die zögernd näher kamen. »Und wir glauben, dass sie sich auf einer Insel mit Namen Nordfall befinden. Sie fahren nicht zufällig dahin?«

Kruschke sah verwirrt von Bruno zu Emily und von Emily zu Sofia und Niklas. »Woher wisst ihr das? Ich meine, wie kommt ihr denn auf die Idee?«

»Fahren Sie jetzt nach Nordfall, ja oder nein?«, sagte Sofia und stellte ihre Schultasche aufs Deck. »Wenn ja, dann wollen wir mit.«

»Ich muss mal telefonieren«, stieß Kruschke hervor und verschwand in der Kajüte.
»Kommt«, sagte Bruno und ging an Bord.
Sie setzten sich den drei Annas gegenüber.
»Na, da glotzt ihr, was?«, sagte Bruno. »Das hättet ihr nicht gedacht, dass wir euch auf die Schliche kommen.«
Die drei schwiegen und starrten mit leerem Blick an ihm vorbei.
»Der Typ hat sie wahrscheinlich abgestellt«, flüsterte Sofia ihm zu.
Niklas weinte. Ihm war schon eine Tante Anna zu viel gewesen, nun saßen hier gleich drei.
»Die sind nicht echt«, beruhigte ihn Sofia. »Das sind Puppen. Da ist so 'ne Art Batterie drin.«
Niklas vergrub seinen Kopf in Sofias Arm und sie legte liebevoll ihre Jacke um ihn.
Kruschke trat aus der Kajüte. »Alles klar, ich bringe euch nach Nordfall. Zum Chef.«
»Chef?«, fragte Emily verwirrt. Womöglich gab es doch einen Gangsterboss. Sie wollte schon aufstehen und zurück an Land, da ließ Kruschke den Motor an und das Boot tuckerte hinaus aufs Meer.

Die Fahrt verlief schweigend. Die Tanten sagten sowieso nichts mehr und den Kindern fielen immer wieder die Augen zu. Bis auf Bruno. Beim ersten Schaukeln des Bootes hatte ihn heftiges Unwohlsein überfallen. Sein Magen schien sich plötzlich direkt unterhalb seines Halses zu befinden. Du musst auf den Horizont schauen, sagte er sich. Immer nur

auf den Horizont schauen, nicht auf den Bug des Schiffes, der sich ständig auf und ab bewegte. Geräuschvoll stieß er auf.
»Wenn du dich übergeben musst, pass gefälligst auf, wohin!«, sagte Kruschke. Er war wütend. Wohlfarth würde ihm die Hölle heißmachen. Die drei Annas hätte er noch vor ihm verstecken können, aber vier Kinder? Die konnte er ja schlecht ins Meer werfen.

Nach einer knappen Stunde hatten sie Nordfall erreicht. Der kleine Hafen war spärlich beleuchtet. Nur im *Dünenblick* brannte eine Lampe über der Tür, ansonsten lagen alle Häuser im Dunkeln, die Bewohner von Nordfall schliefen. Keiner bemerkte die Ankunft des kleinen Motorbootes, das von Kruschke jetzt sorgsam vertäut wurde. Dann verschwand er noch einmal kurz in der Kajüte.
Bruno schien es, als ob er zu jemandem sprach. Aber wahrscheinlich telefonierte er noch einmal. Mit dem Chef? So weit fort von zu Hause wurde ihm nun doch etwas mulmig zumute.
Als Kruschke aus der Kajüte kam, sagte er nichts, sondern bedeutete den Kindern nur, ihm zu folgen. Die drei Annas blieben mit dümmlichem Lächeln im Boot sitzen.
Emily drehte sich noch einmal zu ihrer Tante Anna um, der Reste von Schokoladenpudding im Haar klebten. Wie hatte sie dieses Ding nur jemals für einen lebendigen Menschen halten können? Sie streckte ihr die Zunge raus.
Kruschke ging ihnen voran am *Dünenblick* vorbei und eine Straße entlang, bis sie zu einem hohen Zaun kamen.

Jetzt sperrte er ein Tor auf und sie gingen eine Auffahrt hoch, die zu einem großen, düsteren Gebäude führte. Alles war dunkel, nur über einer doppelflügeligen Tür brannte eine Neonröhre, die von Spinnweben verkrustet war. Kruschke schloss die Tür auf und sie folgten ihm einen Gang entlang, dann durchquerten sie eine große Halle voller Regale, durch deren riesige Fenster das Licht des Mondes schien und merkwürdige Gestalten beleuchtete.

Sofia stieß Emily in die Seite. »Schau mal, das ist ja alles Spielzeug.«

Als sie noch kleiner gewesen war, hatte Emily die Spielzeugabteilungen der Kaufhäuser geliebt, aber das hier sah gespenstisch aus. Sie stieß gegen ein Regal und über ihr fing ein Plüschaffe an, seine Tschinellen zusammenzuschlagen. Kruschke griff nach dem Affen und drehte ihm den Hals um. Der Affe verstummte. Es war zwar nur ein Stofftier, aber Emily überlief es eiskalt.

Kruschke drehte sich zu ihr um. Sein eines Auge glänzte wie Glas. Mit dem anderen zwinkerte er nervös. »Keine Sorge, den krieg ich schon wieder hin.«

Er breitete die Arme aus. »Das hier ist nämlich alles mein Werk, müsst ihr wissen.«

Sie kamen in eine weitere Halle, in der lange Tische standen. Eine Eisentreppe führte hoch zu dem einzigen Raum, in dem Licht brannte.

Etwas beklommen folgten die Kinder Kruschke, der schwerfällig die Treppe hinaufstapfte und nach kurzem Anklopfen die Tür aufstieß.

Der Mann, der da hinter seinem Schreibtisch saß, sah müde

und erschöpft aus. Als die Kinder eintraten, erhob er sich und gab jedem die Hand.
»Mein Name ist Walther Wohlfarth«, stellte er sich vor. »Mir gehört das alles hier.«
Als er Niklas die Hand schütteln wollte, versteckte der Junge sie hinter seinem Rücken.
»Ich will zu meiner Mama!«, sagte er bestimmt. »Und zwar jetzt gleich.«
Sofia bewunderte ihren Bruder. Der Kleine hatte kaum geschlafen und außer zwei Brötchen mit Backfisch und ein paar trockenen Keksen auch nichts weiter gegessen und trotzdem brach er nicht zusammen.
»Setzt euch bitte«, sagte Wohlfarth. »Ich glaube, ich bin euch eine Erklärung schuldig.«

15. KAPITEL

Emily träumte davon, im Taxi zu sitzen. Immer schneller fuhr der Wagen durch die dunklen Alleen. Sie spürte den Fahrtwind, denn das Taxi hatte kein Dach mehr. Vor ihr flatterte Tante Annas Haar und nahm ihr die Sicht. »Nicht so schnell!«, rief Emily. »Bitte fahren Sie langsamer!« Der Taxifahrer drehte sich zu ihr um und lachte. Aber es war gar nicht der Taxifahrer, sondern der kleine dicke Mann, der sie gestern Nacht auf dem Boot mitgenommen hatte, und neben ihr saßen jetzt die beiden anderen Tante Annas und sie konnte sich kaum rühren, da hielt das Taxi abrupt an, die Bremsen kreischten ... nein, es waren Möwen, die kreischten, das Taxi fuhr ins Meer, sie würde ertrinken!
Emily fuhr hoch und schrie: »Autsch!«
Sie war mit dem Kopf gegen den Lattenrost des Bettes über ihr gestoßen. Kurz darauf erschien verkehrt herum ein zerstrubbelter Haarschopf. »Was 'n los?«
Der Kopf verschwand und Bruno stieg die Leiter herunter. Er trug einen viel zu großen gestreiften Pyjama. Emily hatte ein altmodisches Flanellnachthemd an, das fürchterlich kratzte. Sie rieb sich den Kopf.

»Hab schlecht geträumt und mir den Kopf gestoßen«, sagte sie.
Im Doppelstockbett an der anderen Seite der Wand bewegte sich etwas. Sofia schlug die Decke zurück. »Ich hab geschlafen wie ein Stein.«
»Kein Wunder, war ja auch spät gestern«, sagte Bruno.
Die Tür öffnete sich und eine rundliche Frau kam herein. Sie trug ein Tablett, das mit Tassen und Schüsseln beladen war.
»Na, endlich wach? Ich stell euch das Frühstück hier auf den Tisch. Ihr habt nicht mehr viel Zeit, die Fähre nach Südersiel geht in einer guten Stunde. Wo das Bad ist, wisst ihr ja. Ich hab euch Handtücher hingelegt.«
Sie wollte gerade wieder gehen, da sagte Emily: »Frau … äh … Paulsen?« Sie war froh, dass ihr der Name eingefallen war. »Können Sie mir sagen, wie es meiner Mutter geht?«
Wiebke Paulsen sah Emily an, ein wenig mitleidig, wie ihr schien. »Deine Mutter ist die Suse, nicht wahr?«
Emily nickte.
»Nun, die tut sich etwas schwer mit dem Unterricht. Kann sich nur schlecht konzentrieren. Lässt sich leicht ablenken.« Wiebke Paulsen zuckte mit den Schultern. »Können nicht alle so gute Schülerinnen sein wie deine Mutter, Sofia.«
Wie aufs Stichwort hob im unteren Bett Niklas den Kopf und murmelte: »Mama?«
Wiebke Paulsen bückte sich und strich ihm über den Kopf. »Deine Mama ist eine ganz Fleißige. Ihr werdet staunen, was sie hier alles gelernt hat, wenn sie zurückkommt.«
»Wann kommt sie?«

»In genau zwei Wochen und zwei Tagen ist sie wieder bei euch«, sagte Wiebke Paulsen.
»Ist das noch lang?«, fragte Niklas.
Wiebke Paulsen antwortete nicht, sondern goss Kakao in einen Becher und gab ihn dem Jungen.
»Werdet ihr denn bis dahin allein zurechtkommen?«, fragte sie besorgt.
»Mein Vater ist ja da«, sagte Bruno. »Dann muss der eben zur Abwechslung mal putzen und Wäsche waschen.«
»Und ihr beide?« Wiebke Paulsen sah erst Emily, dann Sofia an.
»Meine Eltern sind getrennt«, sagte Emily. »Ich gehe dann zu meinem Vater. Seine Freundin kümmert sich um mich.« Dass ihr Vater gar nicht da war, verschwieg sie wohlweislich. Sie würde die Zeit auch allein überstehen.
»Niklas und ich schaffen das schon«, sagte Sofia entschieden. »Außerdem kommt am Wochenende mein Stiefvater zurück.«
»Dann ist ja alles in Ordnung«, sagte Wiebke Paulsen erleichtert. »Ihr wollt also nicht, dass Kruschkes Puppen, ich meine, eure Tanten, euch begleiten?«
»Bloß nicht!«, riefen Bruno und Sofia. Und Emily fügte hinzu: »Ich hab Angst vor denen.«
»Ich auch«, sagte Niklas. »Die sind nämlich nicht echt.«
»Schnellmerker«, sagte Sofia.
»Und den Mann mit dem komischen Auge mag ich auch nicht«, sagte Niklas. »Er hat den Affen totgemacht«, fügte er flüsternd hinzu.
»Das Auge hat er bei einer Explosion verloren«, erzählte

Wiebke Paulsen. »Drüben in der Fabrik. Damals wurde dort noch Munition hergestellt.«
»Er ist mir unheimlich«, sagte Emily.
»Ach was, Kruschke ist ein komischer Kauz«, sagte Wiebke Paulsen. »Aber total harmlos. Der lebt nur für seine Erfindungen.«
»Und Wohlfarth?«, fragte Bruno.
»Walther Wohlfarth ist ein großartiger Mann«, sagte Wiebke Paulsen. »Er hat es damals abgelehnt, die Munitionsfabrik seines Vaters und Großvaters weiterzuführen, und stattdessen Spielzeug hergestellt. Sein Vater hat kein Wort mehr mit ihm gewechselt.«
»Und seine Mutter?«
Wiebke Paulsen runzelte die Stirn. »Ich glaube, die lebte da schon nicht mehr. Er hat sie sehr geliebt, müsst ihr wissen.«
»Und deswegen hat er die Mütterverbesserungsanstalt gegründet?«
Wiebke Paulsen nickte. »Ehrlich gesagt hab ich das am Anfang für ... nun ja, für eine Schnapsidee gehalten. Aber ihr müsstet unsere Schülerinnen mal sehen! Sie sind so begeistert bei der Sache. Und wenn ich dann an die Kinder denke, wie die sich freuen werden, wenn sie ihre Mütter endlich zurückbekommen und merken, dass die gar nicht mehr so schrecklich sind.«
Emily nahm sich ein Hörnchen. »Ich verstehe trotzdem nicht, warum wir sie nicht sehen dürfen.«
»Das hat euch Herr Wohlfarth doch alles schon erklärt. Eure Mütter befinden sich gerade in einer schwierigen Phase. Sie sind dabei, alte Verhaltensweisen über Bord zu werfen und

sich dafür neue, bessere anzueignen. Wenn sie euch jetzt wiedersehen, wird dieser wichtige Prozess unterbrochen.« Wiebke Paulsen seufzte erleichtert wie ein Kind, das sein Weihnachtsgedicht fehlerlos aufgesagt hat.
Dann ging sie zur Tür. »Sven-Ole wird euch gleich abholen und zur Fähre bringen. Ich muss in den Unterricht, die dritte Stunde beginnt gleich.«
»Was wird da gemacht?«, fragte Bruno.
»Eure Mütter lernen heute, wie man Pudding kocht. Ich hätte ja gedacht, dass das jede Mutter kann. Aber bei der einen waren Klümpchen drin, bei der anderen eine eklige Haut drauf und die Suse hat doch tatsächlich ihren Pudding mit Buttermilch gekocht!« Wiebke Paulsen lachte. »Die ist wirklich ein hoffnungsloser Fall.« Als sie Emilys Gesicht sah, sagte sie verlegen: »Entschuldige bitte, war nicht bös gemeint.«
Emily grinste. »Schon gut, kochen kann meine Mutter wirklich nicht.«

»Eine Frage an euch Landeier«, sagte Sven-Ole auf dem Weg zur Fähre. »Macht man den Meeresspiegel kaputt, wenn man in See sticht? Oder kennt ihr den schon? Treffen sich zwei Matrosen, sagt der eine …«
Emily drehte sich noch einmal um. Das Haus von Wiebke Paulsen, in dem sie die Nacht verbracht hatten, sah so nett aus, so harmlos. Wie eine wärmende Mütze hatte es sich ein bemoostes Strohdach übergezogen. An der Hauswand standen aufgereiht Stockrosen in Zartrosa bis Dunkelviolett. Die Fensterläden leuchteten in frischem Grün. Wie gern hätte Emily mit ihrer Mutter hier Urlaub gemacht. Aber vielleicht

würden sie ja noch einmal herkommen. Später, wenn das hier vorbei war.

Und obwohl alles so friedlich wirkte – die weißen Wölkchen am blauen Himmel, die schmucken Häuser in ihren bunten Gärten – wurde Emily ein Gefühl nicht los, das Gefühl von einer drohenden Gefahr. Aber vielleicht hing das mit ihrem Traum zusammen. Den anderen schien es nicht so zu gehen. Bruno lachte über die Witze, die der nette junge Mann zum Besten gab, Sofia wirkte nicht mehr ganz so mürrisch, und auch ihr kleiner Bruder fragte nicht länger nach seiner Mama, sondern lief lachend auf eine schwarz-weiße Katze zu, die vor einem Gartentürchen saß und sich putzte.

»Bist du auch Lehrer an der WMVA?«, fragte Bruno.

»Na klar«, sagte Sven-Ole stolz. »Heute Nachmittag leite ich wieder die Sport-AG. Deine Mutter hat in Boxen übrigens eine Eins!«

»Meine Mutter? Boxen?« Bruno starrte Sven-Ole fassungslos an. »Du musst sie verwechseln. Meine Mutter findet Boxen abartig!«

»*Fand,* sie fand Boxen abartig«, sagte Sven-Ole. »Das ist ja unser Ziel, dass sie umlernen sollen.«

Am Anleger lag die Fähre bereits abfahrtbereit da. Ihr Rumpf leuchtete blendend weiß, der schwarz-rot geringelte Schornstein stieß fröhliche Dampfwolken aus.

Vor dem Gasthaus *Dünenblick* stand Swantje, das Serviermädchen, und schüttelte Tischtücher aus. Kreischend umkreisten sie die Möwen, um ein paar Brotkrumen zu erhaschen. Der Postbote lehnte an seinem Wagen und hielt einen Schwatz mit Lührsen, dem Gastwirt. Als er Sven-Ole sah, tippte er grü-

ßend an die Mütze und rief: »Na, was machen eure Models? Schade, dass man die nie zu Gesicht bekommt.«
»Models?« Sofia sah Sven-Ole fragend an. Der verdrehte die Augen. »Fischköppe, haben keine Ahnung von nix.«
Dann verabschiedete er sich von den Kindern und wartete, bis sie die Fähre bestiegen hatten.
Als sie an der Reling standen, winkte er ihnen zu und ging dann zurück in Richtung Fabrik.
Lautes »Tut, tut« ertönte. Der Bootsmann zog das Fallreep ein. Da tauchte plötzlich eine Frau aus den Dünen auf. Sie lief auf die Fähre zu und rief etwas, aber der Wind riss ihr die Wörter aus dem Mund. Sie gestikulierte wie wild und dann hörte man, dass sie »Halt! Halt!« schrie.
Der Bootsmann brummte unwillig, aber er legte das Fallreep wieder hin.
Jetzt erkannte Emily die Frau. »Mama!«, rief sie. »Mama!« Sie war nicht sicher, ob sie sie gehört hatte, denn in diesem Augenblick stolperte die Frau, strauchelte und wäre fast hingefallen, wenn Sven-Ole sie nicht festgehalten hätte.
»Lass mich los!«, schrie die Frau. »Ich will auf die Fähre! Ich will hier weg!«
Sven-Ole hielt ihr Handgelenk umklammert. Ein klappriger Transporter kam die Straße heruntergefahren und hielt neben den beiden an. Die Beifahrertür wurde geöffnet und Sven-Ole schubste die Frau in den Wagen, der Fahrer wendete und fuhr zurück.
Das alles hatte keine zwei Minuten gedauert. Keiner hatte es bemerkt. Nur der Bootsmann zog fluchend das Fallreep zum zweiten Mal ein.

»Habt ihr die Verrückte gesehen?«, fragte Sofia kopfschüttelnd.
»Die Verrückte ist meine Mutter!«, schluchzte Emily. »Ich muss zu ihr!« Sie lief den Niedergang hinunter zum Bootsdeck. Bruno und Sofia folgten ihr. Nur Niklas war an der Reling stehen geblieben und jauchzte vor Freude, als die Möwen die Brotstückchen, die er ihnen zuwarf, im Flug auffingen.
»Wo willst du denn hin, Mädchen?«, rief der Bootsmann, als Emily auf das Heck zulief. »Du kannst nicht mehr an Land.«
Es war zu spät, die Fähre hatte bereits abgelegt und nahm Fahrt auf.
Die Kinder sahen sich an.
»Von wegen, die sind alle freiwillig hier«, sagte Emily. »Ich hatte gleich so ein komisches Gefühl, als wir gestern in der Fabrik waren.«
»Du meinst, die halten unsere Mütter hier mit Gewalt fest?«, fragte Bruno ungläubig. »Dazu sind es doch viel zu viele.«
»Vielleicht sind die meisten ja wirklich freiwillig hier«, sagte Sofia nachdenklich. »Emilys Mutter ist es jedenfalls nicht.«
»Ich muss zu ihr«, wiederholte Emily leise und leckte sich die Lippen. Sie waren salzig, ob nun von ihren Tränen oder der Gischt, die zu ihnen hochspritzte, wusste sie nicht. Sie wusste nur eins: Sie musste zurück. Sie konnte nicht nach Hause fahren mit diesem Bild im Kopf. Dem Bild ihrer völlig verzweifelten Mutter.
»Wegen uns dreht die Fähre bestimmt nicht um«, sagte Bruno. »Leider.« Ihm wurde bei den stampfenden, rollenden Bewegungen sofort wieder schlecht.

»Dann bleibe ich eben in Südersiel und warte, bis sie morgen zurückfährt.«
»Hast du Geld?«, fragte Bruno. Emily schüttelte den Kopf. Das Taxi gestern hatte Tante Anna bezahlt. Ihr Geld reichte gerade mal für die Bahnfahrt nach Hause.
Sofia zog ihr Portemonnaie heraus. »Ich hab noch fünfzehn Euro. Das reicht nicht.«
»Für eine Person schon«, sagte Bruno.
»Aber nicht für uns vier«, sagte Sofia. »Ich lasse Emily doch nicht allein.«

»Kruschke, Sie sind ein Idiot!«, sagte Wohlfarth nun schon zum dritten Mal. »Nicht nur, dass Ihre dämlichen Puppen komplett versagt haben –«
»Nur drei«, wagte Kruschke einzuwenden. »Drei von siebzehn, das sind noch nicht einmal zwanzig Prozent Ausschuss, das ist –«
»Das ist eine Katastrophe!«, rief Wohlfarth. »Wie gesagt, nicht nur, dass sie versagt haben, die tauchen hier auf und haben auch noch die Kinder im Schlepptau. Wissen Sie, was das für einen Rückschlag für mein ganzes Projekt bedeutet hätte, wenn ihre Mütter sie gesehen hätten?«
»Haben sie aber nicht«, sagte Kruschke beleidigt.
»Ja, weil es mir gelungen ist, die Kinder davon zu überzeugen, dass wir nur das Beste für ihre Mütter wollen und damit auch das Beste für sie.«
Wohlfarth räusperte sich: »Wie lautet unser Wahlspruch, Kruschke?«
»Mach dein Kind glücklich und du rettest die Welt«, mur-

melte Kruschke und malte mit der Fußspitze Kreise auf den Boden.

»Ganz genau. Es geht hier nicht mehr um irgendwelches Spielzeug, an dem Kinder Spaß haben. Es geht darum, Kinder wirklich und lang anhaltend glücklich zu machen, nur so hat dieser Planet eine Überlebenschance.«

Wohlfarth hob die Arme wie ein Pfarrer in der Kirche. »Glückliche Kinder bedeuten glückliche Erwachsene, glückliche Erwachsene führen keine Kriege, sie leben in Einklang mit sich und der Umwelt.«

Sein Zeigefinger schnellte vor und zielte auf Kruschkes Bauch. »Und was haben Ihre Annas getan? Sie haben diese Kinder nicht nur unglücklich gemacht, sondern ihnen sogar Angst eingejagt.«

»Angst hatte nur dieser kleine verzogene Junge«, widersprach Kruschke.

»Auch ein kleiner verzogener Junge hat ein Recht auf Glück«, sagte Wohlfarth. »Deswegen sind die Mütter hier. Deswegen investiere ich nicht nur mein Vermögen, sondern auch meine Lebenszeit. Und Sie –« Wohlfarth redete sich immer mehr in Rage. »Sie basteln hier irgendwelche besseren Aufziehpüppchen zusammen, die dann von jeder x-beliebigen Fernbedienung den Veitstanz bekommen oder wie ein Papagei immer das Gleiche krächzen.«

»Das war ein bedauerliches Versagen, aber die anderen … meine anderen Modelle funktionieren großartig. Ich kann Ihnen die Aufnahmen zeigen«, sagte Kruschke eifrig. »Die Söhne der Ökomutter wollen sich von Anna08 sogar adoptieren lassen.«

»Vergessen Sie's.« Müde winkte Wohlfarth ab. »Wir haben im Moment ein viel dringlicheres Problem. Was machen wir mit Emilys Mutter?«

»Wir könnten sie zurückschicken«, schlug Kruschke vor.

»Auf gar keinen Fall!«, rief Wohlfarth. »Damit die überall rumerzählt, wie grässlich es hier ist? Wir sind darauf angewiesen, dass die Mütter am Ende ihrer Schulzeit begeistert sind von dem, was sie hier erlebt haben. Mein Ziel ist es, dass irgendwann die Mütter freiwillig zu mir in meine Mütterverbesserungsanstalt kommen. Nicht nur freiwillig, nein! Sie werden sich darum reißen, Tausende von Euro zu bezahlen, um hier bei mir zu lernen, wie man eine perfekte Mutter wird. Aus aller Welt werden sie herbeiströmen, ich werde die Fabrik abreißen und stattdessen ein Schulgebäude errichten mit hellen, freundlichen Klassenräumen. Es wird Einzelzimmer geben wie im Hotel, einen Wellnessbereich und –«

»Und was wird aus meinen Annas?«, fragte Kruschke entsetzt.

»Ihre Annas, pah!«, spuckte Wohlfarth verächtlich. »Nach denen kräht dann kein Hahn mehr!«

16. KAPITEL

Die Kinder saßen am Hafen und aßen Krabbenbrötchen, alle drei bis auf Niklas, der hatte natürlich wieder eins mit gebratenem Fischfilet darauf.

Bruno zählte sein verbliebenes Geld und runzelte besorgt die Stirn.

»Wir können doch nicht schon wieder bis morgen früh hier rumsitzen und auf die nächste Fähre warten«, sagte Sofia kauend. »Das nervt total.«

»Aber schwimmen können wir auch nicht«, sagte Bruno. »Obwohl mir das fast lieber wäre, als noch einmal ein Schiff zu besteigen.«

»Ich hab noch nicht mal einen Badeanzug dabei«, sagte Emily.

»Sofa hat einen Bikini, aber den zieht sie nie an, weil da ihr Bauch rausguckt«, erklärte Niklas.

Bruno lachte und Sofia rief: »Du elende Ratte, du!«

»Es muss schön sein, Geschwister zu haben«, sagte Emily. »Meine Mutter ist oft so anstrengend und ich kann mit niemandem darüber reden.«

»Glaubst du etwa, mit dem kleinen Kackzapfen hier könnte man auch nur ein vernünftiges Wort wechseln?«, sagte Sofia.

Niklas sprang auf. »Ich bin kein Kackzapfen, du bist eine Kackwurst, jawohl!« Dabei rutschte ihm der Fisch aus dem Brötchen und landete im Dreck.

»Siehste, das hast du nun davon«, sagte Sofia. Normalerweise hätte Niklas jetzt angefangen zu schreien, aber er hob den Backfisch auf, wischte mit der Serviette den Sand ab und stopfte ihn zurück in sein Brötchen.

»Aber das kann er doch nicht mehr essen!«, rief Emily entsetzt.

»Ach was, Dreck reinigt den Magen«, sagte Sofia.

»Was meint ihr, wie viele Kinder wohl den Fragebogen ausgefüllt haben?«, fragte Bruno.

»Keine Ahnung«, sagte Sofia. »Aber ich weiß jetzt, warum meine Tante Anna versucht hat, Niklas mit Katzenfutter zu füttern. In ihrem Programm war keine Katze vorgesehen. In der Spalte Haustiere auf dem Fragebogen hatte ich nämlich ›keine‹ angekreuzt.«

»Warum?«, fragte Emily.

Sofia wurde rot. »Ich war so wütend auf meine Mutter und hab nur gemeine Sachen in den Fragebogen geschrieben. Ich dachtc, wcnn ich zugcbc, dass wir cinc Katzc habcn, dann sieht das so aus, als ob sie gar nicht so grässlich ist.«

»Ich wünschte, meine Mutter würde mir ein Haustier erlauben«, sagte Bruno, »aber sie hat immer Angst um unsere Teppiche.«

»Glaubt ihr wirklich, dass Wohlfarths Schule es schafft, aus ihnen allen perfekte Mütter zu machen?«, fragte Sofia.

»Aus meiner bestimmt nicht«, sagte Emily. »Die ist in der Schule dreimal sitzen geblieben.«
»Krass«, sagte Bruno.
»Ich bleibe in diesem Jahr zum ersten Mal sitzen und ich find's überhaupt nicht krass, sondern nur blöd«, sagte Sofia.
»Und woran liegt's?«, fragte Bruno.
»Ich hab einfach nichts gemacht«, sagte Sofia. »Ich dachte, wenn meine Mutter merkt, dass ich schlecht in der Schule werde, dann kümmert sie sich endlich mal um mich.«
»Und sie hat's nicht getan, stimmt's?«, sagte Emily.
»Nein, sie hat ja immer nur den Kleinen im Kopf. Niklas hier und Niklas da. So geht das den ganzen Tag.«
»Niklas hier, Niklas da, das ist vielleicht ein Trallala!«, sang Niklas mit vollen Backen.
»Er ist ja auch ziemlich süß«, sagte Emily.
Sofia senkte die Stimme. »Und wie! Dabei fand ich ihn immer nur total nervig, aber seit wir zwei allein sind, hab ich gemerkt, was für ein schlaues Kerlchen er ist. Nicht wahr, Niklas?«, fügte sie lauter hinzu.
»Ich bin schlau, schlau, schlau«, krähte Niklas stolz.
»Dann sag uns doch mal, wie wir zurück auf die Insel kommen«, sagte Bruno.
Niklas zeigte auf ein paar bunte Fischerboote, die im Hafen lagen und sacht auf und ab schaukelten.
»Damit!«
Bruno wischte sich die fettigen Finger an seiner Hose ab. »Das ist gar keine schlechte Idee, kommt.«
Die Kinder liefen zu den Fischkuttern und Bruno las laut deren Namen vor:

»*Henriette Helgoland*, *Möwe III*, na, die sieht ja ziemlich abgewrackt aus, aber hier: *Swantje Nordfall*! Jetzt müssen wir nur noch warten, bis der Fischer kommt und zurück auf die Insel fährt.«

»Meinst du, der nimmt uns mit?«, fragte Emily.

»Fragen kostet nichts«, sagte Bruno.

Hinnerk staunte nicht schlecht, als er zu seinem Kutter kam und vier Kinder dort auf ihn warteten.

»Könnten Sie uns mit nach Nordfall nehmen?«, bat Emily. »Es ist wirklich dringend und die Fähre geht erst morgen.«

»Viel Geld haben wir allerdings nicht«, sagte Sofia.

»Bitte«, sagte Bruno.

Es kam schon mal vor, dass Hinnerk jemanden mit rüber auf die Insel nahm. Den Tierarzt zum Beispiel, wenn der die Schafe impfen musste und mal wieder die Fähre verpasst hatte. Er kippte gern einen hinter die Binde und verschlief dann oft. Manchmal auch Touristen, die es aufregend fanden, einem echten Fischer bei seiner Arbeit zuzusehen. Aber Kinder hatte er noch nie mitgenommen. Heute hatte er jedoch gute Laune, der Fang war so üppig ausgefallen, dass er nicht nur den Wirt vom *Dünenblick* hatte beliefern können, sondern den Rest für ein schönes Sümmchen in Südersiel verkauft hatte.

»Ich hab aber nur eine Schwimmweste«, sagte er.

»Die bekommt Niklas«, sagte Sofia. »Der kann noch nicht schwimmen.«

»Kann ich wohl, aber nur mit Schwimmflügeln«, sagte Niklas.

»Na, denn man tau«, sagte Hinnerk.

Die Kinder nahmen auf umgestülpten Kisten Platz, in denen normalerweise Fisch transportiert wurde, was man deutlich roch. Als Emily die Nase rümpfte, sagte Hinnerk: »Ihr könnt auch runter in die Kajüte gehen.«

Bruno schüttelte den Kopf. »Ist ganz okay hier.«

Hinnerk ließ den Motor an. »Was habt ihr auf Nordfall denn so Dringendes zu erledigen?«, fragte er.

»Wir wollen zu meiner Mama!«, sagte Niklas.

»Unsere Mütter sind in der WMVA«, sagte Sofia und sah Hinnerk prüfend an. Doch der verzog keine Miene: »Na, dann freuen sie sich sicher, euch zu sehen.«

»Wenn Wohlfarth es erlaubt«, sagte Emily. »Er ist ein bisschen komisch, oder?«

Hinnerk lachte. »Komisch ist gut. Mein Cousin Sven-Ole, der arbeitet für ihn, der könnte euch Sachen erzählen. Nee, aber auch. Vor allem das mit seiner Mutter. Überall hängen Bilder von ihr rum. Soll ja angeblich die beste Mutter der Welt gewesen sein.«

»Und war sie's nicht?«, fragte Bruno.

Hinnerk zuckte mit den Schultern. »Keiner von uns hat sie gekannt, ist ja auch schon ewig tot. Ich meine, jeder hängt an seiner Mutter, oder? Aber was der Wohlfarth da für 'nen Zauber veranstaltet, das ist nicht normal.«

Emilys Mutter saß im Klassenzimmer und kaute auf ihrem Füller herum. Während die anderen beim Mittagessen waren, musste sie zwanzigmal den Satz schreiben: *Ich darf während des Unterrichtes nicht die Schule verlassen, weil ich sonst nie lerne, eine gute Mutter zu sein.* Bereits beim Wort »Unterricht« schrieb der Füller nicht mehr, und als sie eine neue Patrone einlegen wollte, steckte sie sie aus Versehen falsch rum rein und Tinte spritzte auf das Heft. Die blauen Flecken vermischten sich mit ihren Tränen zu hellblauer Soße. Wenn Sven-Ole sie nicht festgehalten hätte, wenn Kruschke nicht genau in diesem Augenblick mit dem Wagen vorbeigekommen wäre, dann wäre sie jetzt auf dem Weg nach Hause. Auf dem Weg zu Emily. Wieder stiegen Suse Tränen in die Augen. Sie hatte solche Sehnsucht nach ihrer Tochter, dass sie sie schon gesehen hatte. Sie hatte sich eingebildet, Emily habe auf der Fähre gestanden und ihr zugewinkt. Aber das war natürlich nicht möglich. Emily wusste ja nicht einmal, dass sie hier war, und selbst wenn, wie hätte sie nach Nordfall kommen sollen?

Wahrscheinlich war sie sogar froh darüber, dass statt ihrer Mutter jetzt irgend so eine Trulla bei ihr war und die ganze Zeit ihre albernen Rüschenblusen bügelte. Aber wie süß hatte Emily immer darin ausgesehen!

Suse zog die Nase hoch. Die Tür ging auf und Wiebke Paulsen betrat den Raum.

»Fertig mit der Strafarbeit? Du hast doch sicher Hunger. Ich hab eine Portion Fisch für dich aufgehoben.«

»Ich konnte nicht schreiben«, sagte Suse und zeigte auf das fleckige Heft. »Mein Füller ist kaputtgegangen.«

Wiebke Paulsen schüttelte den Kopf: »Ach, Suse, du lernst es wohl nie!«

»Ich möchte aber!«, sagte Suse und sprang auf. »Ich möchte bügeln lernen, für Emily. Sie liebt Kleider und Blusen mit vielen Rüschen und Falten und Schleifen.«

»Das hab ich gesehen«, sagte Wiebke Paulsen lächelnd.
»Wo?«, fragte Emilys Mutter irritiert.
»Äh ... na auf den Videos, die Kruschke uns gezeigt hat«, sagte Wiebke Paulsen und fügte schnell hinzu: »Komm mit mir in den Handarbeitsraum, dann kann es gleich losgehen.«
»Und was ist mit der Strafarbeit?«, fragte Suse.
»Bügeln kann auch eine Strafe sein«, sagte Wiebke Paulsen und seufzte.

Suse bügelte wie besessen. Zuerst bügelte sie lauter Falten in die Kleidungsstücke, die Wiebke Paulsen ihr brachte. Dann versengte sie einen Kragen und riss einen Knopf ab, aber die zehnte Bluse war schon fast perfekt und bei der fünfzehnten bauschten sich die Volants am Saum wie Segel im Wind.

»Das Problem mit der Heulsuse ist gelöst«, sagte Wiebke Paulsen bei der täglichen Besprechungsrunde in Wohlfarths Büro. »Ich glaube, sie hat endlich begriffen, worum es hier geht.«
»Das sind ja mal gute Nachrichten«, sagte Wohlfarth. »Aber schafft sie es auch, ihren Leistungsrückstand wieder aufzuholen?«
Ramona Beutel und Sven-Ole wühlten in ihren Unterlagen.
»In praktischer Theorie steht sie glatt Fünf«, sagte Ramona Beutel. »Da bräuchte sie schon mindestens eine Zwei, um das auszugleichen.«
»Also von mir bekommt sie die nicht«, sagte Sven-Ole. »In

meinen Arbeitsgruppen ist sie mit Abstand die Schlechteste. Kann sich nicht einordnen. Hat nie das Arbeitsgerät dabei. Vorgestern hab ich sie erwischt, wie sie mit einem Löffel im Sand herumgebuddelt hat, weil sie ihre Schaufel verbummelt hatte.«

»Ich sehe das nicht ganz so schwarz«, sagte Wiebke Paulsen. »Es gibt eben Schnellmerker und Spätzünder. Suses Problem ist, dass sie nie bei der Sache ist, immer an etwas anderes denkt. Sobald sie sich konzentriert, klappt es auch. Das hat sie heute bewiesen.«

Wiebke Paulsen hatte recht. Wenn sich Emilys Mutter auf etwas konzentrierte, dann erreichte sie ihr Ziel. Nicht immer, aber heute.

Während die Mütter über ihren Hausaufgaben brüteten, krümmte sie sich auf ihrem Stuhl zusammen.

»Was ist denn jetzt schon wieder los?«, sagte Sofias Mutter, die neben Suse saß.

»Der Fisch ... vom Mittagessen ... ich glaub, der war irgendwie schlecht«, stöhnte Suse.

»Blödsinn«, sagte die Ökomutter. »Wir haben ihn alle gegessen, sogar ich. Und keinem ist schlecht.«

»Das bildest du dir bestimmt nur ein«, sagte Sofias Mutter besserwisserisch.

Die Heulsuse stieß geräuschvoll auf. Sofias Mutter wich angeekelt zurück. »Tu, was immer du tun musst, aber bitte nicht hier!«

Mit zusammengepressten Lippen stolperte Suse ins Bad.

»Wetten, dass die jetzt erst mal die nächsten Stunden auf dem

Klo verbringt«, feixte Brunos Mutter. »Die war ja ganz grün im Gesicht.«
»Dann hat sie morgen wieder nicht ihre Hausaufgaben«, sagte die Klammermutter. »Das gibt bestimmt Ärger.«
»Nicht mein Problem«, sagte die Ökomutter und hielt den Arm vor ihr Heft. »Hey, schreib woanders ab, nicht bei mir.«
»Ich hab überhaupt nicht abgeschrieben!«
»Ach nein, und warum glotzt du dann immer rüber?«
Und schon gab es wieder den schönsten Streit und keiner dachte mehr an die Heulsuse und den verdorbenen Fisch, den sie möglicherweise gegessen hatte.

Suse saß auf dem Klo und kaute nachdenklich auf ihrer Unterlippe. Irgendwie musste sie es doch schaffen, hier rauszukommen. Die Fähre fuhr zwar erst am nächsten Tag, aber Suse war sicher, wenn sie erst einmal draußen war, würde sie schon einen Ort finden, an dem sie die Nacht in Sicherheit verbringen konnte. Bei ihrer Ankunft hatte sie den Gasthof *Dünenblick* gesehen. Es konnten schließlich nicht alle Inselbewohner mit Wohlfarth und Kruschke unter einer Decke stecken.
Jetzt betrat jemand die Toilette, um sich die Hände zu waschen. Sie gab würgende Geräusche von sich und betätigte die Klospülung. Als alles still war, öffnete sie die Tür der Kabine und verließ den Waschraum. Sie ging den langen Gang entlang, zu dessen rechter und linker Seite sich die Schlafzimmer und Arbeitsräume befanden. Sie überlegte kurz, ob sie ihre Handtasche mitnehmen sollte. Aber die war sowieso leer.

Gleich bei ihrer Ankunft hatte Wohlfarth sämtliche Schlüssel, Handys und Portemonnaies der Mütter in Verwahrung genommen. Zur Sicherheit, damit nichts gestohlen werden konnte. Suse fragte sich, wie Einbrecher in das Gebäude gelangen sollten, es schien so uneinnehmbar wie eine Festung. Immerhin hatten sie ihr Porky gelassen. Das Glücksschwein steckte sicher in ihrer Hosentasche.
Nun betrat sie die große Lagerhalle. Hier war es immer duster, egal, ob draußen die Sonne schien oder nicht. Durch die schmutzigen Oberlichter fiel stets das gleiche diffuse Licht. Außer dem Fabriktor musste es doch noch irgendwo einen Nebenausgang geben. Suse zwängte sich durch die vollgestopften Regale, Staub stieg ihr in die Nase, sie konnte gerade noch rechtzeitig ein Niesen unterdrücken. Immer wieder stieß sie am Ende einer langen Regalreihe an eine Mauer. Sie wollte schon aufgeben und wieder zurückgehen, da stand sie vor einer Abtrennung aus dicker undurchsichtiger Plastikfolie. Was mochte sich dahinter verbergen? Sie hob die Folie hoch und schlüpfte darunter durch. Hier war es noch dunkler, trotzdem erkannte sie vor sich Schuhe. Mehrere Paare schwarzer Stöckelschuhe. Sie strich über das glänzende Leder und fragte sich verwirrt, was wohl Damenschuhe Größe 39 in einer Fabrik für Kinderspielzeug zu suchen hätten, als sie einen Fuß berührte. Nicht nur einen Fuß, auch ein Bein. Als sie sich aufrichtete, stand sie einer Frau gegenüber. Einer Frau mit hellem Haar, fragend geöffneten Lippen und leerem Blick. Die Lippen bewegten sich. »Möchtest du mit mir spielen?«, ertönte es und dann noch einmal: »Möchtest du mit mir spielen?« Aber diesmal aus vielen Mündern. Denn vor Suse stand

nicht eine Frau, es standen mindestens zehn und sie sagten immer wieder den gleichen Satz: »Möchtest du mit mir spielen? Möchtest du mit mir spielen? Möchtest du mit mir spielen?«

Und dann fing Suse an zu schreien.

17. KAPITEL

Es gibt wohl nichts Lächerlicheres als eine erwachsene Frau, die wegen ein paar Schaufensterpuppen erschrickt. Suse musste über sich selbst lachen. Doch dann blieb ihr das Lachen im Halse stecken und sie hielt sich den Mund zu, um nicht noch einmal zu schreien. Vor Freude. Was sie jetzt sah, konnte nur ein Traum sein. Da stand ein Mädchen. Ein Mädchen, das sie nur zu gut kannte. Jetzt trat es zwischen den Puppen hervor.

»Emily!«, rief Suse.

»Pscht!«, machte Emily und legte den Finger auf den Mund. »Komm mit.«

Sie zog ihre Mutter zwischen den Annas hindurch, bis zu einer schmalen Tür, die halb offen stand. Durch sie gelangte man in einen kleinen Hof. Drei Kinder standen da. Ein pummeliges Mädchen mit wirren dunklen Haaren, ein sommersprossiger Junge, der über beide Backen strahlte, und ein kleiner Knirps mit blonden Locken.

»Das sind Sofia und ihr kleiner Bruder Niklas«, erklärte Emily. »Und das ist Bruno.«

»Ich kenne euch«, sagte Suse. »Ich hab euch auf den Bildern

gesehen, die Kruschke uns gezeigt hat. Eure Mütter sind auch hier, nicht wahr?«

Bruno nickte.

»Aber warum seid ihr auf der Insel?«, fragte Suse. »Und vor allem, wie seid ihr in die Fabrik gekommen?«

»Als wir hier ankamen, fuhr gerade ein Wagen raus, und alles stand offen«, sagte Bruno.

»Das war bestimmt der Wagen vom *Dünenblick*, der hat die Reste vom Mittagessen abgeholt«, sagte Suse.

»Tja, und dann sind wir hier einfach reinspaziert.«

»Und haben unsere Mütter gesucht«, ergänzte Sofia, »aber es war niemand da.«

»Die waren alle draußen am Strand«, sagte Suse noch ganz verwirrt. »Und ich hab gebügelt.«

»Gebügelt?«, fragte Emily erstaunt.

»Dann haben wir die Frau mit dem Kakao gesehen und uns versteckt«, erzählte Niklas.

»Ja, zwischen den Annas«, sagte Sofia.

»Annas? Meint ihr die Schaufensterpuppen?«

»Das sind keine Schaufensterpuppen, Mama«, sagte Emily. »Das sind Roboter in Menschengestalt.«

»Ganz, ganz gruselig sind die!«, rief Niklas.

»Bruno hat dann die Tür entdeckt und wir wollten gerade um das Fabrikgebäude herumgehen, um euch zu suchen, da hast du plötzlich geschrien und ich bin wieder zurück«, sagte Emily.

»Aber ich verstehe trotzdem nicht, wie ihr überhaupt hierhergefunden habt.«

»Das ist eine lange Geschichte, Mama«, sagte Emily und

fasste ihre Mutter am Arm. »Jetzt geht's darum, hier wieder rauszufinden.«
»Und zwar ohne dass uns jemand sieht«, sagte Bruno.
»Vielleicht ist das Tor im Zaun noch offen«, meinte Sofia.
Sie gingen um die Ecke des Gebäudes. Von hier konnten sie die Auffahrt und den Zaun sehen. Das Tor war geschlossen.
»Und jetzt?«, fragte Sofia.
Suse schaute auf ihre Uhr. »Wenn wir Glück haben, dann kommen wir auf der anderen Seite des Zaunes durch. Das hab ich heute Vormittag auch gemacht. Da war nämlich Ebbe. Kennt sich jemand von euch mit den Gezeiten aus?«
Bruno zuckte mit den Schultern. »Wir hatten das in Erdkunde, aber ich hab nicht aufgepasst.«
»Vielleicht klappt's ja«, sagte Suse. »Kommt mal mit in die Dünen.«

»Sofia und Bruno haben rausgekriegt, dass ihre Mütter auf Nordfall sind«, erzählte Emily, während sie neben ihrer Mutter durch den Sand stapfte. »Und ich bin mit Tante Anna hergekommen, also mit einer der Puppen, die du gesehen hast.«
»Das Schielauge hat uns von Südersiel mit seinem Boot mitgenommen«, fügte Bruno hinzu. »Und Wohlfarth hat uns große Vorträge darüber gehalten, wie toll diese Mütterschule ist und dass wir unsere Mütter nicht stören dürfen.«
»Übernachtet haben wir bei Frau Paulsen, die war echt nett«, sagte Emily.
»Sie hat Kakao gekocht«, erzählte Niklas.
»Und dann sind wir mit der Fähre wieder zurück«, sagte Emily.

»Dann hab ich mich also doch nicht getäuscht, als ich glaubte, dich an Deck gesehen zu haben.«
»Ich hab dich auch gesehen und wie sie dich ins Auto gezerrt haben.«
»Und da hat Emily gemeint, wir müssten Sie befreien, und deswegen sind wir wieder hier«, sagte Sofia.
»Und ich hab das Schiff gefunden«, sagte Niklas stolz.
»Stimmt, das warst du«, sagte Sofia und strich ihm übers Haar. »Ein Fischer hat uns nach Nordfall mitgenommen.«
»Wie geht's meiner Mutter?«, fragte Bruno.
»Gut«, sagte Suse. »Allen geht's gut. Allen außer mir.«
»Das kannst du uns später noch erzählen«, sagte Emily. »Vor morgen kommen wir hier eh nicht weg.«
»Oh Gott, mir wird jetzt schon schlecht, wenn ich dran denke, dass ich wieder auf ein Schiff muss«, stöhnte Bruno.
»Nur noch dieses eine Mal«, tröstete ihn Sofia.
Aber da irrte sie sich.

Sie liefen die letzte Düne hinunter und sahen in der Ferne das Meer glitzern. Wie eine schwarze Linie durchschnitt zu ihrer Linken der mannshohe Zaun den hellen Sand.
»Meinst du nicht, dass dich jemand vermisst?«, fragte Emily ihre Mutter, als sie über einen Weg aus Holzbohlen zum Strand hinunterliefen.
»Frühestens um neun, da beginnt Wohlfarths Märchenstunde. So nennen wir das, wenn er aus seinem Tagebuch vorliest. Dass ich beim Abendbrot nicht dabei bin, fällt bestimmt nicht auf. Die anderen glauben, ich hätte mir den Magen verdorben und sitze auf dem Klo.«

»Beeil dich, Niklas!«, rief Sofia, als ihr Bruder stehen blieb, um einen schwarzen Käfer anzuschauen, der durch den Sand krabbelte.
»Ich kann aber nicht mehr«, quengelte Niklas. »Du musst mich tragen, Sofa!«
»Komm, ich nehm dich huckepack«, sagte Suse und ging in die Hocke. »Gleich haben wir es geschafft.«
Am Strand angekommen, liefen sie den feuchten Sand entlang in Richtung Zaun.
»Ich will die Muschel da!«, kreischte Niklas über Suses Schulter und zeigte auf die perlmuttglänzende Schale einer Auster. Dabei beugte er sich so tief nach unten, dass Suse stolperte und mit Niklas zusammen in den Sand purzelte.
»Typisch!«, murmelte Emily kopfschüttelnd und half ihrer Mutter wieder auf. Niklas bekam seine Muschel und es ging weiter.
»Mist!«, sagte Bruno, als sie am Zaun angekommen waren. »Wir sind zu spät.«
In kleinen Strudeln wirbelte das Wasser um den letzten Zaunpfosten herum.
»Oder zu früh«, sagte Emilys Mutter. »Vielleicht läuft das Wasser ja gerade ab.«
»Wir müssen es versuchen«, sagte Sofia. »So tief kann's ja nicht sein.«
Sie krempelte die Hosenbeine hoch und watete ins Wasser. Am Ende des Zaunes ging es ihr bis zu den Knien.
»Kein Problem!«, rief sie den anderen zu. »Kommt!«
Bruno folgte ihr. Ihm reichte das Wasser bis zum Oberschenkel. »Ihhh, das ist ja kalt!«, schimpfte er.

Es folgte Suse mit Niklas. Sie hielt sich am Zaunpfosten fest, um nicht von dem nun heftiger strudelnden Wasser weggerissen zu werden. Niklas fand das Ganze sehr spaßig, er zog Suse an den Haaren und rief: »Hüh, mein Seepferdchen, hüh!«

Emily war bis jetzt zurückgeblieben. Sie hatte Angst davor, ins Wasser zu steigen. Es sah alles andere als einladend aus. Brauner Blasentang schwamm darin und schmutzig grauer Schaum. Ihr schöner weißer Rock würde hinterher wahrscheinlich nur noch als Putzlumpen zu gebrauchen sein.

Sie schaute aufs Meer hinaus. Noch stand die Sonne am Horizont, aber ihre Strahlen wärmten schon nicht mehr. Emily bekam eine Gänsehaut.

»Worauf wartest du, Emily?«, rief ihre Mutter.

»Nun komm schon!«, sagte Sofia ungeduldig.

Emily nahm ihre Sandalen in die Hand und hob den Rock, so hoch es nur ging.

Das Wasser war widerlich. Kalt und irgendwie schleimig. Außerdem konnte sie nicht sehen, was sich unter ihr auf dem Boden befand. Nachher flutschte da eine Qualle um ihre Beine oder sie trat auf eine im Sand eingegrabene Flunder. Da berührte ihr Fuß etwas Glitschiges. Emily schrie auf, verlor das Gleichgewicht und fiel ins Wasser.

Sofia auf der anderen Seite des Zaunes lachte laut auf. Es hatte ja auch zu komisch ausgesehen, wie Emily da geziert wie eine Badenixe aus dem vorvorigen Jahrhundert im Wasser herumgestakst und dann reingeplumpst war. Doch Sofia verging das Lachen sehr schnell, als sie sah, dass Emily nicht mehr auf die Beine kam. Sie wollte sich noch am Zaun festhalten,

wurde aber vom Wasser, das nun von allen Seiten heranströmte, fortgerissen.
Suse schrie auf und lief ins Wasser zurück, um ihrer Tochter zu Hilfe zu kommen.
Bruno und Sofia standen wie erstarrt am sicheren Ufer.
»Wollen die baden?«, fragte Niklas.
»Tu doch was!«, rief Sofia, als sie sah, dass Emily und ihre Mutter immer weiter vom Ufer fortgetrieben wurden.
»Was denn?«, sagte Bruno verzweifelt.
Suse versuchte auf Emily zuzuschwimmen, aber die Strömung riss die beiden auseinander.
Motorengeräusch war zu hören.
»Ein Boot!«, rief Bruno erleichtert. »Da kommt ein Boot!«

Mit letzter Kraft griff Emily nach dem Rettungsring. In ihren Ohren sauste es, alles war so rasend schnell gegangen. Eben hatte sie noch Boden unter den Füßen gehabt, im nächsten Moment war sie vom Wasser mitgerissen worden. Ihre Mutter hatte ihr noch etwas zugerufen, aber der Wind hatte ihre Worte fortgetragen.
»Halt dich fest«, rief eine Stimme. »Ich zieh dich hoch!«
Kruschke! Emily hätte nie gedacht, dass sie froh sein würde, diesen kleinen komischen Mann so bald wiederzusehen.
»Meine Mutter ist –« Sie schnappte nach Luft und schluckte einen Schwall Salzwasser.
Kruschke zog sie näher und half ihr auf das Boot. Sie schürfte sich das Bein an der Bootswand auf, aber schließlich lag sie der Länge nach auf dem Deck wie ein Fisch, den man gerade aus dem Wasser gezogen hatte.

»Emmilein, meine Kleine, alles in Ordnung?«
»Mama!«
Ihre Mutter beugte sich über sie, Wasser tropfte aus ihren Haaren auf Emilys Gesicht.
»Jaja, nie die Flut unterschätzen, das hat schon so manches Leben gekostet«, sagte Kruschke.
Emily sah ihn an. Dieser Mann hatte ihr Leben gerettet. Ihres und das ihrer Mutter.
Sie richtete sich halb auf und sah zum Ufer hinüber.
Bruno und Sofia, die Niklas an der Hand hielt, standen immer noch an der gleichen Stelle hinter dem Zaun.
Emily hob winkend die Hand, ließ sie aber gleich wieder sinken. Ihr wurde übel, alles fing an sich zu drehen. Sie spürte die Hand ihrer Mutter, die ihren Kopf stützte, dann wurde ihr schwarz vor Augen.
Als sie die Augen wieder aufschlug, machte Kruschke das Boot an einem kleinen Steg fest. Es dämmerte bereits. Hinter den Dünen erhob sich als grauer Koloss die Fabrik.
Emily schüttelte abwehrend den Kopf. »Bitte bringen Sie uns zum Hafen. Ich möchte mit meiner Mutter nach Hause fahren.«
Kruschke drehte sich zu ihr um. »Jetzt geht kein Schiff. Du bist doch sicher froh, wenn du die Nacht in einem weichen Bett verbringen kannst.«
Emily sah an sich herunter. Wie ein nasser grauer Lappen klebte der ehemals weiße Rock an ihren Beinen. Der war hin.
»Nur, wenn meine Freunde auch dabei sind.«
»Keine Sorge, das werden sie«, sagte Kruschke und reichte Emily ein Handtuch.

»Und was wird aus meiner Mutter?«, fragte Emily.
»Ist schon in Ordnung«, sagte Suse. Sie saß in eine Decke gehüllt da, ihren Gesichtsausdruck konnte Emily nicht so recht deuten. »Ihr schlaft heute Nacht hier und morgen fahrt ihr dann nach Hause.«
»Und du kommst nicht mit?«, fragte Emily entsetzt.
Ihre Mutter schüttelte den Kopf. »Nein, ich bleibe, bis meine Zeit hier zu Ende ist.«
»Wann immer das sein mag«, murmelte Kruschke leise.

Als das Boot außer Sichtweite war, sagte Bruno: »Wir müssen die Polizei verständigen!«
»Meinst du, es gibt hier ein Polizeirevier?«, fragte Sofia.
»Keine Ahnung, aber irgendjemandem müssen wir erzählen, dass man Emily und ihre Mutter entführt hat.«
»Aus dem Wasser gezogen«, berichtigte ihn Sofia. »Zuerst die Mutter und dann Emily. Ich glaube nicht, dass man das Entführung nennen kann. Für mich sah es eher aus, als habe Kruschke sie vor dem Ertrinken gerettet.«
»Aber jetzt sind sie wieder in der Fabrik und da wollten sie bestimmt nicht hin.«
»Du hast recht«, sagte Sofia. »Komm, Niklas, du musst noch ein paar Schritte laufen.«
Niklas hatte sich die Hosentaschen mit Muscheln vollgestopft, jetzt hob er einen Krebs auf.
»Guck mal, der lebt noch.« Müde bewegte der Krebs seine Scheren.
»Den steckst du aber nicht ein!«, sagte Sofia streng. »Tu ihn zurück ins Wasser.«

Sie stapften durch die Dünen, bis sie auf einen schmalen asphaltierten Weg kamen, der ins Dorf führte.
Die Strohdachhäuser schienen sich hinter den hohen Hecken aus wilden Rosen zu verstecken. Nur im *Dünenblick* war einladend die Tür geöffnet.
Die Kinder betraten die Gaststube.
Hinter der Theke stand Lührsen, der Wirt, und spülte Biergläser.
Swantje wischte die Tische ab. Alle waren leer, bis auf den neben der Tür. Da saß Hinnerk und starrte trübselig in sein leeres Glas.
»Na, habt ihr eure Mütter besucht?«, fragte er, als er die Kinder sah. Er hielt Swantje sein Bierglas hin. Die schüttelte ablehnend den Kopf, ging dann aber doch an die Theke, um ein neues Bier zu zapfen. Sie stellte es vor dem Fischer ab, dann beugte sie sich zu Niklas herunter. »Na, min Jung, hast du Hunger? Gebratener Fisch müsste noch da sein.«
Niklas nickte heftig mit dem Kopf. »Au ja!«
»Pass auf, dass du nicht eines Tages Flossen bekommst bei dem ganzen Fisch, den du vertilgst«, sagte Sofia.
Swantje verschwand in der Küche und Bruno sagte zu dem Wirt: »Wir möchten mit der Polizei sprechen.«
Lührsen fiel ein Bierglas ins Spülbecken. »Polizei? Soll das ein Witz sein?« Er wartete die Antwort nicht ab, sondern lachte schallend.
»Unsere Mütter werden in Wohlfarths Fabrik festgehalten«, sagte Sofia.
Swantje kam aus der Küche und riss die Augen auf.
»Was für Mütter werden festgehalten?«, fragte sie und stell-

te einen Teller mit Fischfilet und Kartoffelsalat vor Niklas hin.

»Also eine auf jeden Fall«, schränkte Sofia ein.

»Emily ist fast ertrunken und ihre Mutter auch, aber dann ist der Mann mit dem Boot gekommen und hat sie aus dem Wasser geholt«, erzählte Niklas, wobei ihm Fischbrei aus dem Mund fiel.

»Musst du eigentlich immer mit vollem Mund reden?«, sagte Sofia kopfschüttelnd.

»Würden Sie bitte die Polizei verständigen?«, bat Bruno den Wirt.

»Das kann ich nicht«, sagte der.

»Warum nicht?«, fragte Sofia.

»Weil es auf der Insel keine gibt«, sagte Hinnerk.

»Und wenn ein Verbrechen geschieht?«, fragte Bruno.

»Nee, nee, so was gibt's hier nich«, sagte Swantje. »Hier kennt doch jeder jeden.«

»Und für den Notfall gibt's die Küstenwache«, sagte Hinnerk.

Bruno und Sofia sahen sich an. »Und jetzt?«, sagte Sofia.

»Jetzt erzählt doch erst einmal, was überhaupt los ist«, sagte der Wirt.

Bruno machte gerade den Mund auf, als die Tür aufgestoßen wurde und Wohlfarth hereinstürzte. »Hier seid ihr! Wir haben den ganzen Strand nach euch abgesucht«, stieß er atemlos hervor.

»Um uns dann auch einzusperren, ja?«, sagte Sofia mit bösem Gesicht. Doch ihre Miene entspannte sich, als sie sah, wer hinter Wohlfarth hereinkam. »Emily!«

Emily sah ernst, aber ruhig aus. Sie trug Hosen, die ihr viel zu lang waren, und ein blau-weiß gestreiftes Fischerhemd.

»Was ist mit deiner Mutter?«, fragte Bruno.

»Es geht ihr gut«, sagte Emily.

»Es gab leider einen kleinen Unglücksfall«, sagte Wohlfarth zu dem Wirt. »Emily, die Tochter einer meiner ... nun ... meiner Kursteilnehmerinnen hat sich bei einem Strandspaziergang mit der Flut verschätzt und wäre beinah abgetrieben worden. Die Mutter wollte sie retten.«

»Wir wären fast ertrunken«, sagte Emily.

»Diese Kinder hier wollten, dass ich die Polizei verständige«, sagte Lührsen. »In der Fabrik soll jemand festgehalten werden.«

»Bei uns wird niemand festgehalten«, sagte Wohlfarth. »Nicht wahr, Emily?«

Emily nickte. »Das stimmt. Es war alles nur ein Irrtum.«

Diesmal übernachteten die Kinder nicht in Wiebke Paulsens Fremdenzimmer, sondern in einer stickigen Kammer unter dem Dach vom *Dünenblick*. Sie hatte seit Jahren leer gestanden und roch nicht sehr angenehm nach Mottenpulver und stockfleckigem Bettzeug.

Niklas war begeistert, als er unter seinem Bett eine Mausefalle entdeckte mit einer mumifizierten Maus darin.

»Darf ich die behalten, Sofa?«, fragte er.

»Nein«, sagte Sofia, die gerade versuchte, das Dachfenster aufzuschieben, um ein wenig frische Luft hereinzulassen.

»Ich schmeiß dafür auch meine Qualle weg«, sagte Niklas und zog einen Batzen Glibber aus der Hosentasche.

»Ihhh!«, schrie Sofia entsetzt.
»Was ist denn jetzt mit deiner Mutter, Emily?«, fragte Bruno. Er war enttäuscht, dass die Rettungsaktion sang- und klanglos im Sande verlaufen war.
»Sie hat gesagt, dass sie es sich überlegt hat und doch nicht nach Hause will«, sagte Emily achselzuckend. »Sie wollte ja auch nur weg, weil sie Sehnsucht nach mir hatte. Nun hat sie mich gesehen und alles ist okay.«
»Glaubst du das?«, fragte Sofia, die in ein Taschentuch spuckte und Niklas die schmutzigen Hände damit abwischte.
»Warum sollte sie lügen?«, fragte Emily zurück. Sie legte sich auf eins der schmalen Bettgestelle und zog die graue Decke über sich, die zusammengefaltet am Fußende gelegen hatte.
Bruno gähnte. »Noch ein paar Nächte und wir haben in jedem Haus der Insel gepennt.«
»Danke, darauf lege ich keinen Wert«, sagte Sofia. »Ich freue mich auf mein Bett.«
Hinnerk sollte die Kinder am nächsten Morgen nicht nur sicher ans Festland bringen, sondern mit dem Zug auch bis Hamburg begleiten.
»Damit euch nichts passiert«, hatte Wohlfarth zum Abschied gesagt und gelächelt. »Ihr Kinder seid schließlich das wertvollste Gut, das wir haben.«
»Vielleicht ist es ja gar nicht so schlimm, wie wir gedacht haben«, sagte Emily, als sie jetzt an diese Worte dachte. »Es scheint allen wirklich zu gefallen. Wohlfarth hat mir erlaubt, einen Blick in den Aufenthaltsraum zu werfen. Die Mütter haben Mühle gespielt oder Canasta. Manche haben ferngesehen oder gelesen. Um halb elf müssen sie ins Bett.«

»Aber deine Mutter wollte doch weg«, beharrte Bruno.
»Schon, aber meine Mutter darf man auch nicht so ernst nehmen, die macht gern aus allem ein Drama.«
»Na, dann Gute Nacht allerseits«, sagte Sofia.
»Gute Nacht, Mausi«, sagte Niklas leise zu seiner Mäuseleiche.

18. KAPITEL

Es war früh am Morgen, als die Kinder von Swantje geweckt wurden. Sie hatte im Gastraum den Frühstückstisch für sie gedeckt. Niklas war sehr enttäuscht, dass es keinen gebratenen Fisch, sondern nur Brötchen und Marmelade gab.

»Soll ich euch für die Fahrt was einpacken?«, fragte Swantje.

»Das wäre nett«, sagte Bruno.

Die Tür flog auf und Emilys Mutter stürzte herein. »Gott sei Dank, ihr seid noch da!«

Sie schwenkte eine Tüte. »Ich hab gestern Nacht noch deinen Rock und deine Bluse gewaschen, Emily«, sagte sie und fügte mit einem Lächeln hinzu: »Und heute früh gebügelt!«

Sie zog eine weiße Bluse aus der Tüte. »Na ja, jetzt ist sie schon ein wenig zerknittert.«

Emily nahm die Bluse und strahlte: »Sie ist wunderbar geworden, danke, Mama! Ich zieh die Sachen schnell an.« Sie verschwand hinter der Theke.

»Und Sie wollen wirklich nicht mit uns zurück?«, fragte Bruno Emilys Mutter. Sie schüttelte den Kopf. »Nein, nein. Es war nett von euch, dass ihr mir helfen wolltet. Aber das ist nicht mehr nötig.«

Emily tänzelte in Rock und Bluse durch den Raum und gab ihrer Mutter die Hose und das Fischerhemd. »Die Sachen kannst du wieder mitnehmen. Sie gehören Sven-Ole, glaub ich.«
Suse knüllte alles zusammen und stopfte es in die Tüte, dann umarmte sie ihre Tochter und sagte: »Ich muss wieder los, die erste Stunde beginnt gleich. Auf bald, mein Schatz! Auf ganz bald!«
Emily spürte etwas Feuchtes auf ihrer Wange. Ihre Mutter weinte doch nicht etwa? Aber ehe sie sie fragen konnte, lief sie schon zur Tür und stieß fast mit Hinnerk zusammen, der eben hereinkam. Er tippte sich kurz an die Mütze und sagte: »Moin, moin, seid ihr startklar, Leichtmatrosen?«
Sofia trank schnell ihr Glas Orangensaft aus. »Aye, aye, Käpt'n.«
»Was ist mit Mama?«, fragte Niklas und betrachtete interessiert eine Fliege, die am Marmeladenglas klebte.
»Mama kommt später«, sagte Sofia. »Jetzt machen wir erst einmal eine schöne Bootsfahrt.«
»Das nu nich grade«, sagte Hinnerk. »Das Meer ist ganz schön kabbelig heute.«
»Kabbelig?«, rief Bruno alarmiert. »Was heißt denn das schon wieder?«
»Kann ein bisschen schaukeln, das ist alles.«
Bruno bereute, gleich zwei Brötchen mit Marmelade gegessen zu haben. Die hätte er sich sparen können.

Vom *Dünenblick* waren es nur wenige Schritte bis zum Landungssteg. Auf dem Geländer saßen aufgereiht die Möwen, als wollten sie den Kindern Auf Wiedersehen sagen. Jetzt erst bemerkte Bruno die schnittige Motorjacht, die sich zwischen den kleineren Booten etwas seltsam ausnahm. Am Bug stand in goldenen Messingbuchstaben *Margarethe.*

»Die ist ja schick«, sagte er. »Wem gehört die?«

»Wohlfarth«, sagte Hinnerk. »Das ist seine Jacht. Margarethe hieß seine Mutter.«

»Seine Mutter hieß Margarethe?«, fragte Emily erstaunt. »Aber ich dachte, die ist tot.«

»Die Jacht gehört ihm schon ewig«, sagte Hinnerk.

»Außerdem kann man ein Schiff doch auch nach Toten benennen«, sagte Bruno. »Zur Erinnerung.«

»Sicher, ich finde es nur komisch, dass ...«

»Was?«, fragte Bruno.

»Ach nichts, schon gut.«

Bruno kam nicht mehr dazu, darüber nachzudenken, was denn nun komisch daran sein sollte, wenn man ein Schiff nach seiner Mutter benannte. Ihm war schlecht. Ihm war so schlecht wie noch nie. Der Kutter hob und senkte sich mit jeder Welle, schlingerte und schwankte. Dagegen war eine Fahrt auf der Achterbahn ja geradezu magenschonend.

Hinnerk stand breitbeinig hinter dem Steuer und hatte Mühe, sein Schiff auf Kurs zu halten. Emily hielt krampfhaft ihren Rock fest, der bei der steifen Brise ständig hochgeweht wurde, und Sofia saß mit geschlossenen Augen eng an die Bootswand gepresst da und wagte nicht, sich zu rühren, aus Angst, sich dann übergeben zu müssen. Nur Niklas jauchzte jedes Mal vergnügt, wenn wieder ein Schwall Wasser aufs Deck klatschte.

Nach den sechzig unruhigsten Minuten ihres Lebens verließen

die Kinder in Südersiel mit wackligen Beinen den Kutter und waren heilfroh, sich in einen Zug setzen zu können, der brav auf seinen Gleisen bleiben würde.

Die Fahrt verlief dann auch ohne Störung. Emily schaute aus dem Fenster, Niklas schlief und Sofia kaute an ihren Fingernägeln. Bruno hatte ein Boxmagazin aus dem Rucksack gezogen, in dem er nun eifrig las, und Hinnerk studierte den Prospekt eines Hamburger Schiffsausrüsters. Er brauchte einen neuen Motor. »Billig sind die Dinger ja nich gerade«, sagte er und zog einen Hamburger Stadtplan aus dem Rucksack.

»Darf ich mal kurz reinschauen?«, fragte Emily.

»Ihr wisst doch, wie ihr von Hamburg nach Hause kommt, oder?«, fragte Hinnerk.

»Na klar«, sagte Bruno. »Mein Zug geht um Viertel nach zehn von Gleis 12.«

»Wir fahren zwanzig Minuten später vom selben Gleis«, sagte Sofia.

»Es ist nur … also meine Tante wohnt in Hamburg«, sagte Emily. »Ich dachte, ich könnte sie kurz besuchen. Aber ich weiß nicht mehr genau, wo ihre Straße liegt.«

Hinnerk reichte ihr den Stadtplan.

Kurz darauf rollte der Zug im Hamburger Hauptbahnhof ein.

Auf dem Bahnsteig verabschiedete sich der Fischer von den Kindern. »Vielleicht sieht man sich ja irgendwann mal wieder.«

Er ahnte nicht, wie bald schon.

Sofia und Bruno steuerten Gleis 12 an, da hielt Emily Sofia am Arm fest. »Ich möchte, dass ihr mitkommt.«

»Zu deiner Tante?«, fragte Bruno erstaunt. »Was sollen wir denn da?«

Emily schüttelte den Kopf. »Nicht zu meiner Tante. Das hab ich nur so gesagt.«

»Ich will jetzt aber nach Hause!«, jammerte Niklas.

»Bitte, nur ganz kurz«, bat Emily. »Ich trau mich da nicht allein hin.«

»Wohin denn jetzt, verdammt noch mal?«, sagte Sofia ungeduldig, aber sie folgte Emily auf den Bahnhofsvorplatz.

»Hört zu: Nachdem Kruschke meine Mutter und mich aus dem Wasser gezogen hat, wollte Wohlfarth mit uns beiden reden. Wir haben in seinem Büro auf ihn gewartet. Da hab ich einen Brief auf seinem Schreibtisch liegen sehen«, erzählte Emily. »Der war adressiert an eine Margarethe Wohlfarth.«

»Und du glaubst, das ist seine Mutter?«, fragte Bruno. »Das könnte genauso gut eine andere Verwandte sein.«

»Oder der Brief war alt«, sagte Sofia. »Der vergöttert seine Mutter doch und hat bestimmt alles aufgehoben, was mit ihr zu tun hat.«

»Aber die Postleitzahl war fünfstellig«, sagte Emily. »So lange gibt's die noch nicht.«

»Konntest du die Straße erkennen?«, fragte Bruno.

»Ja, obwohl die Buchstaben auf dem Kopf standen, aber ich kann auch Spiegelschrift lesen«, sagte Emily stolz. »Die Straße heißt ›Am Krähenberg‹.«

»Wo ist denn das?«, fragte Bruno.

»In Blankenese«, sagte Emily.

»Und wenn schon«, sagte Sofia. »Selbst wenn wir rausfinden, dass da irgendeine Margarethe Wohlfarth wohnt, was willst du von der?«
Emily zuckte die Schultern. »Das weiß ich auch nicht so genau. Irgendwie glaub ich meiner Mutter nicht, dass alles in Ordnung ist. Sie hat geweint, als sie sich von mir verabschiedet hat.«
»Meine Mutter hat sogar geheult, als ich eingeschult wurde«, sagte Bruno. »Mütter sind so.«
»Aber meine nicht«, sagte Emily. »Sie ist chaotisch und ihr passieren immer schreckliche Sachen, aber sie hat noch nie geweint, jedenfalls nicht, wenn ich dabei war. Außer einmal …« Emily schluckte. »Das war, als mein Vater sagte, dass er sich in eine andere Frau verliebt hat.«
Bruno und Sofia sahen betreten zu Boden.
»Ich will ein Eis!«, quakte Niklas.
»Später«, sagte Sofia.
»Es dauert bestimmt nicht lange«, sagte Emily beschwörend. »Aber ich hab so ein Gefühl, als ob ich da hinmüsste. Als ob ich da erfahre, was es mit dieser Mütterverbesserungsanstalt auf sich hat.«
»Hmm«, sagte Bruno unschlüssig. »Eigentlich hab ich nichts vor. Mein Vater denkt eh, ich bin auf Klassenfahrt.«
»Und Georg kommt erst am Freitagabend«, sagte Sofia.
»Na dann, auf nach Blankenese.«
»Und mein Eis?«, fragte Niklas.
»Das kriegst du da, da ist es bestimmt besonders lecker«, versprach Emily.

Als sie am Bahnhof Blankenese aus der S-Bahn stiegen, rief Sofia: »Hier stehen ja tolle Häuser!«
»Hier wohnen ja auch nur reiche Leute«, sagte Bruno.
Niklas interessierte sich nicht für tolle Häuser von reichen Leuten. Er hatte genug vom ewigen Herumfahren. Er wollte sein Eis. Sofia kaufte ihm ein großes Schokoladeneis, das nicht nur besonders lecker, sondern auch besonders teuer war, und ihr kleiner Bruder war erst einmal still.
Sie gingen eine Straße mit vornehmen Villen entlang, die sich hinter schmiedeeisernen Zäunen und Rhododendronhecken versteckten, bis Emily vor einem Gartentor anhielt. »Das müsste es sein, Nummer 66.«
Nummer 66 war eine Villa in strahlendem Weiß, den Eingang flankierten zwei Säulen aus schwarzem Marmor.
Neben dem Klingelknopf aus Messing standen nur zwei ineinander verschlungene Ws.
»Hier sind wir richtig«, sagte Sofia. »Das ist Wohlfarths Zeichen, das ich auch im Nacken von Tante Anna gesehen habe.«
Trotzdem war Emily ein wenig mulmig zumute, als sie auf den Klingelknopf drückte. »Was sagen wir denn bloß?«, fragte sie, als der Türsummer ertönte.
»Das fällt uns schon noch ein, wenn wir die Dame sehen«, sagte Bruno.
Aber zunächst einmal sahen sie keine Dame, sondern einen Herrn, der in der geöffneten Haustür stand und ihnen misstrauisch entgegenblickte. Er trug ein dunkles Jackett und darunter eine gestreifte Weste.
»Meinst du, das ist ein Butler? So was kenne ich nur aus dem

Fernsehen«, flüsterte Emily Sofia zu, als sie auf einem gepflasterten Weg, der von ordentlich gestutzten Buchsbäumchen gesäumt war, auf das Haus zugingen.
»Was wünscht ihr?«, fragte der Mann nicht sehr freundlich.
Niklas versteckte sich hinter Sofia. Die sagte mutig: »Wir möchten bitte Frau Margarethe Wohlfarth sprechen.«
»In welcher Angelegenheit?«, erwiderte der Mann.
Emily trat vor: »Wir haben eine Nachricht für sie von Walther Wohlfarth.«
»Von ihrem Sohn?«, fragte der Mann und runzelte die Augenbrauen.
»Ja, ganz genau«, sagte Emily und warf Bruno einen triumphierenden Blick zu.
»Einen Moment bitte.« Der Butler verschwand.
»Hab ich's nicht gesagt, dass das die Mutter ist!«
»Diese Pfeffersäcke heißen immer alle gleich«, sagte Bruno. »Das kann sich auch um einen völlig anderen Wohlfarth handeln.«
Der Butler erschien. »Gnädige Frau lassen bitten.« Er trat beiseite und bedeutete den Kindern mit einer Handbewegung, die eher abfällig als einladend wirkte, näher zu treten.
Sie durchschritten eine schwarz-weiß geflieste Halle. An den Wänden hingen Porträts streng aussehender Herren mit hohen Kragen und Backenbärten. Emilys Sandalen klapperten laut. Der Butler warf ihr einen strafenden Blick zu, dann öffnete er eine Flügeltür und sie betraten einen Raum, der sich in einen Erker öffnete. Dort stand vor dem Fenster ein Sessel aus rotem Samt und in dem Sessel saß kerzengerade eine schwarz

gekleidete Person. Auf dem ausladenden Busen glänzte ein großes goldenes Medaillon. Ihre knöcherne Hand ruhte auf dem silbernen Griff eines Spazierstocks. Zu ihren Füßen lag eine Art graubrauner Wischmopp.

»Das ist sie!«, murmelte Emily. »Das ist die Frau auf dem Porträt.«

Es stimmte, die Frau, die da saß, hatte große Ähnlichkeit mit dem Porträt, das in Wohlfarths Büro hing. Aber ihre Gesichtszüge, die da weich und wohlwollend gewirkt hatten, schienen hier wie versteinert. Entweder hatte der Maler sie geschönt oder das Alter hatte die Frau zu einem Ungeheuer werden lassen, denn genauso sah sie aus – wie ein Ungeheuer aus einem Albtraum: Augen so hart und durchsichtig wie Murmeln, ein Kinn, das sich wasserfallartig in mehreren Wülsten in einen steifen Kragen zwängte, dazu ein wie mit dem Lineal gezogener Mund und eine Nase, krumm und spitz wie der Schnabel eines Papageis.

Der Strichmund öffnete sich und eine Stimme erklang, so rasiermesserscharf, dass man förmlich sehen konnte, wie sie die Luft durchschnitt: »Was habt ihr mir mitzuteilen?«

Bevor eins der Kinder antworten konnte, saugten sich ihre Murmelaugen an Niklas fest. Der stand mit seinem Eis in der Hand da und bekam vor Schreck den Mund nicht mehr zu.

»Alfred! Nehmen Sie dem Jungen das Eis weg, bevor es noch zu einer Katastrophe kommt.«

Ehe Niklas es sich versah, hatte ihm der Butler das Eis aus der Hand genommen. Er hielt es weit von sich weg wie ein stinkendes Etwas und verließ damit den Raum.

»Mein Eis! Ich will mein Eis!«
In diesem Moment kam Leben in den Wischmopp. Kläffend sauste er auf Niklas zu und schnappte mit Zähnen wie die eines Piranhas nach seinem Bein.
»Platz, Henry!«, rief Frau Wohlfarth. Und das verfilzte Etwas rollte sich wieder zu ihren Füßen zusammen.
»Was ist das denn?«, fragte Sofia entgeistert.
»Das ist Henry der Vierte«, sagte Frau Wohlfarth und stupste den Wischmopp mit ihrem Stock an, woraufhin ein Kopf mit platt gedrückter Nase und hervorquellenden Augen zum Vorschein kam, der von einem Schleifchen gekrönt war. »Ein Pekinese, auch Palasthund genannt. Diese Rasse war früher allein dem Kaiser von China vorbehalten.«
»Und das war sicher auch gut so«, murmelte Bruno.
»Und nun, mein Kleiner, wiederhol doch noch einmal, was du eben gesagt hast«, wandte sich Frau Wohlfarth an Niklas.
Der war nach der Wischmopp-Attacke erschrocken zurückgewichen, sagte aber dennoch tapfer: »Ich will mein Eis wiederhaben.«
»Wenn schon, mein Junge, dann *möchtest* du etwas«, zischte Frau Wohlfarth. »Das Wörtchen *wollen* hat im Sprachschatz eines Kindes nichts verloren!«
Sie sah Niklas angewidert an. »Außerdem tropfst du.«
Niklas zog aus der rechten Hosentasche einen glibberigen Klumpen. »Das ist eine Qualle für meine Sammlung«, sagte er stolz und stopfte das Ding wieder zurück. »Und das ...«, er griff in die andere Hosentasche. »Das ist Mausi.« Zärtlich strich er über die Mäusemumie.

»Alfred! Kommen Sie, schnell!«, rief die alte Frau und klopfte mit ihrem Stock ungeduldig auf den Boden. »Und bringen Sie Schaufel und Besen mit!«
Alfred eilte mit dem Gewünschten herbei.
»Und nun leerst du deine Taschen aus, und zwar sofort«, sagte Frau Wohlfarth zu Niklas. Der fing an zu heulen. »Mausi will ich aber behalten!«
»Hast du ›ich will‹ gesagt?« Die Alte war aufgestanden und baute sich drohend vor Niklas auf. »Das will ich hier nicht mehr hören oder ich wasch dir den Mund mit Seife aus!«
Das sollte die wundervollste und beste Mutter der Welt sein? Fassungslos schaute Emily die alte Dame an, die Niklas so böse anstarrte, dass der schnell seine Qualle und die mumifizierte Maus auf die Kehrschaufel warf. Naserümpfend verschwand Alfred damit.
»Na also, geht doch.« Die Alte grunzte zufrieden, dann wandte sie sich an Bruno und Sofia: »Nun sagt schon, warum ihr hier seid. Ich habe meine Zeit nicht gestohlen.«
»Wir sollen Ihnen Grüße ausrichten«, sagte Bruno. »Von Ihrem Sohn. Wir haben ihn gestern getroffen.«
»In Amerika?«
»Wieso in Amerika?«, sagte Bruno verwirrt. »Er ist doch hier in Deutschland.«
Frau Wohlfarth zielte mit ihrem Spazierstock auf Bruno. »Dummes Zeug. Mein Sohn lebt in New York und arbeitet an der Wall Street bei der *Walker, Winehouse and Winston-Bank*, die bald *Walker, Winehouse and Welfare Bank* heißen wird. Und wisst ihr auch, warum?«
Die Kinder schüttelten den Kopf.

»Weil der alte Winston tot ist und mein Junge dort Teilhaber wird. Und zwar noch in diesem Jahr.«

Ein kurzes, kaum wahrnehmbares Lächeln huschte über ihr zerfurchtes Gesicht. »Und wenn ihr in Englisch gut aufgepasst habt, dann wüsstet ihr, dass Welfare die englische Entsprechung für unseren ehrwürdigen Namen ist.«

»Dann meinen wir einen anderen Walther Wohlfarth«, sagte Sofia. »Entschuldigen Sie bitte die Störung.« Sie hielt Niklas an sich gedrückt, der leise vor sich hin weinte.

»Es gibt nur noch einen«, sagte die alte Frau. »Und das ist mein Sohn.« Sie schritt zu einer Kommode hinüber, auf deren Marmorplatte silbern gerahmte Fotografien standen. Eine davon nahm sie in die Hand und trat zu den Kindern.

Als die alte Frau jetzt so nah vor ihnen stand, verströmte sie einen unangenehmen Geruch. Eine Mischung aus Kölnisch Wasser, altem Scheuerlappen und Staub.

Sie hielt ihnen das Bild hin. »Das ist mein Sohn. Walther Wohlfarth junior.«

Das Foto zeigte den Wohlfarth, den sie kannten. Er trug einen schwarzen Anzug mit Weste und saß an einem breiten Schreibtisch. Hinter ihm an der Wand konnte man in großen goldenen Buchstaben *Walker, Wine*… lesen.

»Das ist der, den wir meinen«, sagte Bruno. »Und ich erkenne auch den Schreibtisch wieder, aber der steht nicht in New York, sondern auf Nordfall. Das ist eine kleine Insel in der Nordsee.«

Die alte Frau winkte barsch mit dem Stock. »Ich weiß, wo diese Insel liegt. Darauf befand sich die Munitionsfabrik meines Mannes. Nach seinem Tod hatte mein Sohn es sich in den

Kopf gesetzt, dort Spielzeug zu produzieren. Und das obwohl ich ein Vermögen in seine Ausbildung investiert hab. Wisst ihr, was ein Internat in England kostet, ja?«
Die Kinder schüttelten den Kopf.
»Natürlich nicht, ihr seht nicht so aus, als ob eure Eltern sich so etwas leisten könnten.« Sie lachte höhnisch. »Ich habe ihm gleich gesagt, dass das dummes Zeug ist. Wer braucht schon Spielzeug? Die Kinder von heute sind sowieso alle viel zu verwöhnt, nicht wahr?« Sie beugte sich zu Niklas hinunter und zwickte ihn in die Wange.
Der Butler kam herein. »Wünschen gnädige Frau eine Erfrischung?«
»Das ist eine gute Idee, Alfred. Bring mir bitte einen Kräuterbitter, eine heiße Schokolade für Henry und für die Kinder ...« Sie machte eine Pause. »Für die Kinder Wasser mit einem Schuss Apfelessig. Das ist erfrischend und macht schlank.« Sie warf Sofia einen abfälligen Blick zu.
Alfred verbeugte sich und ging und Frau Wohlfarth nahm wieder in ihrem Sessel Platz.
»Und natürlich hatte ich recht, wie immer«, fuhr sie fort. »Er ist pleitegegangen mit seinem albernen Kinderkram. Aber dann kam das Angebot aus New York. Und dort hat er es vom einfachen Angestellten bis zum Teilhaber gebracht.«
»Ihr Sohn produziert kein Spielzeug mehr, das stimmt«, sagte Bruno. »Aber er ist immer noch auf der Insel. Er leitet dort jetzt eine Schule.«
»Eine Schule für schreckliche Mütter«, fügte Emily hinzu.
»Was erzählt ihr da für dummes Zeug«, sagte Frau Wohlfarth und zog einen Umschlag aus ihrer Rocktasche. »Pünktlich an

jedem Ersten des Monats bekomme ich einen Brief von ihm. In dreizehn Tagen ist es wieder so weit.«

Emily warf Bruno einen Blick zu. »Darf ich ihn mal sehen?«, fragte Bruno. Die alte Frau reichte ihm den Umschlag.

»Stimmt, der ist in New York abgestempelt, aber das heißt ja nichts.«

»Was willst du damit sagen, Junge?«

»Nun, er kann den Brief doch auf Nordfall geschrieben und dann jemandem in New York geschickt haben, damit der eine Marke draufklebt und ihn in den Briefkasten steckt.«

»Genau, damit Sie denken, er sei Banker an der Wallstreet«, sagte Sofia. Und Emily fügte hinzu: »In Wirklichkeit sitzt er auf Nordfall und bringt Müttern bei, wie man Pudding kocht und Sandburgen baut.«

Alfred kam mit einem Tablett, auf dem vier Wassergläser, eine dampfende Schale und ein Schnapsglas standen.

Niklas schüttelte angewidert den Kopf, als ihm Alfred das Glas mit Essigwasser reichen wollte, und sah neidisch auf Henry den Vierten, der sich laut schlürfend über seine Schokolade hermachte.

»Sie können uns ruhig glauben, wir haben alles mit eigenen Augen gesehen«, sagte Bruno.

Die alte Frau kippte ihren Kräuterbitter in einem Zug herunter und gab Alfred das leere Glas. Dann erhob sie sich.

»Wenn ihr recht haben solltet und diese ungeheuerlichen Behauptungen der Wahrheit entsprechen, dann versohle ich Walther Wohlfarth junior höchstpersönlich den Hintern.«

19. KAPITEL

Suse saß an ihrem Platz und grübelte über der Frage: Wie verhalte ich mich, wenn mein Kind lügt?

A. *Ich verhänge eine Woche Fernsehverbot.*
B. *Ich versuche herauszufinden, warum es gelogen hat.*
C. *Ich lüge es ebenfalls an, damit es merkt, wie das ist.*
D. *Ich wasche ihm den Mund mit Seife aus.*

Emily log nicht. Oder doch? Vielleicht war es eine Lüge, wenn sie vor jedem ihrer Bewerbungsgespräche Optimismus verbreitete und sagte: »Du bist gut, Mama, du musst nur an dich glauben.«
»Ich bin gar nicht gut, ich bin überhaupt nicht gut, sonst säße ich jetzt nicht hier«, murmelte Suse und die Ökomutter neben ihr zischte: »Ruhe, ich muss mich konzentrieren.«
Alle Mütter saßen über ihre Arbeitsbögen gebeugt. Manche kauten auf ihrem Bleistift herum, andere kratzten sich verzweifelt den Kopf. Nur Sofias Mutter lächelte selbstgefällig, sie war sicher, alles richtig anzukreuzen.
Suse machte das Kreuz bei B und wandte sich der nächsten

Frage zu: Mein Kind schreibt eine schlechte Arbeit, wie reagiere ich darauf?

A. *Ich sage: Das kommt davon, wenn du nicht lernst.*
B. *Ich finde, der Lehrer ist schuld, weil er es meinem Kind nicht richtig beigebracht hat.*
C. *Ich verspreche meinem Kind, für die nächste Arbeit mit ihm zu üben.*
D. *Ich versohle ihm den Hintern.*

Hintern versohlen! Wer machte denn so was? Suse konnte sich nicht erinnern, Emily jemals geschlagen zu haben. Nur einmal hatte sie ihr einen Klaps auf den Po gegeben, als sie mitten auf die Straße und beinahe vor ein Auto gelaufen war. Aber das war Jahre her.
»Diese Fragen sind doch total bescheuert!«, murmelte Suse und Brunos Mutter flüsterte ihr zu: »Kannst du laut sagen.«
»Ruhe dahinten!«, rief Ramona Beutel. »Wer redet, muss sofort abgeben!«
Sie saß hinter dem Pult und guckte ab und zu prüfend über ihre Brillengläser, ob auch keiner abschrieb. Dazwischen feilte sie ihre Fingernägel, um sie anschließend mit perlmuttfarbenem Lack zu bepinseln.
Das wird dir auch nichts helfen, dachte Suse ein wenig schadenfroh. Sie alle hatten natürlich sofort bemerkt, dass ihre Lehrerin für praktische Theorie in den Direktor verliebt war. Aber Wohlfarth schien lackierten Fingernägeln und verliebten Augenaufschlägen gegenüber immun zu sein.

Die letzte Frage auf dem Arbeitsbogen lautete: Was macht eine gute Mutter für dich aus?
Man sollte mindestens zwei Seiten schreiben. Suse überlegte nicht lange und schrieb:
Eine gute Mutter stellt das Leben ihres Kindes vor das eigene, sie ist bereit, auf alles zu verzichten, wenn sie damit ihrem Kind etwas Gutes tut.
Sie strich *alles* durch und schrieb *vieles* darüber. Eine Mutter, die auf alles verzichtete, war auch nicht richtig. Nur eine zufriedene Mutter konnte auch eine gute Mutter sein.
Suse war zufrieden, oder nicht? Schließlich hatte sie Emily das Leben gerettet. Kruschke hatte sie erpresst. Wenn Suse daran dachte, lief es ihr eiskalt den Rücken runter. Zuerst hatte er sie aus dem Wasser gezogen, dann auf die strampelnde, immer weiter vom Ufer abtreibende Emily gezeigt und gesagt: »Ich kann sie rausholen, aber nur, wenn du versprichst, den Mund zu halten und keine Dummheiten mehr zu machen.«
Suse hätte in dieser Situation versprochen, den Mond vom Himmel zu holen. »Ich tue alles, was Sie wollen, aber bitte, bitte holen Sie mein Kind da raus!«
Nun war Emily wieder auf dem Weg nach Berlin. Wahrscheinlich würde sie zu ihrem Vater ziehen, bis Suse wieder zu Hause war. Und wahrscheinlich würde sie feststellen, dass dessen neue Freundin gar nicht so blöd, sondern im Gegenteil sogar ganz nett war. Vor allem nicht so chaotisch wie ihre eigene Mutter.
Suse seufzte.
»Die Zeit ist um, bitte abgeben!«, rief Ramona Beutel und

klopfte mit einem Stift aufs Pult. »Aber leise, wenn ich bitten dürfte.«
»Was hast du bei Aufgabe sechs angekreuzt?«, flüsterte Brunos Mutter.
»B, aber ich weiß nicht, ob's stimmt«, flüsterte Suse zurück.
Ramona Beutel sammelte die Arbeitsblätter ein. »Ihr habt jetzt Pause, danach werden wir die Ergebnisse auswerten und diskutieren.«
»Muss das sein?«, murrte die Ökomutter. »Es reicht doch, wenn Sie uns sagen, was richtig ist und was nicht.«
»Genau«, stimmte ihr Sofias Mutter zu. »Immer dieses endlose Rumgelaber. Sagen Sie uns die Noten und Schluss.«
»Du hast doch sowieso wieder eine Eins«, sagte Brunos Mutter neidisch.
»Ich finde auch, dass das Zeitverschwendung ist«, sagte die Fitnessmutter und machte ein paar Kniebeugen. »Stattdessen könnten wir am Strand joggen.«
»Oder Hausaufgaben machen!«, rief die Klammermutter.
Brunos Mutter drängte sich nach vorn. »Sven-Ole hat gestern Nacht einen Boxkampf aufgenommen, den muss ich mir noch anschauen, bevor ich ins Training gehe.«
Sie hatte nicht nur sämtliche Boxregeln auswendig gelernt, seit ein paar Tagen schlug sie nun selbst auf einen Boxsack ein, »um ein Gefühl dafür zu bekommen«, wie sie sagte.
Auch die anderen Mütter fingen an sich zu beschweren. »Diese ganze praktische Theorie hängt mir zum Hals raus!«, plärrte die Klammermutter.
Ramona Beutel wich hinter ihr Pult zurück und griff nach einer Glocke. »Ruhe! Sofort Ruhe, sonst sitzen alle nach!«

Die Ökomutter zeigte ihr einen Vogel: »Na und?«
»Ich schreibe euch ins Klassenbuch!«, kreischte Ramona Beutel mit hochrotem Kopf und schwenkte wild die Glocke.
»Soll sie doch«, sagte Suse zur Klammermutter. »Komm, wir gehen an den Strand.«
In diesem Moment öffnete sich die Tür und Wohlfarth trat ein. »Was ist denn hier los?«, fragte er.
Ramona Beutel war inzwischen den Tränen nah. »Sie verweigern die Arbeit«, schniefte sie.
»Ist ja gar nicht wahr!«, schimpfte Brunos Mutter. »Wir haben jetzt zwei Stunden lang diese dämlichen Arbeitsbögen ausgefüllt, aber irgendwann reicht's.« Sie griff nach einem der Zettel und las vor: »›Du willst mit deinem Kind auf die Toilette gehen, aber es sagt, dass es nicht muss. Kurze Zeit später macht es in die Hose. Wie verhältst du dich richtig?‹« Sie sah Wohlfarth an. »Gott sei Dank hab ich diese Phase hinter mir.«
Sie knüllte den Arbeitsbogen zusammen und warf ihn in Richtung Papierkorb, er fiel daneben.
»Genau, der Unterricht von der Beutel geht total am wirklichen Leben vorbei!«, rief Sofias Mutter und knüllte den nächsten Arbeitsbogen zusammen.
»Der ist so trocken wie ein Sojaklops!«, fügte die Ökomutter hinzu.
Wohlfarth hob beschwichtigend die Hände. »Bitte beruhigt euch, bitte!«
Ein letzter Papierball flog durch die Luft.
»Ich habe verstanden, dass ihr einen Unterricht wünscht, der mehr auf eure Bedürfnisse eingeht. Ist das richtig?«
Alle nickten.

»Gut, ich werde eine Lehrerkonferenz einberufen. Die nächsten beiden Stunden macht ihr Stillarbeit und heute Mittag werde ich euch dann verkünden, was wir beschlossen haben.«
Er winkte Ramona Beutel zu und beide verließen den Raum.
Dass die darauffolgende Stillarbeit alles andere als still verlief, versteht sich von selbst.

»Wir müssen uns etwas einfallen lassen«, sagte Wohlfarth kurze Zeit später in seinem Büro. »Nur zufriedene Schüler können etwas lernen.«
»Also bei mir hat sich noch keine beschwert«, sagte Sven-Ole selbstgefällig.
»Bei mir auch nicht«, meinte Wiebke Paulsen.
Ramona Beutel hockte da wie ein Häufchen Elend.
»Was ist mit Ihnen, Kruschke?«
Kruschke schlug seinen Notenkalender auf. »Bei mir stehen alle zwischen Vier und Fünf.«
»Das ist doch nicht möglich!«, rief Wohlfarth. »Dann machen Sie was falsch.«
»Ich mache nichts falsch, die Mütter machen alles falsch«, sagte Kruschke empört. »In Modellflugzeugbau haben sogar alle eine Sechs! Sie sind unfähig, zwischen Magnetsteuerung, Infrarotfernsteuerung und Programmsteuerung zu unterscheiden, geschweige denn, dass sie wissen, was ein dynamischer Auftrieb im Verhältnis zu einem Rückstoßantrieb ist, dabei ist das doch das Einfachste von der Welt.«
»Das sagen Sie«, meinte Wiebke Paulsen. »Ich verstehe auch nur Bahnhof.«

Wohlfarth fuhr sich verzweifelt durch die Haare.
»So wird das nichts, so kommen wir nicht weiter.«
»Das hab ich von Anfang an gesagt, Chef«, sagte Kruschke. »Wenn Sie auf mich gehört hätten, dann hätten wir uns den ganzen Quatsch hier sparen können.«
»Ach ja, was wäre denn besser gewesen?«, fragte Wiebke Paulsen.
»Ich behaupte, bei diesen Müttern ist sowieso Hopfen und Malz verloren. Schauen Sie sich doch mal an, wie wundervoll dagegen meine Annas sind. Der Mann von der Ökomutter will sich wegen ihr sogar scheiden lassen. Endlich bekommt er keine Grünkernbratlinge mehr vorgesetzt. Wir brauchen die Mütter überhaupt nicht.«
»Und was sollen wir mit ihnen machen?«, fragte Sven-Ole. »Ihnen den Hals umdrehen oder was?«
Kruschkes linkes Augenlid zuckte nervös, aber er blieb die Antwort schuldig.
Wohlfarth räusperte sich: »Ich möchte einen Vorschlag zur Güte machen.«

Beim Mittagessen herrschte im Aufenthaltsraum eine gespannte Atmosphäre. Nicht etwa, weil es schon wieder Fisch gab. Nein, Gerüchte schwirrten durch die Luft. Die einen meinten gehört zu haben, dass Ramona Beutel rausgeflogen sei, die anderen erzählten, dass Wiebke Paulsen sich mit Kruschke so gestritten hätte, dass sie gekündigt habe. Wieder andere meinten, Wohlfarths Mütterverbesserungsanstalt würde noch heute geschlossen. Nicht wenige der Mütter fanden dies sehr bedauerlich.

»Ich hab mich schon so auf mein Zeugnis gefreut«, sagte Sofias Mutter. »Ich weiß, dass ich in Sandburgenbauen eine Eins bekomme.«
Kruschke kam die Treppe von Wohlfarths Büro herunter. »Ich soll euch etwas ausrichten«, sagte er. »Das Lehrerkollegium hat beschlossen, dass heute Nachmittag kein Unterricht stattfindet. Stattdessen möchte der Direktor euch zu einem Picknick einladen. Wir machen einen schönen Strandspaziergang und dann treffen sich alle an einem besonderen Ort, den ich euch jetzt noch nicht verrate.«
Die Begeisterung der Mütter hielt sich in Grenzen.
»Ich hasse Picknicks«, sagte Brunos Mutter zu Suse. »Immer pikst einen irgendein Viech oder man hat Sand auf der Klappstulle.«
»Genau«, sagte die Klammermutter. »Außerdem sitzt es sich so furchtbar unbequem.«
»Immer noch besser, als bei Kruschke Modellflugzeuge zu bauen«, sagte die Ökomutter. »Ich hab beim letzten Mal die Flügel falsch rum angeklebt und ihn hat vor Wut fast der Schlag getroffen.«
»Bei mir ist er auch schon mal ausgerastet und hat getobt wie Rumpelstilzchen«, berichtete die Fitnessmutter.
»Bei einem Picknick kann er uns ja nichts tun«, sagte Brunos Mutter. Sie irrte sich. Sie irrte sich gewaltig.

Während sich ihre Mütter am Nachmittag in aufgeräumter Stimmung auf den Weg zu ihrem Picknick machten, befanden sich die Kinder schon wieder an Bord eines Schiffes.
Diesmal auf der *Henry I*, einer Segeljacht, die Frau Wohlfarth

gehörte. Sie waren in Brunsbüttel an Bord gegangen, wobei Butler Alfred zum zweiten Mal die Kleidung gewechselt hatte. Auf dem Weg von Blankenese die Elbe abwärts in Frau Wohlfarths altem Mercedes hatte er seine Butlerweste gegen eine Chauffeursuniform getauscht, auf der Segeljacht trat er nun ganz seemännisch in Kapitänsjacke und Mütze auf.

»Ich fühle mich wie der Fliegende Holländer«, sagte Bruno, der mit leicht grünlichem Gesicht in der Takelage hing. »Der musste auch ständig auf dem Meer herumfahren und wollte eigentlich nur sterben.«

»Und was ist mit ihm passiert?«, fragte Sofia.

»Ein Mädchen hat sich aus Liebe zu ihm ins Meer gestürzt, das hat ihn gerettet.«

»Ich hoffe, das erwartest du jetzt nicht von mir«, sagte Sofia und grinste.

Brunos Gesichtsfarbe wechselte von Grün zu Rot.

Vorn am Bug stand Frau Wohlfarth wie ein schwarzer Racheengel. Ihr Rock blähte sich im Wind, die eine Hand hatte sie auf ihren Stock gestützt, mit der anderen hielt sie sich ein altmodisches Fernrohr ans Auge und gab Anweisungen: »20 Grad Steuerbord! 10 Grad Backbord! Fier auf die Großschot!«

Henry der Vierte trug ein Mäntelchen aus gelbem Ölzeug und dazu ein passendes Schleifchen im Haar und schlidderte bei jedem Schlenker des Schiffes von einer Seite des Decks zur anderen.

Plötzlich stieß die alte Wohlfarth ihren Spazierstock wie einen Degen durch die Luft. »Da ist es, da ist Nordfall!«

Die Kinder interessierte das nicht weiter, sie erblickten die Insel nun schon zum dritten Mal.

Alfred machte am Landungssteg fest, sprang aus dem Boot und reichte der alten Frau den Arm zum Aussteigen.
»Es wird nicht lange dauern«, sagte Frau Wohlfarth zu ihm. »Sie können da drüben im Gasthaus etwas zu sich nehmen, aber nichts Alkoholisches, wenn ich bitten darf.«
Dann winkte sie die Kinder mit dem Krückstock zu sich. Bruno fühlte sich nach der Seefahrt immer noch leicht benommen und Niklas quengelte, weil er Hunger hatte.
»Kommt schon, zum Rumtrödeln ist keine Zeit!«

»Mann, wie lange müssen wir denn noch hier rumlatschen?«, murrte Sofias Mutter. »Ich hab Durst.«
Es war heiß an diesem Tag, sehr heiß sogar. Ab und zu wehte eine frische Brise vom Meer, aber die Sonne brannte erbarmunglos auf die Mütter herab und der weiße Sand blendete sie.
Kruschke lief voran und wischte sich immer wieder den Schweiß von der Stirn. »Es dauert nicht mehr lange«, rief er nach hinten. »Gleich sind wir da.«
»Das erzählt er nun schon seit einer Stunde«, brummte Brunos Mutter.
»Ich freu mich schon auf ein schönes Stück Kuchen«, sagte die kleine dicke Klammermutter.
»Und eine schöne Tasse Kaffee«, sagte die lange dünne Ökomutter. Und ausnahmsweise waren sich die beiden mal einig.
Ganz am Schluss lief Suse. Sie war die Einzige, die sich nicht beklagte. Sie hatte die Sandalen ausgezogen und genoss es, den Sand zwischen den Zehen zu spüren und durch die kleinen Priele zu waten, deren Wasser ganz warm war. Durchsich-

tige Krabben schwammen darin herum und winzige Flundern. Sie schirmte mit der Hand die Augen ab und sah übers Meer. Am Horizont fuhr ein Frachter vorbei. Über ihrem Kopf flogen kreischend die Möwen. »Warum kann ich das nicht einfach genießen?«, dachte Suse. Sie fühlte in der Hosentasche nach Porky, dem Sorgenschwein, da war es! Und obwohl sie nicht abergläubisch war, fühlte sie sich sofort sicherer. Sie lachte leise über sich selbst: Was sollte bei einem Picknick schon passieren?

Ein graugrüner Berg kam in Sicht. Als sie näher kamen, erkannten die Mütter, dass es ein Bunker war, der an der Landseite mit einer hohen Düne fast verschmolz und dessen Meerseite halb im Sand versunken war.

»Der sieht ja richtig unheimlich aus«, sagte Sofias Mutter.

»Vielleicht sind da noch Leichen drin«, sagte die misstrauische Mutter und ihre spitze Nase wurde noch spitzer.

Kruschke winkte ab. »Von wegen Leichen. Da drinnen findet ihr höchstens Liebespaare, ist so schön dunkel und kuschelig.« Er grinste schief.

»Kuschelig? Also ich kann mir was Gemütlicheres vorstellen«, sagte Brunos Mutter und wandte sich ab. Auch die anderen Mütter schienen an dem Betonhaufen nicht sonderlich interessiert.

Kruschke runzelte die Stirn, als überlege er, ob er ein Geheimnis verraten sollte. »Angeblich soll ein hoher Marineoffizier in den letzten Kriegstagen ein Vermögen in dem Bunker versteckt haben. Alten Schmuck, Silberbesteck, wertvolle Gemälde …«

Die Mütter sahen schon viel interessierter aus.

»Wollte es vor den feindlichen Truppen in Sicherheit bringen. Hat ihm aber nichts genutzt, denn bevor er es sich zurückholen konnte, ist er mit Mann und Maus untergegangen, hier vor Nordfall.«

»Aber man hat doch bestimmt danach gesucht, oder?«, fragte die misstrauische Mutter, in deren Augen bei dem Wort *Silberbesteck* ein gieriges Glitzern getreten war.

Kruschke schüttelte den Kopf: »Außer mir weiß keiner davon, ich hab es auch erst vor ein paar Tagen erfahren. Ganz zufällig.«

»Wie kommt man denn da rein?«, fragte die Klammermutter und rüttelte an der hölzernen Tür.

»Sie klemmt nur ein bisschen«, sagte Kruschke.

Die Klammermutter warf sich mit ihrem ganzen Gewicht dagegen und mit einem empörten Quietschen ging die Tür auf.

Nachdem sie Alfred dem *Dünenblick* und einer Tasse Tee überlassen hatte, marschierte die alte Frau Wohlfarth zielstrebig durchs Dorf und auf die Fabrik zu. Da der Pekinese aufgrund seiner Stummelbeinchen nicht so gut zu Fuß war, hatte sie ihren Liebling Sofia in den Arm gedrückt. Die rümpfte die Nase, Henry der Vierte roch nach nassem Hund, und egal ob adlig oder nicht: Nasse Hunde riechen nun mal nicht gut.

Als sie vor dem hohen Zaun aus Maschendraht ankamen, war das Tor mit einer rostigen Kette verschlossen. Doch das stellte für die alte Frau kein nennenswertes Hindernis dar. Ihr Zorn verlieh ihr übermenschliche Kräfte. Sie hob ihren Stock und schlug zu. Das Vorhängeschloss fiel ab, das Tor schwang auf.

»Hast du das gesehen?«, flüsterte Bruno Sofia zu. »Karate mit Krückstock!«
Vor Wut bebend schritt Frau Wohlfarth die Auffahrt hoch und auf das Fabrikgebäude zu.
Doch die Tür zur Werkshalle konnte sie nicht mit ihrem Stock öffnen. Wohl oder übel musste sie auf die Klingel drücken. Man hörte das Schrillen dumpf in der Halle widerklingen.
Lange Zeit geschah nichts, dann öffnete sich die Tür einen Spalt und Wiebke Paulsen streckte den Kopf heraus.
»Ja bitte?«, fragte sie mit einem Blick auf Frau Wohlfarth. Dann erst entdeckte sie die Kinder und riss die Augen auf: »Was macht ihr denn schon wieder hier?«
»Ich möchte mit meinem Sohn sprechen«, sagte Frau Wohlfarth. »Und zwar sofort!«
Wiebke Paulsen blieb der Mund offen stehen.
»Aber Sie sind doch …«, stammelte sie.
»Tot? Wie Sie sehen, bin ich äußerst lebendig. Und nun machen Sie gefälligst Platz!«
Als Wiebke Paulsen immer noch wie erstarrt stehen blieb, schob die Alte sie mit ihrem Stock einfach beiseite.
»Aber Sie können hier doch nicht –«, rief die ihr hinterher.
»Und wie ich kann!«, sagte Frau Wohlfarth und stampfte dröhnend wie ein Presslufthammer durch die Lagerhalle. Dabei schlug sie mit ihrem Stock mal eben einer Puppe den Kopf ab oder spießte mit der scharfen Spitze einen puscheligen Stoffhasen auf.
»Kinderkram!«, schimpfte sie. »Albernes Zeug! Absolute Zeitverschwendung!«
Als sie in der ehemaligen Werkshalle an den zu Tischen um-

funktionierten Fließbändern vorbeikam, sagte sie höhnisch: »Was findet denn hier statt? Ein Kaffeekränzchen?«
Vor der Treppe, die zu Wohlfarths Büro führte, blieb sie stehen und drehte sich zu den Kindern um.
»Ist er etwa oben?«, fragte sie.
Emily nickte.
»Im Büro seines Vaters, nicht zu fassen!« Frau Wohlfarth schickte sich an hinaufzugehen, da wurde sie von Wiebke Paulsen angehalten. Sie hielt einen abgeschlagenen Puppenkopf in der Hand. Der Kopf hatte aufgemalte rote Bäckchen und blonde Zöpfe mit rosa Schleifen.
»Wie konnten Sie nur! Das war Grete, unser Erfolgsmodell. Sie trug ein echtes Dirndlkleid.«
Frau Wohlfarth fuhr herum. »Sie wollen doch nicht etwa behaupten, dass mein Sohn eine PUPPE«, sie spuckte das Wort fast aus, »eine Puppe nach mir benannt hat? Völlig unvorstellbar!«
»Stimmt, ich kann mir auch nicht vorstellen, dass man irgendetwas nach Ihnen benennen könnte«, sagte Wiebke Paulsen. »Allenfalls ein Rhinozeros«, fügte sie leise hinzu.
Inzwischen war die alte Frau vor Wohlfarths Büro angelangt. Sie machte sich nicht erst die Mühe anzuklopfen, sondern riss die Tür einfach auf.
Wohlfarth saß hinter seinem Schreibtisch, direkt unter dem Porträt seiner Mutter. Neben ihm stand Ramona Beutel und reichte ihm gerade eine Akte. Auf einem Stuhl in der Ecke lümmelte Sven-Ole und las in einem Erziehungsratgeber. »Ich hab da mal 'ne Frage: Können sich Eltern, die sich mit ihrer Tochter verkracht haben, überhaupt mit ihr aussöhnen?« Er

wieherte los, doch als sein Blick auf die alte Frau Wohlfarth fiel, erstickte sein Lachen in einem Gurgeln.
Es ist wie in einem Film, wenn man auf die Stopptaste drückt, dachte Emily.
Alle verharrten mitten in ihren Bewegungen und starrten die Gestalt an, die da in der Tür stand.
Der Erste, der sich rührte, war Sven-Ole. Er blickte von der alten Frau zu dem Bild über Wohlfarths Schreibtisch und wieder zu ihr zurück.
Wohlfarth war kreideweiß geworden. »Mutter, du ... Was tust du hier?«
Frau Wohlfarth machte einen Schritt auf ihren Sohn zu und stützte sich mit beiden Händen auf dem Schreibtisch auf. Ihr Kopf mit der Papageiennase schoss nach vorn. »Du sitzt also im Vorstand der größten Bank von New York, ja? Du bist verlobt mit der Tochter des Eigentümers, ja? Du verbringst deine Freizeit in einem exclusiven Golfklub, ja?«
Bei jedem Ja zuckte Wohlfarth zusammen. Insgesamt also dreimal. Ramona Beutel war nur einmal zusammengezuckt, und zwar bei dem Wort »verlobt«.
»Hab ich dir beigebracht, so zu lügen? Hab ich dir beigebracht, die eigene Mutter so zu hintergehen, sprich!«
»Ich wollte dich nicht enttäuschen, Mutter«, sagte Wohlfarth mit zittriger Stimme. »Ich wusste doch, dass du das alles hier«, er breitete die Arme aus, »nicht billigen würdest. Du hast ja nie etwas von Spielzeug gehalten.«
»Aus gutem Grund. Kinder sollen nicht spielen, sie sollen lernen«, fauchte Frau Wohlfarth. »Damit aus ihnen später keine Versager werden wie du!«

»Ich hab noch nicht einmal einen Teddy besessen«, sagte Wohlfarth leise.
»Hast du doch. Deine Tante hatte dir einen geschenkt, aber ich hab ihn weggeworfen«, sagte die alte Frau.
Wohlfarth sprang auf. »Jetzt erinnere ich mich. Er hatte so lustige Knopfaugen und war ganz weich. Ich hatte ihn mit ins Bett genommen und du hast ihn mir weggenommen! Du bist schrecklich ... DU BIST DIE SCHRECKLICHSTE MUTTER DER WELT!«
Frau Wohlfarth holte aus und versetzte ihrem Sohn eine schallende Ohrfeige. Der sank in seinem Stuhl zusammen und fing bitterlich an zu weinen. Ramona Beutel stand neben ihm und strich ihm unbeholfen über die Schulter, während die alte Frau eine Schimpfkanonade über ihn ergehen ließ. Von den Ausdrücken, die auf ihn niederprasselten, waren »Versager«, »Schwachkopf« und »Waschlappen« noch die harmlosesten.
Sven-Ole winkte den Kindern zu und sie verließen Wohlfarths Büro.
Wiebke Paulsen, die die ganze Zeit vor der Tür stehen geblieben war, fragte entsetzt: »Träum ich oder ist das alles wahr?«
»Scheint wohl wahr zu sein«, sagte Sven-Ole.
»Das soll die beste Mutter der Welt gewesen sein? Das ist doch ein Monster!«
»Wo sind unsere Mütter?«, fragte Emily, als sie wieder in der Werkshalle standen.
Wiebke Paulsen sah auf die Uhr. »Kruschke hat heute den Nachmittagsunterricht übernommen. Er wollte mit ihnen an

den Strand, Drachen bauen und sie dann steigen lassen. Wohlfarth meinte, das sei einfacher als die ewige Modellflugzeugbastelei. Eigentlich müssten sie längst zurück sein.«

»Ich fühle mich ein bisschen wie Tom Sawyer in der Höhle«, sagte Suse, als sie die Kerze an die Bunkerwand hielt, um die Namen zu lesen, die jemand eingeritzt hatte. *Swantje und Hinnerk* stand da mit einem Herz drum rum.

»Dummes Zeug«, sagte Sofias Mutter. »Hier gibt es doch keine Gänge, in denen man sich verlaufen könnte.«

»Und keine Staladingsbumse, die von der Decke hängen«, sagte Brunos Mutter.

»Du meinst Stalagmiten«, sagte Sofias Mutter von oben herab.

»Quatsch, das sind Stalaktiten«, sagte die Ökomutter. »Stalagmiten wachsen von unten nach oben.«

Sie hielten alle Kerzen in den Händen, die sie praktischerweise am Eingang gefunden hatten, und liefen suchend in dem weitläufigen Inneren des Bunkers herum.

»Na, hast du den Schatz schon entdeckt?«, rief die Ökomutter der Klammermutter zu, die mit einer Kerze den Boden ableuchtete.

»Hier ist so ein komischer Spalt«, sagte die. »Darunter könnte was versteckt sein.«

»Unsinn, hier sind überall Risse und Spalten«, sagte die misstrauische Mutter, die gerade mit spitzen Fingern eine vergammelte Matratze hochhob, aber außer Kellerasseln nichts fand.

Auch die Suche der anderen nach dem vermeintlichen Schatz verlief erfolglos.

»Ich hab Hunger«, sagte Brunos Mutter. »Kruschke hat doch gesagt, dass Wohlfarth und die anderen mit dem Essen nachkommen. Vielleicht sind sie ja schon da.«
»Bestimmt hat Wiebke Paulsen Apfelkuchen gebacken«, sagte die Klammermutter. »Ich liebe ihren Apfelkuchen.«
»Und das Silberbesteck?«, fragte die misstrauische Mutter.
»Ich esse den Kuchen auch mit der Hand«, lachte Suse.
»Na dann, nichts wie raus hier!«, rief Sofias Mutter.
Die schwere Holztür des Bunkers stand nur zur Hälfte auf, doch jetzt schob sich eine dunkle Gestalt vor die Öffnung. Dann hörten die Mütter ein Krachen und plötzlich herrschte bis auf das Licht der Kerzen völlige Finsternis.
»Die Tür ist zu«, sagte Suse erstaunt.
Sofias Mutter lief vor und rüttelte daran. »Sie ist abgeschlossen.«
»Quatsch«, sagte Brunos Mutter. »Die klemmt bloß. Lass mich mal, mein Boxtraining hat mir richtig Kraft gegeben.«
Aber alles, was sie erreichte, war eine Prellung am Oberarm.
»Kruschke!«, schrie sie. »Kruschke, machen Sie auf, das ist nicht komisch!«
Nichts geschah. Die anderen kamen näher, drängten sich an die Tür, klopften, riefen. Vergebens.
»Vielleicht gehört das zum Unterricht«, sagte die Ökomutter. »Wir sollen lernen, wie man sich in so einer Situation verhält.«
»Und wie soll man sich verhalten, deiner Meinung nach?«, sagte die Klammermutter ärgerlich. Sie hatte sich so auf ein Stück Kuchen gefreut und keine Lust auf solche Spielchen.
»Auf keinen Fall die Nerven verlieren«, sagte Sofias Mutter.

»Wenn wir ganz ruhig bleiben, kann uns überhaupt nichts passieren.«

»Immerhin müssen wir nicht verdursten«, sagte Brunos Mutter. »Wasser ist ja genug da.« Sie zeigte auf eine Wand, von der es heruntertröpfelte.

»Allerdings«, sagte Suse. »Meine Füße sind schon ganz nass.«

Und jetzt bemerkten es die anderen auch. Der Boden des Bunkers war feucht. An einigen Stellen bildeten sich Pfützen, die langsam größer wurden.

»Es kommt unter der Tür durch«, sagte Sofias Mutter.

»Soll das heißen, dass das Ding hier voll Wasser läuft?«, rief Brunos Mutter entsetzt.

»Blödsinn«, sagte die Ökomutter. »Die haben den Bunker doch damals nicht so gebaut, dass der bei Flut unter Wasser steht. Wir kriegen nasse Füße, das ist alles.«

20. KAPITEL

Bruno, Sofia und Emily liefen den Strand entlang. Niklas war bei Wiebke Paulsen zurückgeblieben, die ihm gebratenen Fisch vom Mittag aufwärmte. Emily hatte keinen Hunger gehabt, sie war zu unruhig. Irgendetwas stimmte nicht, das spürte sie. Wo steckten die Mütter bloß?

An einigen Stellen waren im Sand noch ihre Fußabdrücke zu sehen, die von der Flut jedoch langsam überspült wurden. Von ihnen selbst war weit und breit keine Spur.

»Man müsste doch wenigstens ein paar Drachen in der Luft sehen«, sagte Bruno.

»Vielleicht waren sie zu doof, welche zu bauen«, sagte Sofia.

»Kommt, wir steigen auf die hohe Düne da vorn«, schlug Emily vor, »von da sieht man sicher was.«

Sie kraxelten eine Düne hinauf und sahen nur noch mehr Dünen und sonst gar nichts.

Sofia ließ sich rücklings in den weichen, warmen Sand fallen und hielt ihr Gesicht in die Sonne, das sollte ja angeblich gut gegen Pickel sein. Sie schloss die Augen. »Die tauchen schon wieder auf, so viele Frauen können schließlich nicht einfach verloren gehen«, murmelte sie.

Emily setzte sich neben Sofia und schüttelte den Sand aus den Falten ihres Rockes. »Aber Frau Paulsen hat gesagt, dass sie längst zurück sein müssten. Vielleicht haben sie eine Wattwanderung gemacht und sind von der Flut überrascht worden.«
Bruno gähnte. »Kruschke war doch dabei, der kennt sich bestimmt mit den Gezeiten aus.«

Kruschke kannte sich allerdings mit den Gezeiten aus. Nachdem er die Tür zum Bunker abgeschlossen hatte, schaute er auf die Uhr. In einer guten Stunde würde der Bunker vollgelaufen sein. Im Laufe der letzten fünfzig Jahre hatten Ebbe und Flut an der Nordspitze der Insel genagt und den Bunker, der ursprünglich einmal mitten in den Dünen gelegen hatte, immer näher ans Meer gerückt.
Was das genau bedeutete, würden die Damen bald am eigenen Leib erfahren. Wenn Wohlfarth beim Abendessen das Verschwinden seiner Schülerinnen bemerkte, wäre es für sie bereits zu spät.
Er fühlte sich völlig unschuldig. Hatte er die Mütter etwa dazu aufgefordert, im Bunker herumzuschnüffeln? Nein. Nur ihre Gier, diese typisch weibliche Gier nach Geld und Glitzer hatte sie dahinein und mitten in ihr Verderben getrieben.
In der Fabrik würde er erzählen, dass sie ihn weggeschickt hätten, um sich mal ohne Lehrkörper zu vergnügen. Erst nach Mitternacht, wenn das Wasser abgelaufen war, konnte man den Bunker wieder betreten. Dann würde er der Erste an der Tür sein – jeder auf Nordfall wusste, dass sie klemmte, aber keiner wusste, dass er den Schlüssel zu ihr besaß – und sie un-

bemerkt aufschließen. Bedauerlicherweise wäre dann keine der törichten Frauen mehr am Leben.
Um keine war es schade. Keine war darunter, die ihn jemals ernst genommen hätte. Nur eine gab es, die ihn respektierte und bewunderte. Nur eine! Und zu der wollte er jetzt. Er wollte ihr sagen, dass der Sieg ganz nah war, zum Greifen nah!
Er nahm nicht den Weg zurück am Strand, sondern wählte die Abkürzung durch die Dünen.

Bruno war auf die nächstgelegene Düne gestiegen und sah sich suchend um. Er musste mal und wollte nicht, dass ihn die Mädchen dabei beobachteten. Er hatte gerade eine geeignete Stelle gefunden, als jemand an ihm vorbeieilte. Das war doch Kruschke! Sollte der nicht bei den Müttern sein?
Er wollte schon »Hallo!« rufen, besann sich aber und lief stattdessen zurück zu den Mädchen.
»Ich hab Kruschke gesehen!«, rief er ihnen zu. »Aber er ist allein.«
»Dann gehen wir ihm nach«, sagte Emily. »Er muss wissen, wo unsere Mütter sind.« Ihr Herz begann wie wild zu klopfen.
Sofia richtete sich auf und blies sich die Haare aus der Stirn. »Ich weiß zwar nicht, was das bringen soll, aber von mir aus.«
»Möchtest du deine Mutter nicht wiedersehen?«, fragte Emily erstaunt.
»Doch, schon, aber auf die paar Stunden kommt's jetzt auch nicht an.«
Emily hatte das Gefühl, dass es sehr wohl darauf ankam.

Im Bunker stand das Wasser bereits dreißig Zentimeter hoch und es stieg weiter. Die Mütter hatten sich in den hinteren Teil zurückgezogen, wo der Boden ein gutes Stück höher war als an der Tür, und kauerten sich eng aneinander.
»Hey, schubs nicht so!«, »Ich will auch einen Platz!«, »Wer drängelt, fliegt raus!«, »Haha, guter Witz«.
Die Kerzen hatten sie auf kleine Mauervorsprünge geklebt. Es gab keinen Luftzug in diesem Verlies, sie brannten ruhig, aber auch erschreckend schnell herunter.
»Ich will hier raus!«, jammerte die Klammermutter. »Ich will nach Hause zu meinem kleinen Timmy! Bestimmt vermisst er mich ganz schrecklich.«
»Glaub das bloß nicht. Unsere Kinder scheinen doch sehr gut ohne uns zurechtzukommen«, sagte die Ökomutter bitter. »Sonst hätten sie vielleicht nach uns gesucht.«
»Das haben sie ja«, sagte Suse leise.
Alle drehten sich zu ihr um. Im Kerzenlicht sah ihr Gesicht gespenstisch blass aus.
»Meine Emily war hier.«
»Das träumst du wohl«, sagte Sofias Mutter abfällig.
»Zusammen mit Bruno, Sofia und Niklas.«
»Was?«, schrie Brunos Mutter auf. »Wann? Warum?«
»Sofia und Niklas? Hier? Das glaub ich nicht«, sagte Sofias Mutter und schüttelte den Kopf.
»Ich hab es auch nicht richtig verstanden, wir hatten viel zu wenig Zeit, um miteinander zu reden. Aber über die Annas haben sie herausgefunden, wo wir stecken.«
»Annas? Du meinst die Betreuerinnen, die auf unsere Kinder aufpassen, solange wir hier sind?«, sagte die Ökomutter.

»Betreuerinnen? Von wegen!« Suse lachte höhnisch. »Wisst ihr, was das sind? Das sind Roboter! Ihr habt doch die Puppen gesehen, die überall in der Fabrik rumstehen und die sprechen, weinen, lachen und rülpsen können. Kruschke hat sie einfach in groß hergestellt und auf unsere Kinder losgelassen.«

Nun redeten die Mütter alle durcheinander und bemerkten kaum, dass das Wasser die Anhöhe umspülte und bereits an ihren Füßen leckte.

»Emily, Bruno und Sofia haben das unabhängig voneinander rausbekommen und auch, dass die Puppen aus Wohlfarths Fabrik stammen. Und dann sind sie hergekommen.«

»Und?«, fragte Sofias Mutter.

»Wohlfarth hat ihnen erzählt, wie toll hier alles ist, und sie wieder weggeschickt. Aber sie sind misstrauisch geworden und noch einmal zurückgekehrt.«

»Und Niklas war immer dabei?«, fragte Sofias Mutter entsetzt. »Der braucht doch seinen Mittagsschlaf.«

»Er machte aber einen ziemlich ausgeschlafenen Eindruck auf mich«, sagte Suse. »Ein netter Junge.«

»Ja, nicht wahr?« Sofias Mutter lächelte stolz.

»Und deine Sofia ist ein ganz patentes Mädchen.«

»Findest du? Das wäre mir neu.«

»Nun erzähl doch schon, was dann geschah«, drängte Brunos Mutter. »Wie geht es Bruno?«

»Dem geht's gut, bis auf dass er immer seekrank wird. Na, ich wollte dann mit den Kindern zurück ans Festland. Aber das Tor im Zaun war geschlossen, also haben wir es am Strand versucht, da, wo der Zaun ins Meer reicht. Und als wir es schon fast geschafft hatten, durchs Wasser um den Zaun he-

rumzuwaten, riss es Emily die Beine weg. Als ich ihr zu Hilfe kommen wollte, wurde ich von der Flut abgetrieben. Wenn Kruschke nicht gewesen wäre …« Sie verstummte.
»Deine Bauchschmerzen waren also gar nicht echt?«, fragte die Ökomutter.
»Nein, ich wollte weg. Ich wollte die ganze Zeit weg.«
»Wir waren ja auch nicht gerade nett zu dir«, sagte die Klammermutter kleinlaut.
»Ist doch jetzt egal«, sagte Suse. »Das Dumme ist nur, dass jetzt niemand da ist, der dem Schwein das Handwerk legt.«
»Welchem Schwein?«, fragte eine.
»Na, Kruschke natürlich.«
»Ich denke, er hat dich gerettet?«, fragte die Klammermutter begriffsstutzig. »Wie kann er da ein Schwein sein?«
»Das werdet ihr schon noch merken«, sagte Suse. »Wenn ihr mich fragt, dann will der uns hier drin ersäufen wie junge Katzen.« Und dann fing die Heulsuse vor Verzweiflung an zu lachen. Ihr Lachen hallte von den Betonwänden wider und den anderen Müttern lief es eiskalt den Rücken herunter.

Kruschke ging ohne jede Hast auf die Fabrik zu. Die Kinder hatten keine Mühe, ihn einzuholen.
»Hallo!«, rief Bruno, als Kruschke gerade in einer Seitentür verschwinden wollte. »Warten Sie!«
Kruschke drehte sich um. Sein Gesicht war hochrot.
Es könnte die Hitze sein oder … Wut, dachte Emily.
»Nanu, ihr schon wieder«, sagte Kruschke. »Solltet ihr nicht längst zu Hause sein?«
»Wo sind unsere Mütter?«, fragte Sofia statt einer Antwort.

»Irgendwo am Strand«, sagte Kruschke. »Sie hatten keine Lust darauf, Drachen zu bauen, und haben mich weggeschickt. Aber sie kommen bestimmt gleich zurück. Es gibt ja bald Abendessen.«

Er betrat einen kleinen Raum, bei dem es sich offenbar um seine Werkstatt handelte. Auf einem Tisch lag ein lächelnder Kopf. Er sah aus wie skalpiert, denn ihm fehlte die Schädeldecke, bunte Drähte und Platinen quollen heraus. Daneben lagen ein paar Arme und Beine, in einer Schale ruhten Augen.

»Glasaugen aus Lauscha, das Beste, was es auf dem Markt gibt«, sagte Kruschke. »Nicht dieser Plastikmüll, den sie einem überall andrehen. Und seht ihr hier ...« Er zeigte auf ein Bein. »Silikon, lebensecht. Man sieht sogar die Adern durchschimmern. Wenn es sein muss, sogar Krampfadern.« Er kicherte leise, dann zog er ein Schlüsselbund aus der Hosentasche und öffnete einen Schrank, in dem der mit einem geblümten Kleid bekleidete, kopflose Körper einer Frau stand. Er hob vorsichtig den Kopf vom Tisch und setzte ihn auf den Körper, dann nahm er eine braunhaarige Perücke von einem Ständer und stülpte sie über den Kopf. Schließlich zupfte er sorgfältig die Haarsträhnen zurecht, dabei murmelte er vor sich hin: »So, nun bist du wieder hübsch, mein Mädchen. Aber nicht nur das, spürst du schon, wie Gefühle durch deinen Körper strömen? Freude und Schmerz, Glück und Verzweiflung, Liebe und Hass! Und wem hast du das alles zu verdanken? Ganz allein mir, deinem Schöpfer!«

Die Kinder sahen sich an. Der Mann war verrückt! Er musste verrückt sein.

Bruno räusperte sich verlegen.

Kruschke drehte sich um. »Das ist Sarah. Ist sie nicht wunderschön?« Er strich ihr über die Wange. »Und so klug! Sie besitzt das umfassendste Wissen der ganzen Welt. Es gibt nichts, auf das sie keine Antwort weiß. Probiert es nur aus. Fragt sie was.«

Er griff nach einer Fernsteuerung, die nicht größer als ein Feuerzeug war, und drückte auf einen Knopf. Sarah schlug die Augen auf. »Ich weiß alles, ich bin so klug«, zwitscherte sie.

»Wann und wie hat Muhammed Ali seinen Weltmeistertitel zurückgeholt?«, fragte Bruno.

»Muhammed Ali hat am 30. Oktober 1974 in der letzten Minute der achten Runde George Foreman mit zwei schnellen Links-Rechts-Kombinationen zu Boden geschickt.«

»Boah! Das stimmt!«, rief Bruno. »Das war vielleicht ein Kampf, sag ich euch.«

Sofia verdrehte genervt die Augen.

»Wollt ihr noch was wissen?«, fragte Kruschke.

»Wo ist meine Mutter?«, sagte Emily.

»Mutter ist das Gegenstück einer Schraube. Man unterscheidet Vierkantmutter, Rohrmutter, Kreuzlochmutter, Ringmutter, Rändelmutter, Flügelmu…«

»Aufhören!«, rief Emily. »Ich meine doch nicht irgendwelche Schrauben. Ich will wissen, wo meine Mutter ist!«

»Hutmutter, Käfigmutter, Bundmutter …«, fuhr Sarah ungerührt fort, bis Kruschke sie mit einem Knopfdruck zum Schweigen brachte.

»Deine Mutter sitzt bestimmt schon mit den anderen beim Abendessen«, sagte Kruschke. »Wir gehen mal schauen.«

Er öffnete eine weitere Tür, die in einen staubigen Gang führte,

von dort gelangten sie in die ehemalige Fertigungshalle, in der Wiebke Paulsen gerade Teller und Gläser auf die Tische stellte. Niklas verteilte eifrig das Besteck.
»Wo haben Sie bloß gesteckt, Kruschke?«, sagte sie ungehalten. »Hier ist der Teufel los.«
»Was ist denn passiert?«
»Wohlfarths Mutter ist von den Toten auferstanden«, sagte Wiebke Paulsen. »Da hätte sie allerdings besser bleiben sollen.«
»Unsere Mütter sind nicht hier?«, fragte Emily.
»Nein, natürlich nicht, ich dachte, sie wären mit Kruschke zusammen.« Wiebke Paulsen schien verwirrt.
Ramona Beutel stürzte in den Aufenthaltsraum. »Die Schule wird aufgelöst!«, schluchzte sie. »Wir sind alle entlassen!«
Ihr folgte Sven-Ole. »So 'n Mist, ich hab keinen Bock mehr auf Schafe. Der Job hier war echt okay.«
»Wo sind unsere Mütter?«, schrie Emily.
»Na, die sind doch mit Kruschke –« Sven-Ole drehte sich um. »Wo ist der denn, eben war er noch hier.«
»Wir müssen ihn suchen!«, rief Emily. »Bestimmt hat er ihnen was angetan.«
»Kruschke?« Wiebke Paulsen schüttelte den Kopf. »Der doch nicht, der kann keiner Fliege was zuleide tun.«
»Der hat nur seine Puppen im Kopf«, fügte Sven-Ole hinzu. »Aber macht euch keine Sorgen, ich finde eure Mütter. Weit können sie ja nicht sein.«
Doch Emily war schon aus der Tür und auf dem Weg in die Lagerhalle. Sofia und Bruno liefen ihr hinterher.
»Warte!«, rief Bruno. »Was kann Kruschke denn schon ge-

macht haben? Ein Mann gegen siebzehn Frauen, wie soll das gehen?«

Aber Emily hörte nicht auf ihn. Sie rannte an den Regalen vorbei, stolperte über einen auf dem Boden liegenden Teddy, hielt sich an einem Stapel Paletten fest und sah hinter einem Regal ein Paar Hosenbeine verschwinden.

»Da ist er!«, rief Emily Bruno und Sofia zu.

Kruschke lief zu dem abgetrennten Bereich, in dem er seine Annas abgestellt hatte. Mit einer schnellen Bewegung riss er den Plastikvorhang beiseite.

»Halt!«, schrie Emily. »Bleiben Sie stehen!«

Aber Kruschke achtete nicht auf sie. Er verschwand hinter seinen Puppen. Die Kinder hörten ein Rascheln, dem folgte ein metallisches Klicken …

Und dann traten sie hervor. Elf lächelnde Tante Annas, überaus adrett in ihren hellblauen Strickjäckchen, und jede hatte einen Revolver in der Hand.

21. KAPITEL

Die Mütter bekamen es mit der Angst zu tun.
Das Wasser stieg jetzt immer schneller. Sie versuchten auszuweichen, aber hinter ihnen war nur nackter kalter Beton. Da hockten sie nun mit angezogenen Knien, durchnässten Hosenbeinen oder triefenden Rocksäumen.
Die ersten Kerzen waren bereits erloschen. Es wurde dunkler. Dunkler und kälter.
»Wann hat die Flut ihren Höchststand erreicht?«, fragte Sofias Mutter.
»Keine Ahnung«, sagte Suse. »Gestern Vormittag konnte ich noch trockenen Fußes um das Ende des Zaunes herumgehen, später am Nachmittag dann nicht mehr.«
»Vergehen zwischen Hoch- und Niedrigwasser nicht immer zwölf Stunden?«, fragte die Klammermutter und schrie auf, als kaltes Wasser in ihre Schuhe schwappte.
»Die Frage ist doch, wie weit das Wasser im Bunker steigt«, sagte die Ökomutter. »Vielleicht geht es uns ja nur bis zum Bauch.«
Sofias Mutter nahm eine Kerze und hielt sie dicht an die Betonmauer. Dann stöhnte sie auf. »Der Wasserstand reicht bis

kurz unter die Decke. Man kann es deutlich an der dunklen Verfärbung sehen.« Sie fuhr mit dem Finger darüber. »Und spüren. Das ist noch die Feuchtigkeit von der letzten Flut.«

»Aber dann müssen wir ja ertrinken!«, sagte die Klammermutter erstaunt.

»Blödsinn«, sagte Brunos Mutter. »Die vermissen uns doch längst.«

»Sind bestimmt schon auf der Suche«, sagte die Ökomutter.

»Aber außer Kruschke weiß doch niemand, wo wir sind«, sagte Suse. »Und der wird es keinem verraten.«

»Du meine Güte, dieser Mann hat ein Rad ab, ja, aber er ist doch völlig harmlos«, sagte Sofias Mutter und zeigte der Heulsuse einen Vogel. »Du reimst dir da irgendwas zusammen.«

»Genau«, pflichtete eine andere ihr bei. »Er hat doch gesagt, wir sollen aufpassen, weil die Tür klemmt. Der Wind muss sie zugedrückt haben.«

»Keine Tür kann so klemmen, dass siebzehn Frauen sie nicht mit vereinten Kräften aufbekommen würden«, sagte Suse. »Ich bin sicher, Kruschke hat uns eingeschlossen.«

»Warum sollte er das tun?«, fragte die Ökomutter. »Was hat er davon?«

»Wenn ich das wüsste«, sagte Suse.

Emily rieb sich die Augen. Was sie sah, war wie eine Szene aus einem Film. Zudem noch aus einem Film, den sie sich freiwillig bestimmt nie anschauen würde.

Da standen elf Tante Annas und hielten Revolver auf sie gerichtet. Nicht nur auf Emily, Bruno und Sofia, sondern auch

auf Wiebke Paulsen, Niklas und Ramona Beutel, die sich auf den Entsetzensschrei von Emily hin eingefunden hatten.
Kruschke hatte sich vor seinen Geschöpfen aufgebaut und sein linkes Auge wanderte von einem zum anderen, während das rechte starr geradeaus blickte.
»Wenn ihr nicht alle sofort von hier verschwindet, gibt's ein Unglück!«, sagte er drohend.
»Mensch, Kruschke, was soll das?«, fragte Wiebke Paulsen. »Das meinen Sie doch nicht ernst.«
»Und wie ich das ernst meine!«
Das »Tock, tock« eines Krückstocks war zu hören. Frau Wohlfarth kam die Treppe herunter. Hinter ihr, in ungewohnt geduckter Haltung, erschien ihr Sohn, Henry den Vierten auf dem Arm.
Als er die alte Frau sah, zuckte Kruschke kaum merklich zusammen.
»Kruschke, Sie sind ein Idiot!«, schmetterte sie ihm entgegen. »Waren Sie schon immer. Mein Mann hätte Sie damals rausschmeißen sollen, als Sie ihm die halbe Fabrik abgefackelt haben.«
Kruschke tippte auf sein rechtes Auge. »Das hab ich dabei verloren, und zwar nur, weil der Geizhals für seine Patronen billiges Schwarzpulver aus China verwendet hat.«
»Dummes Zeug! Für seine Erfindungen auf dem Gebiet der Schnellfeuermunition ist mein Mann mehrfach ausgezeichnet worden.«
»Seine Erfindungen? Von wegen!«, schrie Kruschke. »Die stammten alle von mir!«
»Pah!«, machte Frau Wohlfarth abfällig.

»Für die Explosion konnte Kruschke wirklich nichts, Mutter«, wagte Wohlfarth einzuwenden. »Das Pulver hat sich selbst entzündet.«

»Sei still, du hast überhaupt nicht mitzureden«, sagte die alte Frau und zielte mit dem Stock auf Kruschke. »Wenn hier jemand verschwindet, dann sind Sie das. Und Ihre Püppchen –«, sie zeigte auf die Annas, »Ihre Püppchen können Sie von mir aus gleich mitnehmen.«

Kruschke trat dicht an die alte Dame heran. »Mein ganzes Leben lang hab ich mich von Ihresgleichen herumkommandieren lassen. Erst von Ihrem Mann, dann von Ihrem Sohn. Jetzt ist Schluss damit!« Er drückte auf einen Knopf seiner Fernsteuerung und die Annas traten nach vorn, streckten die Revolverhand aus und kniffen die Augen zusammen, wie um ihr Ziel zu fixieren. Kruschkes Stimme wurde hoch und schrill: »Menschen wie Sie wird es in Zukunft nicht mehr geben, denn meine Püppchen werden die Welt revolutionieren!«

Die Kinder wichen zurück. Ramona Beutel klammerte sich an Wiebke Paulsen. Niklas hatte sich hinter Sofia versteckt.

»Sie mit Ihrer albernen Mütterschule«, spuckte Kruschke mit einem Blick auf Wohlfarth. »Sie glauben doch wohl nicht im Ernst, dass Sie aus all diesen eitlen, dummen, verantwortungslosen Frauen gute Mütter machen können? Meine Annas dagegen sind perfekt. Sie sind unbegrenzt lernfähig und eines Tages, eines Tages werden sie sich auch fortpflanzen können und dann wird die Welt endlich so sein, wie ich sie mir vorstelle!«

»Er ist wahnsinnig«, flüsterte Wiebke Paulsen. »Komisch war er ja immer schon, aber jetzt …«

Sofia holte tief Luft und machte einen Schritt auf Kruschke zu. »Von wegen perfekt! Unsere Tante Anna war einfach nur grässlich. Sie hat Niklas Katzenfutter gegeben und sie hat ihm Angst gemacht. Ich will zu meiner Mutter, sofort!«
»Ich auch!«, sagte Emily.
»Ich auch!«, sagte Bruno.
Kruschke lachte höhnisch. »Zu euren Müttern wollt ihr? Tut mir sehr leid, aber das ist leider nicht möglich.« Er schaute auf die Uhr. »Denen dürfte nämlich das Wasser mittlerweile bis zum Halse stehen, wie man so schön sagt.«
»Was haben Sie mit meinen Schülerinnen gemacht?«, rief Wohlfarth außer sich.
»*Ich* hab mit denen gar nichts gemacht«, sagte Kruschke. »Sind neugierig gewesen wie alle Weiber, kann nichts dafür, dass sie ihre Nase in Dinge stecken mussten, die sie nichts angehen.«
»Was meinen Sie damit?«, fragte Wiebke Paulsen. Und mit einer plötzlichen Ahnung stieß sie hervor: »Doch nicht etwa den Bunker?«
»Oh Gott!«, rief Ramona Beutel und schlug sich die Hand vor den Mund.
Emily sah sie mit vor Angst geweiteten Augen an. »Was bedeutet das?«
»Nichts«, sagte die alte Frau Wohlfarth. »Der Bunker ist doch längst abgesoffen.« Aber niemand beachtete sie.
»Wir müssen die Wasserwacht verständigen, sofort!«, schrie Wohlfarth und lief auf einen altmodischen Telefonapparat zu, der an der Wand hing.
Wieder drückte Kruschke auf seine Fernsteuerung. Ein Schuss

fiel. In der riesigen Halle klang er wie eine Explosion. Wohlfarth blieb auf der Stelle stehen. Fassungslos starrte er auf seinen Arm, in dem er immer noch Henry den Vierten hielt. Sein Jackettärmel hatte ein sauberes Loch. Den Hund hatte es allerdings schlimmer getroffen.

»Henry!«, kreischte Frau Wohlfarth. »Mein armer Henry!«

Die Kugel hatte das kleine Zöpfchen des Pekinesen und einen Teil der Haare darunter sauber abrasiert.

»Weg vom Telefon!«, befahl Kruschke. »Wie Sie sehen, können die Damen hier gut zielen.«

Während Kruschke Wohlfarth im Auge behielt, versuchte Bruno unbemerkt an die Außentasche seines Rucksacks zu gelangen, den er über der Schulter trug.

»Aber man muss doch etwas tun!«, rief Ramona Beutel völlig aufgelöst.

Kruschke fuhr herum. »Noch ein Wort und …« Er drückte auf einen Knopf und eine der Annas trat an die Beutel heran und hielt ihr mit einem Lächeln den Revolver auf die Brust.

»So nehmen Sie doch Vernunft an, Kruschke! Sie können uns nicht alle erschießen«, sagte Wiebke Paulsen, die selbst in dieser Situation rein praktisch dachte.

Wieder lachte Kruschke. »Ich? Ich erschieße hier niemanden. Bedauerlicher Programmierungsfehler, so was kann schon mal passieren.«

»Wir können bezeugen, dass Sie –«, begann Wiebke Paulsen, doch Kruschke ließ sie nicht ausreden. »Bezeugen kann hier keiner was, weil ich diesem Spuk jetzt ein Ende setze.«

Er wollte wieder auf einen Knopf drücken, doch dann geschah etwas Seltsames. Immer noch selig lächelnd ließen die Annas nacheinander die Revolver fallen und begannen sich im Kreis zu drehen. Kruschke stürzte auf Bruno zu und riss ihm seine Fernbedienung aus der Hand. »Das könnte dir so passen, Freundchen.«

»Und wie das passt!«, sagte Bruno und platzierte einen rechten Haken genau auf Kruschkes Nase.

Und dann passierte alles gleichzeitig: Kruschke ging zu Boden, die alte Frau Wohlfarth schlug mit ihrem Stock auf die sich im Kreis drehenden Annas ein, Bruno schüttelte seine schmerzende Hand, Henry der Vierte pinkelte vor Schreck Wohlfarth auf den Arm und Wiebke Paulsen rief nach einem Blick auf Kruschke: »Er ist ohnmächtig, Wasser, schnell!«

Ramona Beutel sagte begriffsstutzig: »Geschieht ihm doch nur recht, wenn er jetzt da liegt.«

Wiebke Paulsen tippte sich nicht sehr höflich an die Stirn. »Er muss uns doch noch sagen, was er mit den Müttern gemacht hat.«

Sie lief los, kehrte mit einem Eimer Wasser zurück und schüttete ihn Kruschke ins Gesicht. Der gurgelte und spuckte und öffnete erst sein echtes, dann sein künstliches Auge. »Sarah«, murmelte er. »Sarah, wo bist du?«

Wohlfarth hatte sich inzwischen des Hundes entledigt und war ans Telefon geeeilt. »Was? Aber das kann doch nicht ... wir brauchen Hilfe, sofort! Ja, ich verstehe ... aber beeilen Sie sich.«

Er legte den Hörer auf. »Die Wasserwacht kann nicht auslaufen. Das Boot hat einen Motorschaden. Frühestens in zwei Stunden kann jemand hier sein.«

»Wie spät ist es jetzt genau?«, fragte Wiebke Paulsen.
»Es ist genau neunzehn Uhr und siebenunddreißig Minuten mitteleuropäischer Sommerzeit«, antwortete eine leicht scheppernde Stimme.
Aus Kruschkes Werkstatt trat eine Frau in einem geblümten Kleid.
»Prototyp 3131!«, rief Wohlfarth. »Ich dachte, die sei ertrunken.«
Die Frau kam näher und blieb vor Kruschke stehen.
»Hilf mir, Sarah, gib mir den Revolver da!«, rief Kruschke verzweifelt, und ehe einer der Umstehenden es verhindern konnte, hatte Sarah sich gebückt und einen der Revolver aufgehoben.
»Gib ihn mir!« Kruschke richtete sich auf. »Denk daran, was ich dir beigebracht habe«, sagte er beschwörend.
»Ich liebe dich, du bist ein schöner Mann, ich liebe dich, du bist ein schöner Mann, ich lie...«
»Her mit dem Ding!«, schrie Kruschke. Sarah streckte die Hand aus. »Bitte schön!«, sagte sie freundlich, schlug ihm den Revolver auf den Kopf und Kruschke ging zum zweiten Mal zu Boden.
In diesem Moment stürzte Sven-Ole in die Halle. »Ich hab alles abgesucht, den ganzen Strand, die Dünen, nichts!«, stieß er atemlos hervor.
»Wahrscheinlich sind sie im Bunker«, sagte Wiebke Paulsen tonlos. »Und der läuft gerade voll Wasser.«
Sven-Ole riss entsetzt die Augen auf. »Ach herrje, so eine Schei...«
»Bunker sind geschützte Bauwerke, welche die Insassen vor

der Einwirkung von Waffen schützen sollen. Sie sind meistens aus Beton oder Stahl gebaut«, leierte Sarah herunter.
»Sei still, du dusslige Pute!«, rief die alte Frau Wohlfarth und erhob ihren Stock.
Bruno fiel ihr in den Arm. »Halt! Warten Sie!« Dann wandte er sich Sarah zu. »Was weißt du über den Bunker auf Nordfall?«
»Der Bunker auf Nordfall wurde im Zweiten Weltkrieg erbaut und diente der Beobachtung feindlicher Schiffe«, erzählte Sarah. »Von ihm aus führte ein unterirdischer Gang zum einzigen Gasthaus der Insel, über den oft Alkohol geschmuggelt wurde und –«
»Der geheime Gang! Natürlich!« Wiebke Paulsen schlug sich an die Stirn. »Dass ich da nicht gleich drauf gekommen bin. Wir müssen in den *Dünenblick*!«
»Und was wird aus Kruschke?«, fragte Ramona Beutel.
»Ich liebe dich, du bist ein schöner Mann«, zwitscherte Sarah wieder. Doch Kruschke konnte es nicht hören, er lag besinnungslos zwischen den Trümmern seiner Puppen.
»Der ist außer Gefecht gesetzt«, sagte Bruno. »Mein Finger leider auch.« Er hob seine rechte Hand hoch, von der der kleine Finger in einem unschönen Winkel abstand.
»Henry und ich werden den Herrn höchstpersönlich bewachen«, sagte Frau Wohlfarth und pikste Kruschke mit ihrem Stock in den Bauch. »Und du bleibst hier und räumst den ganzen Dreck weg, Walther«, befahl sie ihrem Sohn und zeigte auf die lose herumliegenden Arme und Beine der zerstörten Annas.
»Ich helfe ihm«, sagte Ramona Beutel schnell und warf Wohl-

farth einen aufmunternden Blick zu, aber der sah nur seine Mutter an und nickte. »Ja, Mutter, natürlich, Mutter.« Wiebke Paulsen und Sven-Ole hörten das nicht mehr, sie liefen mit den Kindern aus der Halle.

Lührsen, der Wirt vom *Dünenblick,* war nicht wenig erstaunt, als die Tür zu seinem Gastraum aufgestoßen wurde und Wiebke Paulsen mit wogendem Busen auf ihn zustürzte.
»Nanu, Wiebke, ist deinem Mann das Bier ausgegangen?«, fragte er.
»Hast du den Schlüssel zu dem unterirdischen Gang?«, rief sie. »Unsere Schülerinnen sind im Bunker eingeschlossen!«
Hinnerk, der an einem der Tische gesessen hatte, sprang auf. »Was macht ihr denn schon wieder hier?«
»Frag nicht, sondern komm mit in den Keller«, sagte der Gastwirt. »Du auch, Sven-Ole, wir brauchen kräftige Männer.«
»Und was ist mit dem da?«, fragte Wiebke Paulsen und zeigte auf eine zusammengesunkene Gestalt in der Ecke, der die Kapitänsmütze übers Gesicht gerutscht war.
»Der hat mir mein Eis geklaut!«, rief Niklas. »Und meine Mausi in den Müll geworfen!«
»Das ist Alfred«, sagte Bruno.
»Und wer ist Alfred?«, fragte Wiebke Paulsen.
»Der Butler von Frau Wohlfarth«, sagte Bruno.
»Der Chauffeur von Frau Wohlfarth«, sagte Sofia.
»Der Kapitän von Frau Wohlfarth«, sagte Emily.
»Was immer der auch sonst sein mag, jetzt ist er jedenfalls nur eins«, sagte der Gastwirt, »und zwar sternhagelvoll! Zuerst trank er Tee, dann Tee mit Rum, dann nur noch Rum.«

»Ich glaube, ich brauche jetzt auch was zur Stärkung«, seufzte Wiebke Paulsen. »Meine armen Nerven! Bring mir einen Eiergrog, Swantje. Und für den Kleinen hier eine Schokolade.«
Hinter der Theke gab es eine Klappe, die Lührsen jetzt aufzog. Eine schmale Treppe wurde sichtbar. In dem hell erleuchteten Kellerraum standen Bierfässer, Getränkekisten und allerlei Gerümpel herum.
Durch eine Tür gelangten sie in einen schmalen Flur, der an einem Flaschenregal endete.
»Und jetzt?«, fragte Sven-Ole.
»Helft mir, das Regal wegzuschieben. Mein Großvater hat es zur Tarnung hingestellt, der Gang zum Bunker ist dahinter.«
»Dann stimmt es also, dass Schnaps geschmuggelt wurde?«, fragte Sofia.
Der Gastwirt zuckte mit den Schultern und machte sich daran, vorsichtig die Flaschen aus dem Regal zu räumen. »Ist ewig her«, brummte er.
Eine Flasche zerschellte auf dem Boden.
»Pass doch auf!«, herrschte er Bruno an. »Das war ein 1969er Bordeaux.«
»Zum Teufel mit Ihrem blöden Wein«, sagte Bruno. »Unsere Mütter ertrinken vielleicht gerade!«

Noch ertranken sie nicht, aber das Wasser stand ihnen mittlerweile fast bis zum Po. Nur noch eine der Kerzen brannte, aber auch deren Licht wurde von Minute zu Minute schwächer.
»Ich hätte netter zu Sofia sein sollen«, jammerte ihre Mutter.

»Ein Mädchen in der Pubertät braucht Verständnis und Liebe, das weiß ich jetzt. Und dabei hab ich Niklas immer vorgezogen, nur weil er so viel pflegeleichter ist.«

»Mach dir keine Vorwürfe«, sagte Suse. »Ich glaube, Kinder wissen sehr wohl, dass man sie liebt, auch wenn man sich unmöglich benimmt.«

»Unsere scheinen das ja nicht gewusst zu haben, sonst hätten sie nicht diese grässlichen Dinge über uns geschrieben«, sagte die Ökomutter bitter.

»Hast du deine Mutter früher nie verflucht?«, fragte Suse.

»Doch. An meinem ersten Schultag. Alle hatten funkelnagelneue Schultüten aus Glanzpapier mit großen Kreppschleifen und ich so eine olle, dunkelbraune, die schon ganz abgestoßen war. Meine Mutter hatte sie von Nachbarn geborgt, weil man so was doch nur einen Tag lang braucht.«

»Und wisst ihr, was meine Mutter mal gemacht hat?«, erzählte die misstrauische Mutter und krempelte die Ärmel ihrer teuren Bluse auf, die schon ganz durchnässt waren. »Nur weil ich nicht gleich meine Sachen in den Schrank geräumt habe, hat sie alles, was auf dem Boden lag, in einen Sack gestopft und in die Altkleidersammlung gegeben. Und das war eine Menge.«

»Meine Mutter war viel schlimmer«, sagte Suse. »Immer, wenn ich irgendwas mit Freunden unternehmen wollte, hat sie sich mit Migräne ins Bett gelegt und mit Leidensmiene gesagt: ›Amüsier du dich nur schön. Wie es mir geht, interessiert ja keinen.‹«

»Und meine hat auf einem Schulfest so laut gesagt, dass alle es hören konnten, ich solle ja keinen Bohnensalat essen, weil

ich sonst ständig pupsen müsste!«, berichtete die Klammermutter.
Ein einhelliges »Oh Gott!« war die Antwort und für einen kurzen Moment vergaßen die Mütter über vergangenem Leid das gegenwärtige.
Jedoch nicht lange, dann ging das Gejammere wieder los. »Meine Unterhose ist schon ganz nass!«, »Ich friere!«, »Wann holt uns hier endlich jemand raus?«.
»Wie denn?«, sagte Suse. »Der Eingang des Bunkers liegt doch jetzt im Meer.«
»Dann müssen eben Taucher kommen«, sagte Sofias Mutter.
»Tolle Idee, Madame Superschlau«, sagte Brunos Mutter abfällig. »Die kommen vielleicht hier rein, aber wie holen die uns hier raus? Ich habe nämlich keinen Taucheranzug dabei oder siehst du einen?«
»In deiner Größe dürfte so einer auch schwer zu finden sein«, gab Sofias Mutter zurück.
»Du blöde –«
»Hört auf, euch zu streiten«, sagte Suse. »Das bringt uns auch nicht weiter. Ich frage mich, ob es hier nicht einen zweiten Ausgang gibt.«
Sie erhob sich, nahm die letzte Kerze und schob sich an der rückwärtigen Wand des Bunkers entlang. Ihre Finger fuhren über glitschiges Moos, bis sie an eine rostige Stange stießen. »Hier ist was!«, rief sie. »Eine Leiter!«

Der Gang, der vom *Dünenblick* in den Bunker führte, war eng und niedrig. Noch nicht einmal Emily, die Kleinste, konnte aufrecht darin gehen. Vor allem aber war er finster.

Hinnerk lief zwar mit einer Stabtaschenlampe voran, aber deren Licht reichte immer nur ein paar Meter weit. Plötzlich bückte sich der Fischer. »Na, das is ja mal 'n Ding«, sagte er und hob eine zerdrückte Zigarettenschachtel auf. »Die Marke gibt's doch schon seit Ewigkeiten nicht mehr. Hat mein Großvater geraucht.«
»Vielleicht war er einer der Schmuggler«, sagte Bruno.
»Geschmuggelt haben damals alle«, sagte Hinnerk nur und ging weiter. »Die Schiffe kamen von Dänemark rüber, haben Schnaps und Zigaretten im Bunker abgeladen, man musste das Zeug dann nur in den *Dünenblick* schaffen.«
»Und jetzt?«, fragte Sofia. »Wird jetzt nicht mehr geschmuggelt?«
»Lohnt sich nicht«, sagte Hinnerk. »Gibt ja kaum Touristen auf der Insel, denen man Schnaps und Zigaretten verkaufen könnte. Nur noch Schafe und die trinken und rauchen bekanntlich nicht.«
»Erinnere mich bloß nicht daran«, stöhnte Sven-Ole, der den Kindern folgte. »Bald darf ich diese dämlichen Viecher wieder herumkutschieren. Die WMVA wird nämlich dichtgemacht.«
»Ach, gibt's dann keine Models mehr?«, sagte Hinnerk. »Schade.«
»Ich glaube kaum, dass Wohlfarth aus unseren Müttern Models machen wollte«, sagte Emily und musste trotz der Anspannung lachen.
»Was denn dann?«, fragte Hinnerk, doch Emily schrie auf. »Eine Ratte! Sie ist an mir vorbeigeflitzt. Ich hab ihren nackten Schwanz gespürt.«

»Ratten sind doch niedlich«, sagte Sofia. »Ich wollte mir immer eine als Haustier anschaffen, um meine Mutter zu ärgern.«
»Meine Mutter fällt schon beim Anblick einer winzigen Spitzmaus in Ohnmacht«, sagte Bruno.
»Pscht!«, machte Emily. »Hört ihr das?«
Alle blieben stehen und lauschten. Jetzt war das Geräusch ganz deutlich. Ein Klopfen.

Suse stand auf der Leiter und hämmerte an die hölzerne Luke dahinter. Schließlich gab sie erschöpft auf und stieg wieder hinunter. Hinunter ins Wasser, das ihr inzwischen bis zur Brust reichte.
»Lass mich mal!«, sagte Sofias Mutter. Sie kletterte hoch und schlug mit der Faust gegen das glitschige Holz, bis sie abrutschte.
»Hört doch auf mit dem Quatsch«, sagte die Ökomutter. »Wer soll uns denn hier hören?« Ihr stand das Wasser nur bis knapp zum Bauch, sie war die Längste von allen.
Die Klammermutter schnappte nach Luft. »Ich will hier raus, lass mich auf die Leiter!«
»Nein, mich!«, schrie eine. Und eine andere gurgelte völlig verzweifelt: »Ich hab schon Wasser geschluckt, ich ertrinke gleich!«
Auf einmal drängten sich alle Mütter um die Leiter und versuchten, Sofias Mutter herunterzuzerren, die schrie: »Haltet die Klappe! Ich hab was gehört. Da ist wer!«
»Du lügst!«, schrie die Fitnessmutter. »Du willst dich da oben nur in Sicherheit bringen. Komm sofort runter!«

In diesem Moment öffnete sich über ihr quietschend und knarrend die Luke.
»Halt dich fest, Mama«, sagte Sofia und hielt ihrer Mutter die Hand hin. »Ich hol dich hier raus.«

Klatschnass und auch sonst nicht wenig mitgenommen stieg nun eine Mutter nach der anderen auf die Leiter und kletterte durch die schmale Öffnung hindurch in den Gang.
Sofias Mutter wollte ihre Tochter gar nicht mehr loslassen. »Mein Engel! Mein Liebling! Du hast uns gerettet. Himmel, ich darf nicht dran denken, was hätte passieren können. Geht's dir gut? Was hast du mit deinen Haaren gemacht? Die sehen ja furchtbar aus.« Und dann erst fragte sie: »Wo ist Niklas?«
»Der ist bei Wiebke Paulsen gut aufgehoben«, beruhigte Sofia sie. »Und meine Haare sehen aus wie immer.«
Suse nieste mehrmals hintereinander. Emily gab ihrer Mutter ein Taschentuch. »Und ich dachte schon, du hättest meine Lüge geglaubt«, schniefte Suse. »Kruschke hat mich dazu gezwungen, sonst hätte er dich nicht aus dem Wasser gezogen.«
»Du hast geweint, als du mir Auf Wiedersehen gesagt hast«, sagte Emily. »Das kam mir komisch vor. Du weinst sonst nie.«
Suse musste lachen und gleich wieder niesen. »Von wegen. Weißt du, wie sie mich hier nennen? Heulsuse!«
»Nicht rumtrödeln dahinten!«, rief Sven-Ole. »Wird höchste Zeit, dass alle ins Trockene kommen. Ach übrigens, kennt ihr den schon? Kommt eine Blondine in einen Tunnel und –«
Ein mehrstimmiges »Kennen wir!« brachte ihn zum Schweigen.

Kurze Zeit später saßen alle in Decken gehüllt im *Dünenblick*, tranken heißen Tee oder Stärkeres und schnatterten durcheinander. So voll hatte Lührsen sein Lokal lange nicht erlebt.
Sven-Ole war zur Fabrik gelaufen, um Wohlfarth die gute Nachricht zu überbringen, dass alle Mütter in Sicherheit waren. Alfred, der zwar noch immer nicht ganz nüchtern war, hatte darauf bestanden, ihn zu begleiten.
»Die gnä… gnä… gnädige Frau brau… brau… braucht mich bestimmt«, hatte er gelallt. »Ich haha… habe auch gaga… gar nichts getrunken.«
Stolz wie Oskar thronte Niklas auf Sofias Schoß. »Du hast alle gerettet, Sofa, stimmt's?«
»Eigentlich war es Bruno«, sagte Sofia. »Wenn er Kruschkes Sarah nicht nach dem Bunker gefragt hätte, hätten wir nie von dem Gang erfahren.«
»Na ja, mir wär's vielleicht auch noch eingefallen«, sagte Wiebke Paulsen etwas kleinlaut.
»Wenn man es genau nimmt, haben wir es Emily zu verdanken«, sagte Bruno. »Wenn sie nicht darauf bestanden hätte, dass wir die alte Wohlfarth aufsuchen, wären wir nicht noch einmal zurückgekommen.«
»Oje, daran darf ich gar nicht denken«, jammerte die Klammermutter.
»Ihr drei habt uns gerettet«, sagte Suse. »Wir können wirklich stolz auf unsere Kinder sein, nicht wahr?«
Sofias und Brunos Mutter nickten, die restlichen vierzehn Mütter sahen etwas betreten aus.
»Ich hoffe nur, meine Nadine freut sich, wenn sie mich mor-

gen wiedersieht«, sagte die misstrauische Mutter. »Bestimmt hat sie die ganze Zeit nur vor der Glotze gehangen.«
»Mein Timmy hat sich womöglich daran gewöhnt, alleine zu schlafen«, rief die Klammermutter ängstlich. »Oder schlimmer noch: Er schläft bei dieser Roboterfrau!«
»Ihr habt Sorgen«, sagte Brunos Mutter. »Mich beschäftigt ganz was anderes.«
»Was denn?«, fragte Sofias Mutter.
»Ob wir heute wohl noch was zu essen bekommen, nachdem unser Picknick im wahrsten Sinne des Wortes ins Wasser gefallen ist.«
»Swantje, haben wir noch eingemachtes Rindfleisch?«, fragte Lührsen seine Bedienung, die bei Hinnerk stand und sich von ihm in allen Einzelheiten berichten ließ, wie er unter Lebensgefahr siebzehn Frauen aus dem Wasser gezogen hatte. Sie warf ihm einen schmachtenden Blick zu, dann sagte sie zu Lührsen gewandt: »Noch mindestens zehn Gläser.«
»Gut, dann kippst du jetzt alles in einen Topf, Zwiebeln, Paprika und Tomatenmark dazu, ein paar Lorbeerblätter und in zehn Minuten ist die Gulaschsuppe fertig.«

Hinterher konnte sich keiner erinnern, jemals so eine gute Suppe gegessen zu haben. Sogar die Ökomutter hatte angesichts der dampfenden und duftenden Suppe vergessen, dass sie ja eigentlich Vegetarierin war. Und langsam breitete sich in ihnen allen das herrliche Wohlgefühl aus, das einen nur nach gemeinsam überstandener Gefahr überkommt.
Brunos Mutter leckte sich zufrieden die Lippen und lächelte stolz. Schließlich war es ihr Sohn gewesen, der Kruschke k.o.

geschlagen hatte. Bruno fasste sich ein Herz und sagte: »Ich glaube, ich kann nicht mehr Klavier spielen, Mama.« Er hielt den kleinen Finger der rechten Hand hoch. »Der ist nämlich gebrochen.«

»Aber Bruno, das macht überhaupt nichts. Vergiss das blöde Klavier. Ich habe wundervolle Neuigkeiten für dich: Du darfst nicht nur boxen, du musst es sogar! So eine Begabung wie dich gibt es kein zweites Mal.«

Bruno wusste nicht recht, ob er sich über diesen Gesinnungswandel freuen sollte oder eher nicht. Da fragte Suse: »Was ist denn jetzt mit Kruschke? Hat man ihn eingesperrt? Er wollte uns schließlich alle umbringen.«

»Wohlfarths Mutter bewacht ihn«, sagte Emily. »Und das ist schlimmer als Gefängnis.«

Als die Mütter spät am Abend den *Dünenblick* verließen, wehte ein heftiger Wind. Wütend klatschte das Meer gegen den Landungssteg. Immer neue Brecher rollten heran und überschlugen sich donnernd am Strand.

»Jetzt möchte ich nicht da draußen sein«, sagte Sofia schaudernd.

»Meinst du, ich?«, sagte Bruno, dem bei dem Gedanken an die bevorstehende Überfahrt schon wieder ganz flau wurde.

»Morgen früh hat es sich bestimmt beruhigt«, sagte Emily.

Sie wollten diese Nacht in der Mütterverbesserungsanstalt verbringen, um dann am nächsten Tag nach Hause zu fahren.

Als sie die Fabrik betraten, herrschte eine unheilvolle Stille.

»Wo sind denn bloß alle?«, fragte Wiebke Paulsen. »Und vor allem, wo ist Kruschke?«

Kruschke war fort. Die zertrümmerten Annas lagen noch auf dem Boden und daneben ein Krückstock.
»Hier muss was passiert sein«, sagte Emily und lief die Treppe hoch zu Wohlfarths Büro.
Wohlfarth saß zusammengesunken auf einem Stuhl, neben ihm stand Ramona Beutel, die Hand auf seine Schulter gelegt. Sven-Ole hielt ein Wasserglas in der Hand und versuchte vergeblich, Henry den Vierten loszuwerden, der sich in seinem Hosenbein verbissen hatte.
Auf dem Sofa lag bleich und mit geschlossenen Augen die alte Frau Wohlfarth. Alfred stand – noch immer leicht schwankend – über sie gebeugt und fächelte ihr Luft zu.
»Wo ist Kruschke?«, fragte Suse, die den Kindern gefolgt war.
»Abgehauen«, sagte Sven-Ole. »Als er wieder zu Bewusstsein kam, hat er sich den Krückstock geschnappt, der Alten eins damit übergezogen und ist mit seiner Puppe auf und davon. Lass los, du Mistvieh!« Er schüttelte sein Bein und der Pekinese ließ von ihm ab, behielt aber ein Stück Hosenstoff zwischen den Zähnen.
»Kruschke wird nicht weit kommen«, sagte Wohlfarth. »Die Küstenwache ist inzwischen eingetroffen und hat die Verfolgung seines Bootes aufgenommen.«
»Sie schlägt die Augen auf«, sagte Alfred und beugte sich über seine Herrin. »Geht es Ihnen besser, gnädige Frau?«
Die alte Frau Wohlfarth richtete sich auf: »Alfred, Sie haben getrunken, ich rieche es!«
Sven-Ole versuchte, ihr das Glas Wasser zu reichen, aber Henry fletschte bereits wieder sein Piranhagebiss.

Das Telefon auf Wohlfarths Schreibtisch klingelte. Er nahm ab. »Ja? Ja, ich verstehe ... nun, da kann man nichts machen.« Er legte den Hörer hin. »Das Boot mit Kruschke ist spurlos verschwunden. Bei dem Seegang ist es wahrscheinlich gekentert.«
Wohlfarth sah Suse an und hob hilflos die Arme. »Ich wollte das alles nicht, das müsst ihr mir glauben, ich wollte immer nur eins: Kinder glücklich machen. Zuerst mit meinem Spielzeug und dann, indem ich versucht habe, schlechte Mütter in bessere zu verwandeln.« Er seufzte: »Aber daran bin ich wohl gescheitert.«
»Wie immer, Junge«, sagte die alte Frau Wohlfarth, die inzwischen auf Alfred gestützt – oder vielmehr stützte er sich auf sie – vor ihrem Sohn stand. »Du hast wie immer versagt!«
»Sie wollten Kinder glücklich machen, weil Sie selbst ein unglückliches Kind gewesen sind, nicht wahr?«, sagte Suse sanft.
Wohlfarth nickte. Ein Träne fiel auf den Stapel mit den Fragebögen.
»Papperlapapp! Dir hat es an nichts gefehlt«, sagte seine Mutter.
»Doch, am Wichtigsten«, sagte Wohlfarth. »An Liebe.«
»Liebe!«, spuckte die alte Frau verächtlich. »Liebe ist nur was für Weichlinge.«
»Aber eins verstehe ich nicht. Warum haben Sie so getan, als sei Ihre Mutter tot?«, fragte Bruno.
»Und allen erzählt, sie sei die beste Mutter der Welt?«, fügte Emily hinzu.
»Was sie ja ganz offensichtlich nicht ist«, sagte Sofia.
»Ich wollte, dass meine Mutter stolz auf mich ist«, sagte Wohl-

farth leise. »Deshalb hab ich mir das mit der Bank in New York ausgedacht. Und damit nicht auffiel, dass sie mich hier nie besuchte, hab ich allen gesagt, sie sei gestorben.«

Er drehte sich zu dem Porträt seiner Mutter um. »Das Bild hab ich malen lassen. Nach einem Foto. Der Maler hat einen Aufpreis verlangt, weil er an dem Lächeln so lange arbeiten musste. Und dann hab ich mir vorgestellt, wie meine Kindheit hätte sein können und es in mein Tagebuch geschrieben. Eine Kindheit mit einer Mutter, die liebevoll, warmherzig, klug und voller Humor gewesen wäre. Und die in ihrem Medaillon …«

Wohlfarth zeigte auf das goldene Schmuckstück auf dem Bild. »Die in ihrem Medaillon immer eine Locke von meinem Babyhaar bei sich getragen hätte.« Er schluchzte auf.

»Und was ist wirklich drin?«, wollte Emily wissen.

»Na was schon«, sagte die alte Frau und klappte das Medaillon auf. Ein schmutzig graues Büschel kam zum Vorschein mit einer verblichenen blauen Schleife daran. »Das Zöpfchen von Henry dem Ersten natürlich.«

22. KAPITEL

Am nächsten Morgen hatte sich der Sturm gelegt, weiße Schäfchenwolken zogen gemächlich über den blauen Himmel. Der Dünensand leuchtete in hellem Gelb, die Wiesen und Weiden in sattem Grün. Wohlfarths Mütterverbesserungsanstalt glich einem Schullandheim kurz vor der Abreise einer Klasse. Alle Feindseligkeiten, Sticheleien, größere und kleinere Dramen waren vergessen. Alle einte das Gefühl, gemeinsam eine Bewährungsprobe bestanden zu haben, dazu kam eine Mischung aus Trauer über den Abschied und Freude über das Wiedersehen mit den Lieben daheim.

»Als Erstes brate ich meinem Mann ein Steak und die Jungs bekommen Würstchen bis zum Abwinken«, sagte die Ökomutter, während sie ihre Kleider aus pflanzengefärbter Baumwolle in eine Tasche aus ungebleichter Jute stopfte.

Und die misstrauische Mutter, die dabei war, sämtliche Schränke zu öffnen, um zu schauen, ob nicht jemand ihre Haarbürste geklaut hatte, meinte: »Ich verspreche hoch und heilig, nie wieder im Tagebuch meiner Tochter zu lesen, außer im Notfall natürlich.«

Eine Mutter beteuerte, ihren elfjährigen Sohn in Zukunft

allein mit dem Rad zur Schule fahren zu lassen. Da konnte die Klammermutter allerdings nur den Kopf schütteln. »Nein, nein, zur Schule bringe ich meinen Timmy natürlich auch weiterhin, aber ich lass ihn jetzt ganz allein in die Klasse gehen.«
Und so übertrafen sie sich gegenseitig an guten Vorsätzen, als sie bestens gelaunt die Fabrik verließen.
Am Tor standen Wiebke Paulsen, Ramona Beutel und Sven-Ole, um sich von ihren Schülerinnen zu verabschieden.
»Wo ist denn Herr Wohlfarth?«, fragte Sofias Mutter.
Ramona Beutel hatte rote Augen und putzte sich die Nase. »Seine Mutter hat ihn ganz früh mit nach Hamburg genommen«, schniefte sie, »und damit gedroht, dass sie ihn keine Minute mehr aus den Augen lässt, damit er nicht wieder Unsinn anstellt.«
»Diese Frau ist wirklich ein Drachen«, sagte Wiebke Paulsen. »Als sie noch tot war, hat sie mir besser gefallen.«
»Ach, da fällt mir was ein«, sagte Sven-Ole. »Was passiert eigentlich, wenn man sich zweimal halb totgelacht hat?«
»Deine Witze musst du in Zukunft jemand anderem erzählen«, sagte Wiebke Paulsen, »die wird keiner hier vermissen.«
»Ich vermisse ihn jetzt schon«, schniefte Ramona Beutel. Aber natürlich meinte sie damit ihren Chef und nicht Sven-Oles Kalauer.
Suse nahm sie beiseite. »Das ist Ihre Chance, Ramona! Fahren Sie nach Hamburg und befreien Sie ihn aus den Klauen dieser Frau. Er wird Ihnen ewig dankbar sein.«
»Meinst du wirklich?«
Suse nickte. »Das meine ich wirklich. Ich war sicher keine

gute Schülerin und werde vielleicht auch nie eine gute Mutter, aber ich habe einen Blick für Menschen.«
Lautes Tuten ertönte.
»Mama, komm!«, rief Emily. »Die Fähre legt gleich an!«
Suse griff in ihre Tasche. »Porky! Porky ist weg!«
»Du brauchst doch jetzt keinen Glücksbringer mehr«, sagte Emily ungeduldig.
»Da wäre ich mir nicht so sicher«, sagte ihre Mutter düster, dann hellte sich ihr Gesicht auf. »Ich weiß, wo mein Schweinchen ist. Ich hab's gestern Nacht zum Trocknen aufs Fensterbrett gelegt.« Sie lief zurück in die Fabrik.
»Beeil dich, Mama!«, rief Emily ihr hinterher.

Und dann waren alle Mütter fort.
»Meint ihr, ich soll wirklich zu ihm fahren?«, fragte Ramona Beutel. »Meint ihr, er braucht mich?«
»Tu, was dein Herz dir befiehlt«, sagte Wiebke Paulsen.
Ramona Beutel überlegte nicht lange, griff sich ein altes Rad, das an der Mauer lehnte, und fuhr mit quietschenden Reifen die Auffahrt hinunter in Richtung Hafen.
»Walther, ich komme!«, schrie sie.
»Und was wird jetzt aus uns?«, fragte Sven-Ole.
Wiebke Paulsen zuckte mit den Schultern. »Du wirst wieder Schafe transportieren und ich meinem Mann das Bier holen.«
»So'n Schiet!«, sagte Sven-Ole.

Vor dem Gasthaus *Dünenblick* standen Lührsen, Swantje und Hinnerk und schauten zu, wie die schwatzende, gackernde Schar von Müttern zum Landungssteg marschierte.

»Was haben die Frauen denn nun wirklich in Wohlfarths Fabrik gemacht?«, fragte der Wirt.
»Der sommersprossige Junge hat erzählt, sie seien in einer Art Mütterschule gewesen«, sagte Hinnerk. »Um zu lernen, wie man eine gute Mutter wird.«
»So 'n Blödsinn«, sagte Swantje. »Als ob man das lernen kann. Die eigene Mutter is sowieso immer die beste.«
»Wohlfarths Mutter soll ja von den Toten wiederauferstanden sein«, sagte Hinnerk. »Und auf die trifft das ganz und gar nicht zu.«
»Was auch immer das für eine Anstalt war«, sagte der Wirt. »Schade, dass es sie nicht mehr gibt. Wer soll denn jetzt mein Essen essen?«
Hinnerk nickte zustimmend. »Wirklich blöd, heute früh sind mir ein paar besonders dicke Fische ins Netz gegangen.«
Die Fähre legte an, und kaum hatte der Bootsmann das Fallreep ausgelegt, stürmte eine Horde mit Kameras bewaffneter Männer von Bord, schubste die Mütter beiseite und lief auf den *Dünenblick* zu.
»Was sind das denn für welche?«, fragte Swantje erstaunt.
»Reporter«, sagte Lührsen, der sich auskannte.
Und schon hielt ihm einer der Männer ein Mikrofon vor die Nase. »Was sagen Sie als Einheimischer dazu, dass Sie hier jahrelang mit einem Mörder zusammengelebt haben?«
»Was 'n für 'n Mörder?«, fragte Swantje verwirrt.
»Der wird doch gesucht«, sagte ein anderer und fummelte an seiner Kamera herum.
»Haben wir im Polizeifunk gehört. Auf Nordfall soll einer künstliche Menschen gezüchtet und dann siebzehn Frauen in

einem alten Bunker aus dem Zweiten Weltkrieg ertränkt haben.«
Der Wirt zeigte auf die Fähre, die gerade unter lautem Getute ablegte. An Deck standen die Mütter und winkten. Hinnerk winkte zurück.
»Da sehen Sie die Frauen, die angeblich umgebracht worden sein sollen«, sagte der Wirt. »Putzmunter.«
»Aber das is nur meinem Hinnerk hier zu verdanken«, sagte Swantje stolz. »Der hat sie nämlich in letzter Sekunde vorm Ertrinken gerettet.« Und obwohl Lührsen ihr einen warnenden Blick zuwarf, fuhr sie fort: »Es gibt da nämlich 'nen Geheimgang, der von uns aus zum Bunker führt.«
Ein dicker, schwitzender Mann drängte sich nach vorn: »Kann ich den mal sehen?«
»Ich auch!«, schrien die anderen.
»Halt! Halt!«, rief Lührsen und breitete abwehrend die Arme aus. »An der Tunnel- und Bunkerbesichtigung können immer nur drei Personen gleichzeitig teilnehmen. Sie kostet pro Person fünfzig Euro, eingeschlossen ist ein Mittagessen. Getränke gehen extra. Eine Führung in der Fabrik, in der noch die Überreste der Robotermenschen vorzufinden sind, kann ebenfalls organisiert werden.«
Sofort wurden Geldscheine gezückt und die Meute drängte in die Gaststube.
Hinnerk zwinkerte Swantje zu: »Heute Abend lad ich dich auf 'ne Cola ein. Ich glaube, meine Fische haben Abnehmer gefunden.«

Die Überfahrt verlief fast enttäuschend ereignislos. Bruno saß neben seiner Mutter und überlegte, wann ihm wohl wieder schlecht werden würde, da sagte sie ganz aufgeregt: »Weißt du, was für ein Tag heute ist?«

»Ja, natürlich, der 19. Juni, warum fragst du?«

»Weil heute ein besonderer Tag ist, ein historisches Datum«, jubelte Brunos Mutter.

»Du meinst, weil wir nach Hause fahren?«

»Nein, mein Schatz. Am 19. Juni 1936 hat Max Schmeling in der zwölften Runde seinen größten Widersacher Joe Louis bezwungen und das war nämlich so ...«

Sie berichtete ihm den Boxkampf in allen Details und so spannend, dass Bruno gar nicht bemerkte, dass er zum ersten Mal nicht seekrank wurde.

Emily und ihre Mutter sprachen während der Überfahrt nicht viel, das meiste hatten sie sich in der Nacht erzählt und nun schauten sie den Möwen zu, die die Fähre begleiteten.

»Ich würde mir so wünschen, mit dir hier einmal Urlaub machen zu können«, sagte Suse. »Aber ohne in eine Schule gehen zu müssen, natürlich.«

»Weißt du was? Ich glaube, in den Ferien möchte ich lieber mit dir in die Berge, vom Meer hab ich erst einmal genug«, sagte Emily.

Sofia und Niklas standen an der Reling und fütterten die Möwen mit den Brötchen, die ihnen Wiebke Paulsen als Proviant eingepackt hatte.

»Eigentlich war es doch gut, dass ich weg war«, sagte Sofias Mutter zu Brunos Mutter. »Die beiden sind wie verwandelt, ein Herz und eine Seele.«

»Nimm das weg, du Ekel! Nimm das sofort weg!«, kreischte Sofia plötzlich. Und Niklas krähte vergnügt: »Der beißt dich jetzt, der zwickt dich in die Nase!« Und hielt ihr einen toten Krebs ins Gesicht.

»Wäre ja auch nicht normal gewesen«, sagte Sofias Mutter und seufzte.

»Bin gespannt, was mein Mann sagt, wenn er erfährt, dass er tagelang auf eine Puppe reingefallen ist«, überlegte Brunos Mutter. »Typisch Mann, guckt nie richtig hin, Hauptsache, das Essen steht pünktlich auf dem Tisch.«

»Ihr habt's gut«, sagte die Klammermutter. »Eure Tanten sind weg, aber wir müssen unsere erst noch loswerden.«

»Setzt sie einfach vor die Tür«, schlug Bruno vor. »Oder behaltet sie, putzen können die prima.«

»Aber überhaupt nicht vorlesen«, meldete sich Niklas zu Wort.

»Jetzt liest Mama dir ja wieder vor«, sagte seine Mutter. Niklas schüttelte energisch den Kopf. »Nein, Sofa soll vorlesen, die kann das viel besser als du.«

Sofias Mutter lächelte ein wenig säuerlich. »Ich scheine ja völlig überflüssig zu sein.«

»Stimmt«, sagte Sofia. »Wir sind prima zurechtgekommen ohne dich.« Doch dann knuffte sie ihre Mutter in die Seite. »Ich bin trotzdem froh, dass du wieder da bist. Ich hatte überhaupt niemanden zum Streiten.«

In Südersiel hieß es dann Abschiednehmen. Die einen fuhren im Zug weiter, die anderen stiegen in ihre Autos.

Suse bot Sofias Mutter an, sie und Niklas und Sofia bis Hamburg mitzunehmen. Doch nach einem Blick auf das winzige Auto mit den unzähligen Roststellen und der eingebeulten Tür schüttelte Sofias Mutter den Kopf. »Danke, das wird uns doch zu eng. Ich fahre mit der Ökomutter mit, die hat einen Landrover, da ist genug Platz.«

»Sehr ökologisch, so ein Wagen«, sagte Bruno, der gekommen war, um Sofia und Emily Auf Wiedersehen zu sagen.

»Wie bleiben wir denn in Verbindung?«, fragte Emily.

»Wir können uns doch mailen«, schlug Sofia vor.

»Ich hab eine bessere Idee«, sagte Bruno. »Wir benutzen die Website von Wohlfarth. Ihr wisst doch: www.schrecklichemuetter.de. Die braucht er doch jetzt nicht mehr. Da richten wir dann ein Forum ein und können uns austauschen.«

»Jetzt werden wir wohl nie erfahren, wer von uns den ersten Preis gewonnen hätte«, sagte Sofia.

»Erster Preis?«, fragte Emily.

»Der oder die von uns mit der schrecklichsten Mutter der Welt sollte doch vier Wochen mütterfreie Ferien auf einer Insel gewinnen.«

»Stimmt«, sagte Emily. »Das hatte ich schon ganz vergessen.«

»Den Preis hat ja wohl nur einer verdient«, meinte Bruno. »Und zwar Wohlfarth höchstpersönlich.«

»Was wohl aus ihm wird?«, überlegte Emily. »Vielleicht zieht er ja wieder in sein Kinderzimmer und muss jeden Tag eine Standpauke über sich ergehen lassen.«

»Und Henry dem Vierten die Haare bürsten!«, lachte Sofia.

»Mich interessiert viel mehr, was aus uns wird«, sagte Bruno, »und ob Wohlfarth es geschafft hat, unsere Mütter wirklich zu verbessern.«

»Bruno! Kommst du?«, rief seine Mutter. »Unser Zug fährt gleich.«
Bruno gab Sofia die Hand und die schüttelte sie kräftig, woraufhin Bruno laut aufschrie.
»Mein kleiner Finger!«
»Entschuldigung«, sagte Sofia. »Ich wollte mich nur bedanken, weil ... also ohne dich wäre wahrscheinlich eine Katastrophe passiert.«
»Du kannst gut boxen«, sagte Niklas. »Ich hab auch ein Geschenk für dich.«
Aus seiner Hosentasche zog er vorsichtig den toten Krebs. Ihm fehlte eine Schere und er roch nicht sehr angenehm.
Bruno nahm ihn und sagte: »Danke, Niklas, immer wenn ich ihn sehe, werde ich an dich denken.«
Dann stiegen Sofia, Niklas und ihre Mutter in den dicken Wagen der Ökomutter ein, die fröhlich hupend davonbrauste. Bruno winkte Sofia noch einmal zu und ging mit seiner Mutter hinüber zum Bahnhof.
Suse ließ den Motor an und Emily versuchte vergeblich, die Beifahrertür aufzubekommen, sie klemmte natürlich immer noch. Schließlich schaffte sie es und fiel fast hintenüber.
»Morgen lass ich es reparieren, versprochen«, sagte ihre Mutter, als Emily endlich im Auto saß.
»Nicht so schlimm«, sagte Emily. »Hauptsache, wir haben genug Benzin.«
Ihre Mutter ließ den Motor an und sah auf die Tankanzeige. »Keine Angst, damit kommen wir zweimal bis nach Hause und zurück.«
Sie kamen gerade zwanzig Kilometer weit, dann blieben sie

mitten auf der Landstraße stehen. Glücklicherweise tuckerte ein Bauer mit seinem Traktor vorbei und schleppte den Wagen zur nächsten Tankstelle.
»Ich glaub, bei mir hat die Mütterschule nicht viel genützt«, sagte Suse zerknirscht.
»Das glaub ich auch«, sagte Emily. Und dann fing sie an zu lachen.

23. KAPITEL

www.schreckliche-muetter.de

26. Juni

Hallo Sofia und Emily,
wollte eigentlich nur mal hören, wie's Euch so geht.
Wir sind gut nach Hause gekommen und mein Vater hat ganz schön dumm aus der Wäsche geguckt, als meine Mutter ihm gesagt hat, dass er auf einen Roboter reingefallen ist.
Meinte, diese Tante Anna sei ihm gleich so komisch vorgekommen, aber da er die Familie meiner Mutter sowieso immer unmöglich fand (vor allem Großtante Adelheid mit ihrer blöden Bratsche), hätte er sich nichts dabei gedacht.
Es grüßt Bruno

PS: Sofia, Du kannst Niklas sagen, dass ich seinen Krebs im Garten beerdigt habe. Er hat einfach zu doll gestunken.

1. Juli

Lieber Bruno,
unsere Rückreise war leider alles andere als gut. Meiner Mutter ist mal wieder das Benzin ausgegangen. Typisch. Überhaupt scheint bei ihr die Mütterschule nicht viel genutzt zu haben. Gestern wollte sie für meine Freundin und mich zum Mittag Pizza backen. Mittendrin fiel ihr ein, dass sie ihre Schuhe vom Schuster holen musste. Und beim Schuster fiel ihr ein, dass wir keine Milch mehr hatten. Als ich mit Charlotte aus der Schule kam, stand jedenfalls die Feuerwehr vor der Tür, weil es aus unserm Küchenfenster qualmte. Charlotte fand's komisch, ich nicht.
Aber eins hat meine Mutter doch gelernt: Bügeln! Sie bügelt ununterbrochen, sogar die Frotteehandtücher!!! Kannst Du Dir das vorstellen?
Boxst du noch?
Fragt Emily

5. Juli

Hi Emily,
ob ich noch boxe? Wenn Du wüsstest!
Meine Mutter hat sich in den Kopf gesetzt, aus mir einen zweiten Muhammed Ali zu machen. Ich muss jeden Tag trainieren und sie steht dabei und sagt mir, was ich falsch mache. Nächste Woche soll ich in ein Box-Camp, wo's richtig hart zur Sache geht. Ich meine, boxen macht mir schon Spaß, aber mich nervt total, dass sich meine Mutter da wieder voll reinhängt.
Ich melde mich erst wieder, wenn ich zurück bin. Drück mir

die Daumen, dass ich das Training ohne blaues Auge und gebrochene Nase überstehe.
Hast du was von Sofia gehört?
Noch schöne Ferien
wünscht Bruno

17. Juli

Hallo allerseits,
konnte mich vorher nicht melden, weil wir eine Radtour gemacht haben, aber nicht an der Nordsee, nur die Elbe lang. Meine Mutter hat echt geschluckt, als ich ihr gesagt hab, dass ich sitzen geblieben bin, hat sich aber nicht getraut zu meckern. Dabei wäre mir das fast noch lieber gewesen als dieses ständige Gefrage, wie's mir geht und ob ich mich vernachlässigt fühle. Außerdem latscht sie mir auf Schritt und Tritt hinterher. Wir haben übrigens meinem Stiefvater nicht gesagt, dass Tante Anna nicht echt war. Meine Mutter wollte nicht, dass er was von der Mütterverbesserungsanstalt erfährt. Weil sie sich geschämt hat. Offiziell war sie in einem Wellness-Hotel und Georg meinte, sie sähe richtig gut erholt aus.
Ich muss Schluss machen, Niklas will, dass ich mit ihm eine Sandburg baue. Wir müssen es ausnutzen, dass meine Mutter grad nicht da ist, weil sie uns sonst die ganze Zeit vormacht, wie man den Sand richtig befeuchtet, die Ränder glättet usw. »Ich hatte schließlich eine Eins in Sandburgenbauen!«, erzählt sie dann jedes Mal.
Ich wünsch Euch was!
Sofia

19. Juli

Hey Leute,
bin durch Zufall auf diese Seite gestoßen. Meine Mutter war nämlich auch in dieser Verbesserungsanstalt. Aber gebessert hat sie sich nicht sehr. Sie war kaum zu Hause, da hat sie Tante Anna vor die Tür gesetzt, die sich die ganze Zeit um mich gekümmert hat. Wahrscheinlich war sie eifersüchtig, weil ich mich mit ihr so gut verstanden habe. Außerdem liest sie immer noch heimlich in meinem Tagebuch. Habt Ihr 'ne Idee, was man dagegen tun kann?
Wäre echt dankbar, wenn mir einer von Euch antwortet.
Nadine

21. Juli

Schreib doch einfach was, woran sie merkt, dass Du weißt, dass sie es liest. Dann schämt sie sich.
Viele Grüße von Emily

23. Juli

Hi Emily,
vielen Dank, das war 'ne super Idee. Ich hab geschrieben *Liebe Mama, ich weiß, dass Du das hier liest, und ich finde das echt total gemein von Dir. Wenn Du damit nicht aufhörst, erzähle ich Papa, dass Dein neues Kleid gar kein Schnäppchen war, sondern 500 Euro gekostet hat.* Sie hat mir hoch und heilig versprochen, mein Tagebuch in Zukunft nicht mehr anzurühren. Aber zur Sicherheit hab ich mir eins mit Schloss gekauft.
Euch noch schöne Restferien!
Nadine

24. Juli

Hallo Ihr alle,
ich wollte hier eigentlich nachschauen, wer bei dem Wettbewerb *Die schrecklichste Mutter der Welt* den ersten Preis gewonnen hat. Ich hab da nämlich auch mitgemacht, aber nie mehr was davon gehört. Und jetzt lese ich, dass Eure Mütter in so einer Verbesserungsanstalt waren. Kann ich meine da auch hinschicken?
Geschrieben von Dragonmonster

Hey Dragonmonster,
erinnerst du dich an Chiara? Wir haben zusammen gechattet. Ich heiße aber nicht Chiara, sondern Sofia, und ich bin auch nicht fünfzehn, sondern dreizehn, und außerdem sitzen geblieben. Die Mütterverbesserungsanstalt gibt's übrigens nicht mehr, warum, ist eine lange Geschichte. Wollte ich Dir eigentlich schon längst gemailt haben. Treffen wir uns im Chat?
Sofia

Warum im Chat? Wir können uns doch auch mal so treffen. Ich hab in den Ferien nichts mehr vor.
Dragonmonster, auch Julius genannt

28. Juli

An alle!
Wisst ihr, wen ich heute im Schaufenster einer Boutique am Kudamm entdeckt habe? Eine von unseren Tante Annas! Keine Ahnung, welche, aber ich hab sie gleich erkannt, obwohl sie so einen schicken Fummel anhatte und nicht ihre

doofe Schürze. Was mag wohl aus den anderen geworden sein???
Meldet Euch, wenn Ihr was wisst.
Viele Grüße von Emily

28. Juli

Ich hab heute in der Zeitung gelesen, dass eine Frau in die Irrenanstalt eingeliefert worden ist, weil sie pausenlos geputzt hat, sie hätte nicht mehr geschlafen, nichts gegessen, nur ununterbrochen die Böden gewischt. Das kann doch nur eine von unseren »Damen« gewesen sein, bei der eine Sicherung durchgeknallt ist, oder?
Sofia

29. Juli

Liebe Emily, liebe Sofia,
melde mich wieder zurück aus meinem Box-Camp. Musste da früher weg, weil mich mein Trainer rausgeschmissen hat. Na, eigentlich nicht mich, sondern meine Mutter. Die ist ihm nämlich tierisch auf die Nerven gegangen. Ständig hat sie versucht, ihm die Boxregeln zu erklären, und gemeint, er würde mich nicht richtig fördern, wo ich doch so begabt sei. Nun sucht sie einen neuen Trainer für mich und ich hab schon gar keine richtige Lust mehr aufs Boxen.
Mütter sind echt anstrengend!
Oder was meint ihr?
Bruno

3. August

Hallo Leute,
wir heißen Jan und Jonas und wir hatten auch eine Tante Anna und die ist einfach weggegangen. Wir möchten sie aber gern wiederhaben. Auch unser Vati ist total traurig, dass sie nicht mehr da ist. Er hat sie sehr lieb gehabt. Viel lieber als unsere Mutti, denn die hat immer so komische Sachen gekocht, wo man ganz viel kauen musste. Bei Tante Anna gab's immer Würstchen und Hamburger und Döner. Unsere Mutti macht jetzt auch Würstchen, die schmecken nicht, dafür sind sie gesund. Wir wollen aber keine gesunden Würstchen. Wir wollen Tante Anna!!!
Jan und Jonas

4. August

Lieber Jan, lieber Jonas,
seid froh, dass Ihr Tante Anna los seid. Die war nicht echt, müsst Ihr wissen. Die war künstlich, elektronisch gesteuert, ein Roboter!
Ich weiß, wovon ich spreche.
Es grüßt Bruno

Hallo Bruno,
es ist uns egal, wer oder was Tante Anna war. Wir wollen sie trotzdem zurück! Kannst du uns sagen, wo wir so eine kaufen können? Wir haben schon angefangen, unser Taschengeld zu sparen.
Jan und Jonas

Da werdet ihr kein Glück haben, der Typ, der die Annas gebaut hat, ist abgesoffen.
Grüße von Bruno

16. August

Liebe Emily, liebe Sofia, lieber Niklas, lieber Bruno,
ich melde mich auf diesem Weg bei Euch, weil es das Einfachste ist und ich Euch einiges zu berichten habe. Ich kenne mich mit diesem ganzen Internetzeugs ja nicht aus, aber Sven-Ole tippt das hier für mich.
Walther Wohlfarth ist wieder da!
Seine Mutter ist nämlich gestorben, aber diesmal in echt. Sie war mit ihrem schrecklichen Pekinesen an der Elbe spazieren, da wollte der mit einer Mischlingshündin anbändeln, sie wutentbrannt mit ihrem Stock dazwischen, verliert das Gleichgewicht und fällt ins Wasser. Das wäre nicht weiter schlimm gewesen, glücklicherweise war ein Boot in der Nähe, aber sie hat die ganze Zeit weiter das Herrchen der Hündin beschimpft und dabei so viel Wasser geschluckt, dass sie sich davon nicht mehr erholt hat.
Nach der Beerdigung ist Wohlfarth zurück nach Nordfall gekommen, aber nicht allein. Ramona Beutel ist bei ihm, dieser komische Alfred und – der Hund! Henry der Vierte hat nämlich das gesamte Vermögen der alten Frau Wohlfarth geerbt. Ich hoffe, unser Chef lässt sich das nicht gefallen, schließlich kann man seinen Sohn nicht so einfach enterben. Keiner weiß genau, was er jetzt vorhat. Ist alles ein großes Geheimnis.
Ach, und noch was: Sarah ist aufgetaucht, im wahrsten Sinne des Wortes. Hinnerk hat sie beim Fischen aus dem Wasser ge-

zogen. Sie hat noch ziemlich gut ausgesehen und die ganze Zeit geträllert: »Ich liebe dich, du bist ein schöner Mann.« Das hatte Kruschke ihr ja noch beigebracht, Ihr erinnert Euch? Hinnerk war erst total begeistert, hat ihm wohl noch keine gesagt, aber Swantje hat ihm so lange die Hölle heißgemacht, bis er Sarah an Lührsen verkauft hat. Der veranstaltet ja regelmäßig diese Bunkertouren und die Puppe erzählt den Touristen dann, was es über den Bunker und den geheimen Gang zu wissen gibt. Es kommen jetzt von Tag zu Tag mehr Ausflügler nach Nordfall. Mein Mann musste auch schon neue Strandkörbe anschaffen, insofern hat uns Kruschke ja Glück gebracht. Von ihm selbst fehlt übrigens jede Spur. Ist auch besser so.

Ich hoffe, Euren Müttern geht's gut und Euch auch, war ja wirklich eine aufregende Zeit, die wir miteinander verbracht haben.

Liebe Grüße von Wiebke Paulsen

PS: Natürlich auch von mir. Ich hab die blöden Schafe übrigens in die Wüste geschickt und veranstalte Kurse im Sandburgenbauen. Kommen bei den Touristen super an, meine Witze übrigens auch. Kennt Ihr den schon? Wie kann man eine Blondine am Freitag zum Lachen bringen? Indem man ihr am Montag einen Witz erzählt.

Haltet die Ohren steif.

sagt Sven-Ole

17. August

Hahaha,
der Witz hat doch soooo einen Bart. Aber vielen Dank, Sven-Ole, dass Du und Wiebke Paulsen Euch gemeldet habt. Das mit der alten Wohlfarth ist ja ein dolles Ding, aber ich glaube, richtig traurig ist wohl keiner von uns. Und die tolle Villa in Blankenese gehört jetzt dem hässlichen Köter? Ist ja krass.
Mir geht's übrigens bestens. Meine Mutter hat sich wieder eingekriegt und benimmt sich ganz normal. Sie meckert aber längst nicht mehr so viel mit mir rum wie früher, dafür hat sie jetzt Niklas auf dem Kieker. Der hat ihr nämlich neulich einen toten Igel ins Bett gelegt, den er von der Straße gekratzt hat. Der Igel war zwar schon halb vertrocknet, aber seine Stacheln haben immer noch gepikt. Ihr könnt euch sicher vorstellen, dass meine Mutter nicht gerade erfreut war.
Leider sind die Ferien vorbei. In meiner neuen Klasse fühle ich mich ganz okay. Nur Mathe begreife ich immer noch nicht. Aber Dragonmonster hat versprochen, mir Nachhilfe zu geben. Dafür muss ich ihm immer wieder erzählen, was wir auf Nordfall erlebt haben. Wenn Du das hier liest, Julius, ja, es stimmt alles!!!
Viele Grüße an alle
von Sofia und natürlich auch von Niklas

3. September

Hallo allerseits,
irgendwie war diese Mütterverbesserungsaktion ja doch zu was gut. Wisst ihr schon das Neueste? Meine Mutter boxt!
Sie hat sich so in die ganze Sache reingekniet, dass sie selber

angefangen hat zu boxen. Jetzt trainiert sie für ihren ersten Wettkampf im Winter. Mein Vater war zuerst total entsetzt, aber ich glaube, inzwischen ist er richtig stolz auf sie. Ab und zu begleitet er sie sogar zum Training, um sie anzufeuern. Ich erkenne meine Eltern echt nicht wieder. Aber natürlich hat das auch was Gutes, meine Mutter hat keine Zeit mehr, ständig darüber nachzudenken, was für eine besondere Begabung ich haben könnte. Sie hat sich auch gar nicht weiter dafür interessiert, dass ich mit Rudern angefangen habe. Ja, Ihr habt richtig gelesen: Ich besteige freiwillig ein Boot! In unserem Schulachter ist der Steuermann ausgefallen und ich hab gedacht, probieren kann ich's ja mal. Komischerweise wird mir überhaupt nicht schlecht dabei. Wundert Euch also nicht, wenn Ihr längere Zeit nichts von mir hört, ich hab echt viel zu tun.
Es grüßt Bruno

20. September

Lieber Bruno, liebe Sofia,
hab heute was in der Zeitung gelesen, das euch bestimmt interessiert:
Erstes Luxushotel für Hunde auf Nordfall eröffnet.
Walther Wohlfarth hat seinen Job als Fabrikant für elektronisches Spielzeug an den Nagel gehängt und eine neue Berufung gefunden: ein Hotel für die Hunde der feineren Gesellschaft. Jeder Hund hat ein eigenes Zimmer, kann sich aber auch mit seinesgleichen treffen, wenn ihm nach Gesellschaft ist. In der Freizeit darf in den Dünen und am Strand herumgetollt werden, natürlich unter qualifizierter Aufsicht. In das Hotel integ-

riert ist ein Hundefrisiersalon mit einer Fachkraft, die für die Maniküre zuständig ist. Auch die Hotelküche wird den höchsten Ansprüchen gerecht. »Wir gehen auf sämtliche Diätwünsche ein«, erzählte uns Direktor Wohlfarth, »und natürlich werden nur die besten und frischesten Zutaten verwendet.«
Auf die Idee zu dem Hundehotel hat ihn seine kürzlich verstorbene Mutter, die bekannte Hamburger Industriellenwitwe Margarethe Wohlfarth, gebracht. »Sie hat mich auf ihrem Sterbebett angefleht, mich nicht nur um ihren geliebten Pekinesen Henry den Vierten zu kümmern, sondern dafür zu sorgen, dass es auch anderen Hunden gut geht. Unser Wahlspruch ist: »›Mach dein Tier glücklich und du rettest die Welt!‹«
So viel kann man jetzt schon sagen, das Hundehotel scheint ein Renner zu werden, die dreiunddreißig Zimmer sind bereits auf Monate hinaus ausgebucht. Es gibt auch eine Suite mit eigenem Butler, aber die ist ausschließlich Pekinesen vorbehalten.
Was sagt Ihr dazu? Meine Mutter hat sich halb kaputtgelacht, als ich ihr das vorgelesen habe. Sie meint, sie könne sich richtig gut vorstellen, wie Ramona Beutel irgendwelchen überzüchteten Fifis die Klauen lackiert.
Ach übrigens, sie hat einen Job, nicht die Beutel, meine Mutter. Sie macht die Buchhaltung von einem Weinladen bei uns in der Nähe. Der Besitzer ist genauso ein Chaot wie sie, wahrscheinlich wird man so, wenn man den ganzen Tag Wein probieren muss. Ich glaube, als ich mit meinem Vater auf Mallorca war, hat sie da ziemlich viele Überstunden gemacht. Ihr geht's jedenfalls gut und mir natürlich auch.
Was haltet Ihr davon, wenn wir uns nächsten Sommer alle auf

Nordfall treffen? Meine Mutter sagt, sie kommt mit. Wenn Eure Mütter auch Lust haben, dann können sie sich da zusammen vergnügen. Und wenn sie sich nicht benehmen, wissen wir ja, womit wir ihnen drohen können:
Vier Wochen in Wohlfarths Mütter-, nein Hundeverbesserungsanstalt!
Ganz liebe Grüße von Emily

13. Oktober

Hallo ihr alle!
Vielleicht ist es ja Quatsch, aber als meine Mutter, Niklas und ich neulich zum Shoppen in Hamburg waren, haben wir auf der Straße einen Mann gesehen. Ich hätte schwören können, das war Kruschke. Er war zwar nicht mehr ganz so dick und hatte irgendwie auch bessere Klamotten an, aber ich hab ihn an seinem Glasauge erkannt, obwohl er eine Sonnenbrille trug. Als ich mich noch einmal umgedreht habe, hat er dagestanden und uns nachgeschaut. Mir ist es eiskalt den Rücken runtergelaufen, kann ich euch sagen. Meine Mutter meint, ich bilde mir das ein, Kruschke hätte ganz anders ausgesehen und sei sowieso ertrunken. Niklas sagt übrigens auch, dass sei der Typ gewesen, der so böse zu dem Spielzeugäffchen war.
Ist auch egal, selbst wenn Kruschke noch lebt, uns und unseren Müttern kann er jedenfalls nichts mehr tun.
Und das ist ein richtig gutes Gefühl, findet Ihr nicht?
Eure Sofia

SABINE LUDWIG, 1954 in Berlin geboren, arbeitete nach dem Studium zunächst als Rundfunk-Redakteurin. Heute gehört sie zu den besten und erfolgreichsten Kinderbuchautorinnen und übersetzt außerdem die Bücher von Eva Ibbotson, Kate DiCamillo und anderen Autoren aus dem Englischen. Sabine Ludwig lebt mit ihrem Mann und ihrer Tochter in Berlin.

Hier hilft nur das Hexen-Einmaleins!

Sabine Ludwig
Hilfe, ich hab meine Lehrerin geschrumpft
Einband von Isabel Kreitz.
240 Seiten. Ab 10 Jahren.
ISBN 978-3-7915-1198-6

Wer wird Felix jemals glauben, dass er seine verhasste Mathelehrerin auf die Größe von 15,3 Zentimeter geschrumpft hat? Er weiß ja selbst nicht, wie es passiert ist! Aber nun steckt sie in der Jackentasche und schimpft unaufhörlich. Felix überlegt verzweifelt, wie er sie wieder wachsen lassen kann. Dabei stößt er auf eine unglaubliche Geschichte …

»Spricht Schülern voll aus dem Herzen.«
[Der Sonntag]

»Sabine Ludwig ist eine begnadete Leseverführerin.«
[Osnabrücker Zeitung]

Auch als Hörspiel bei Oetinger audio. Weitere Informationen unter:
www.oetinger-audio.de** und **www.cecilie-dressler.de

DRESSLER

Wenn doch endlich wieder Montag wär!

Sabine Ludwig
Der 7. Sonntag im August
Einband von Isabel Kreitz.
224 Seiten. Ab 10 Jahren.
ISBN 978-3-7915-1236-5

So ein blöder Sonntag, findet die elfjährige Freddy. Morgen ist der erste Schultag und heute scheint alles schiefzugehen. Da kann man sich ja fast auf die Schule freuen! Doch dann geschieht das Unglaubliche: Als Freddy am Montag aufwacht, ist schon wieder Sonntag! Wie kommt Freddy nur aus dieser verrückten Zeitschleife wieder heraus?

Ausgezeichnet mit dem Kinderbuch-Couchstar und dem Evangelischen Buchpreis (Empfehlungsliste).

»Fabelhaft! Ein witziger und dabei ungeheuer kluger Kinderroman.«
[Bücher]

Auch als Hörbuch bei Oetinger audio. Weitere Informationen unter:
www.oetinger-audio.de** und **www.cecilie-dressler.de

DRESSLER